Bamako climax

Du même auteur

Je vous souhaite la pluie, Plon, 2006 ; Pocket, 2007.

Elizabeth Tchoungui

Bamako climax

Roman

Plon
www.plon.fr

ISBN : 978-2-259-20614-3
www.plon.fr

A François-Xavier et Marie-Thérèse.

PREMIÈRE PARTIE

AMOURS

Légendes urbaines africaines

La Belle au bois dormant fait semblant de dormir. Cent ans déjà que dure ce manège : elle préfère ruser avec Morphée plutôt que de subir son prince atrabilaire. Qu'est-ce qu'elle se fait chier avec ce Guntherlück de Lichtenburg ! A moitié impuissant, et dur de la feuille : lorsqu'elle l'a épousé, et qu'elle lui a demandé de trouver le point G, le mystérieux bouton du plaisir, il l'a emmenée chez Point P acheter des parpaings : quoi, mon amour, ça ne te ferait pas plaisir, un beau château ?

Elle s'ennuie à mourir, mais il fait trop chaud pour se rebiffer. Car le Prince charmant s'est exilé à Bamako, 47 °C à l'ombre. Quand l'enfer est saturé, c'est sans doute là qu'on envoie rôtir les pécheurs. Guntherlück a échoué dans ce trou à rats pour échapper à son géniteur, le roi Metterdebitte Touze – pardon Douze – père pédophile et incestueux. Bamako, 47 °C à l'ombre (après l'oasis de Tamenghest, vous tournez à droite et roulez tout droit pendant 3 000 kilomètres), Bamako, donc, est suffisamment éloignée du Lichtenburg pour que le roi Metterdebitte XII ne dépêche pas ses gardes grecs avec mission de ramener l'ingrat fiston par la peau du cul. En outre, Guntherlück, puîné de la famille, n'est pas appelé à régner, sauf si le prince héritier Godemichel est poussé au suicide, brisé par le comportement licencieux de son père. Bref, au Lichtenburg, la désertion de Guntherlück n'a pas ému bien longtemps. Qu'il aille se faire foutre, comme d'habitude.

« Bamako ! Fallait-il vraiment partir aussi loin ? » tempête la Belle au bois dormant sous ses paupières closes. « Saint-Moritz, Gstaad, Portofino, ces petits coins tout simples auraient suffi ! » Il n'y fait pas cette chaleur à terrasser le plus vigoureux des lutteurs sénégalais, et puis pourquoi avoir choisi ce pays où les Noirs sont tellement noirs qu'ils sont bleu nuit, où l'on charcute les chattes des femmes, où les hommes ne se servent de leur sexe énorme que pour les faire souffrir et accessoirement fabriquer des troupeaux de gosses faméliques qui finiront enfants-soldats ou esclaves sexuels ? « Hélas, je suis bien lasse, car ce n'est pas dans ce bled pourri que je trouverai le point G », soupire la Belle au bois dormant avant de s'endormir pour de vrai, ses boucles blondes éparses sur l'oreiller, poisseuses de transpiration.

C'est alors qu'Idriss, le Djinn de Koulikoro, lui apparaît en rêve :

« Vraiment, vous les Blancs, vous jouiez au croquet quand on distribuait l'intelligence. Socrate et toute

sa descendance de philosophes rationnels vous ont siphonné la moitié de la cervelle. Au nom de leur logique de toubab tombé sur la tête, chacun cherche le point G dans les chattes. Qui vous a dit qu'il était là ? Socrate peut-être ? Depuis quand un man qui ne nioxe qu'avec d'autres mans peut savoir où se loge le détonateur du plaisir féminin ? »

« Je rêve ! » s'exclame la Belle au bois dormant dans son sommeil. Ce génie insolent l'engueule sans se soucier le moins du monde de l'étiquette. Putain, elle est princesse quand même ! Et puis, comment ose-t-il la ramener, ce Nègre indigo ? Il n'y a pas si longtemps, ses ancêtres étaient plus dociles !

« A force de le chercher dans ta mangue juteuse, petite égotiste, tu ne vois pas qu'il est sous ton nez ! » reprend, méprisant, le Djinn de Koulikoro. « N'est-ce pas, quand tu fais semblant de dormir, tu jettes de temps en temps un demi-coup d'œil par la fenêtre ? N'est-ce pas, tu vois la colline de Koulouba ? A droite, sur le flanc de la colline, parmi les roches sèches, tu ne distingues pas une ouverture ? Elle n'esquisse pas la silhouette de la lettre G cette ouverture ? Quoi, tu es myope ? Il fallait le dire tout de suite ! Allez, pour me faire pardonner, je t'y emmène, dans la grotte du point G », dit en souriant, soudain radouci, le Djinn de Koulikoro.

Sur ce, le génie facétieux, le lointain descendant désincarné de Sogolon la femme-buffle et de Naré Maghan l'homme-Lion la prend dans ses bras. Toute la vaillance du Djinn se rassemble alors à hauteur de son bas-ventre, en une éloquente protubérance.

Bamako climax

Lorsque la Belle au bois dormant se réveille, elle pleure de bonheur, dégouline de plaisir. Une princesse fontaine, un geyser à l'envers. Elle s'abandonne à la lascivité. Quelques chauves-souris, effrayées par ces débordements, détalent comme des lapins. Elle n'en a cure. Elle est béate.

*La jouissance étant désormais sa raison d'être, la Belle au bois dormant décida de demeurer dans la grotte, avec Idriss le Djinn de Koulikoro. Ils fondèrent un nouveau mandé** [1] *sur les rives du fleuve Niger. Le royaume du plaisir devint rapidement puissant, attirant des hordes d'immigrés blancs en quête du point G. La lutte des races et des classes grondait. Dépassé par cet afflux massif, le couple impérial les chassa par charter, le Prince charmant en tête. « Qu'ils aillent s'astiquer chez eux », conclut sobrement la Belle au bois dormant, avant de s'abandonner à un nouvel orgasme, dans la grotte du point G.*

Céleste Adjovi, *Légendes urbaines africaines. Prologue.*

1. Tous les mots ou expressions suivis d'un astérisque sont expliqués dans le glossaire en fin d'ouvrage.

1

Carolina

Carolina sourit. Aujourd'hui, son amant se marie. Elle l'imagine qui dévale les marches du Capitole sous le ciel romain piqueté de mouettes au bras de son épouse radieuse, laquelle ignore combien le plus beau jour de sa vie est fait de carton-pâte. Oui, ce jour-là, bien loin de l'île sarde où Carolina prend ses quartiers d'été, des baigneurs présomptueux en slip minimaliste, des rochers nus qui cascadent dans l'eau cristalline, bien loin, de l'autre côté de la mer Tyrrhénienne, Céleste, dans tout l'éclat de ses trente ans, rayonne. Les invités de la noce iront tous de leur compliment sur cette robe de mariée blanche et chantournée qui flatte son teint cuivré. Plus tard, dans la villa Renaissance perchée sur les hauteurs dei Colli Albani où auront lieu les agapes, les enfants des copains, roses et joufflus comme des chérubins raphaélites, joueront à cache-cache entre les arceaux de roses et les caryatides du parc, tandis que poudroieront à l'horizon les coupoles de la Ville Eternelle. Sous sa capeline compliquée, une tante raide persiflera sur les approximations du service. Un collègue du marié en jaquette de couleur vomira discrètement ses dix-sept coupes de prosecco dans une jarre de terre cuite, asphyxiant l'aloé vera qui, jour après jour, s'élance pour tutoyer le ciel. Après, il se tamponnera la commissure des lèvres avec distinction, avalera une pastille à la menthe polaire, et regagnera le buffet en quête d'une dix-huitième flûte. Le soir, les mariés s'écrouleront sur leur lit nuptial à baldaquin, Céleste, épuisée par la fête, la charge émotionnelle, les attentions à distribuer à chacun, les ratés logistiques à escamoter, Elio, éreinté de s'être dédoublé toute la journée, d'avoir observé, incrédule, cet autre lui prononcer un oui sonore dans la salle des mariages. Oui, pour Elio, l'effort du jour avait été surhumain. Il avait aussi fallu poser amoureusement devant le photographe sous la cambrure orgueilleuse de Marc Aurèle juché sur son cheval pour l'éternité sur l'esplanade du Capitole, sabler le champagne, ouvrir le bal, fermer les yeux sur l'imposture qu'il venait d'accomplir. Les liens du mariage n'empêchent pas les vies décousues, songe Carolina. Depuis la Joconde, personne n'a souri avec tant de modestie triomphante.

Mais au mois de juillet sur une plage italienne, les pensées n'ont pas le droit de vagabonder aussi loin. L'été est fait pour flirter et sortir, plonger ou flotter, l'été favorise le règne des corps : le Cavaliere montre l'exemple, à quelques encablures de La Maddalena, alangui sur un waterbed dans sa piscine de la villa

Certosa, sa résidence sarde, avec, à ses côtés, de pétulantes nymphettes qui, le soir venu, iront se frotter aux footballeurs de la Squadra Azzura dans le carré VIP du Billionaire, le club de Flavio Briatore.

« *Carolina, A'bbella!* Viens te baigner ! De quoi as-tu peur, que les paparazzi te shootent avec les cheveux mouillés, " Carolina Rossi et son poulpe noir sur la tête " ? *Dai*, tu te la joues parce que tu travailles à la télé ? *Calmati*, tu n'es pas à l'antenne, on n'est pas à Porto Cervo et tu n'es pas la Bellucci ! » pérore d'une voix de stentor son cousin Paolo, l'Artaban sarde, l'homme qui, toutes les deux minutes, vérifie que ses attributs sont bien en place dans son maillot tanga, et dont la bouche se tord en un rictus de satisfaction mâle lorsqu'il constate que son trésor flapi ne s'est pas envolé.

Carolina n'a aucune envie de slalomer entre les méduses qui ont envahi les criques de La Maddalena depuis que le climat est parti en vrille dans l'indifférence générale. S'il le faut, elle ira se rafraîchir sous la douche rouillée du Bagno Livio dont s'échappe un filet d'eau anémique. *Cazzo!* Ces mafieux de l'Anonima Sequestri pourraient au moins la changer avec tout le blé qu'ils se font en exigeant le paiement en liquide : dix-sept euros le lit en toile rêche et dix euros de plus pour l'indispensable parasol. Lorsqu'elle se fraie un chemin entre les glacières, les transats débordant de cellulite, les tongs jaune fluo et les seaux en plastique *made in China*, tous les regards masculins convergent vers le canyon moite qui sépare ses seins.

Avant, elle planquait ces encombrantes protubérances dans ces maillots une-pièce conçus pour les veuves sardes. Aujourd'hui, l'âge avançant, et l'expérience avec, elle a choisi un deux-pièces corbeille à armatures pour les laisser s'exprimer au mieux. Elle avait même acheté un bikini triangle, qui laissait folâtrer au gré du vent l'albâtre bleuté de ses chairs mammaires, mais lorsqu'elle l'avait enfilé, elle avait lu dans le regard de son père un mélange de réprobation et de concupiscence, et remisé à jamais l'objet du délit. Le prosaïque balconnet suffira. Depuis que Carolina a compris que ces deux kilos de chair judicieusement placés par le Créateur ont le pouvoir d'éclipser les visages de madone, les physiques de top models et les QI à la Sharon Stone, elle est la reine du monde. Et du cœur d'Elio.

Elle l'avait bien remarqué, dès son arrivée à Cologno Monzese, industrieuse banlieue de Milan colonisée par les rois de l'esbroufe audiovisuelle depuis que Berlusconi et Murdoch en avaient fait leur fief. Il eût d'ailleurs été impossible de faire autrement. Elio consacrait une grande partie de son existence à occuper l'espace qui lui était octroyé. Il n'avait pas besoin d'en faire des tonnes. Lorsqu'il déboulait dans l'open space, son pantalon Von Dutch tirebouchonnant savamment sur ses mocassins camel patinés par l'air iodé de Forte dei Marmi, et ses mèches virevoltantes dont le mouvement était soigneusement entretenu chaque semaine chez Aldo Coppola, la star du bigoudi lombard, il était indéniablement séduisant. Mais, et c'était là son drame, non content d'occuper légitimement le périmètre que sa nature aimable lui avait assigné, Elio semblait mû par un besoin irrépressible d'en repousser les frontières invisibles, de brasser le vent, de moudre des concepts dont tout le monde se foutait, d'hypertrophier ses émotions, de déclamer ses phrases. Un simple bonjour étant trop sobre à son goût, il était capable de faire son entrée sur le coup de midi en chantant un air de la *Traviata* ou en hurlant victorieusement le score du derby romain, si d'aventure son équipe, la Roma, avait terrassé la Lazio, cette bande de fachos. La vérité, c'est qu'Elio était un acteur-né qui n'osait se lancer dans l'arène : sa parentèle bourgeoise ne s'en serait jamais remise. Alors sa scène, c'était l'open space de Sky Italia, un enclos de béton coiffé de tubulures jaunes, perclu de miasmes que recrachait le système poussif d'air conditionné, où quelques collaborateurs intermittents n'ayant de journaliste que le nom s'échinaient chaque jour à dire du bien des nanars coproduits par la chaîne qui les employait.

Lui aussi avait repéré Carolina dès son arrivée en tant que stagiaire-assistante de production-bonne à tout faire du secteur tertiaire. Elle n'était pas très jolie. A peine mignonne. Mais Elio devait être muni d'un radar Xray-boobs, conçu pour détecter les bonnets D et au-delà. Les seins de Carolina étaient en effet indécelables ce jour-là, comprimés dans une austère robe chasuble noire Dirk Bikkembergs, vestige d'une virée à Anvers où son intégrité physique avait manqué d'être compromise par un groupe de skins allemands avinés venus assister au concert des Spank & boys, obscur groupe dark estonien que la presse spécialisée présentait comme les nouveaux Cure. Se fourrer dans ce genre de pétrin était idiot, elle en avait eu conscience à l'époque, mais tout était bon pour se rebeller contre sa pieuse famille.

Emoustillé par cette gorge prometteuse, Elio était venu droit vers elle. Le lendemain, il lui avait offert un café. Carolina avait vite entendu dire qu'il s'apprêtait à épouser une Noire belle comme la Campbell, qui parlait un italien fluide et distingué, une princesse des Temps modernes qui brillait dans les cocktails, aux antipodes de la provinciale pataude qu'elle était. Qu'importe, elle avait une paire de seins, et lorsqu'elle comprit que c'était une arme de destruction massive, elle entendit s'en servir. Aussi n'avait-elle pas bronché lorsque Elio l'avait invitée à prendre un verre au Diana Majestic. Elle l'avait refroidi pour mieux le ferrer, joué ces femelles indifférentes qui rendent fous les hommes immatures, puis avait ouvert sa couche avec une feinte désinvolture qu'Elio avait pris pour une admirable sérénité face aux sentiers buissonniers que la vie emprunte parfois. Et quand il avait voulu savoir si une aventure avec un futur marié ne la troublait pas, elle avait simplement répondu :

– Je ne te demande rien.

Carolina était la petite-fille d'une veuve sarde, et elle avait appliqué son bréviaire à la lettre, bon sang ne saurait mentir. Les veuves sardes avaient été des épouses discrètes et soumises. Elles avaient survécu à leurs maris ivrognes, elles les avaient terrassés, elles avaient fait rendre gorge à ces rustres. Elles avaient survécu aux cataclysmes conjugaux, et mis au monde des enfants qui les vénéraient. Aujourd'hui, elles étaient les reines de leur tribu, et elles paressaient à l'ombre sous leur fichu noir dans les venelles de Sassari ou de La Maddalena. Elles avaient conquis le pouvoir à la sueur de leur front, de leurs mains calleuses, de leur chatte râpeuse et sèche, celle qui n'était jamais parvenue à s'attendrir sous les assauts de leur homme. Carolina ne croyait pas aux fadaises de *Cioè*, le magazine italien préféré des ados au cœur encore tendre, où l'on apprenait que l'on pouvait vivre d'amour, d'eau fraîche, et de pecorino. Très vite, elle avait eu la conviction que, dans la vraie vie, l'amour n'était ni chaste ni pur dans cette société terrassée par le fric, les déviances et la pornographie. Que le pecorino était extrait du lait des chèvres que le berger fou de solitude n'hésitait pas à monter lorsque le démon s'emparait de lui. Bref, elle savait que tout était vicié, et qu'il fallait arrêter de se conter fleurette. L'amour était fait pour les riches oisifs qui écrivaient des poèmes. Carolina était provinciale et pragmatique. Elle ne voulait pas de ces monts sardes, secs et pelés, où les visages se burinent de frustration. Elle voulait un *attico* à Rome, une Alfa chromée, des bambins qui joueraient sur les plages en pente douce de Forte dei Marmi, la perle de la Versiglia cossue, nichée sur la côte toscane. Lorsqu'elle rencontrerait l'homme susceptible de lui offrir cela, elle serait humble et guerrière comme ses grands-mères sardes, déterminée comme la mante religieuse qui a trouvé un mâle à dévorer.

En ferrant Elio, Carolina avait accompli un coup de maître. Elio était beau, Elio possédait des immeubles en pierre de taille, un patrimoine qui excitait les *pario-line*, les jeunes bourgeoises qu'il fréquentait autrefois au tennis-club de Parioli, la colline chic et boisée du nord de Rome. Dans leur adorable fatuité, elles n'avaient pas compris – ou n'avaient pas voulu voir – qu'Elio pouvait se perdre dans les rets d'une prolétaire avisée qui l'aiderait à conchier l'establishment dont il était issu. Carolina avait misé sur des atouts que ne possédaient ni les blondes vénitiennes de Parioli, ni Céleste, cette grande bringue hallucinatoire qui avait tiré au sort le nez de sa mère blanche, fin comme le galbe d'une danseuse étoile, et les fesses de son père noir, bombées et pousse-au crime. Heureusement, pour Carolina, il y avait une justice en ce bas-monde : Dieu a donné le postérieur aux Africaines, mais le double air-bag n'est-il pas une invention des Blancs ? Carolina possédait des seins, majuscules et moelleux, à qui Elio faisait l'amour avec une dévotion biblique, en qui il se réfugiait, loin de la soif d'absolu de Céleste, et de la permanente insatisfaction qui semblait en découler. Telle était, en tout cas, la description qu'Elio avait faite à Carolina de sa future épouse. Il lui avait dépeint une fille en quête d'excellence, de reconnaissance, de perfection, une fille en demande perpétuelle, perclue de désirs, de buts, d'envies qu'il se sentait bien en peine de combler.

– Carolina ! Viens faire un plongeon, l'eau est fantastique !

Carolina finit par céder à l'appel de la grande bleue et aux suppliques de son cousin. Fuck les méduses, son amant se marie. Pour elle, il va divorcer dans quelques semaines. Et si, d'aventure, elle se fourvoie, que Lucifer la foudroie sur-le-champ et la fasse glisser, là, tout de suite, sous les yeux des vacanciers cramés, dans les abysses rugissants des Bocche di Bonifacio.

2

Elliott

Elliott a le ventre en feu. Une crise d'aérophagie, sans doute psychosomatique, tend la peau de son abdomen endolori comme la membrane du sabar. Il n'a pas le courage de se traîner jusqu'à la pharmacie de la rue Monge. De toute façon, trois Spasfon ne suffiraient pas à calmer sa peine de cœur déguisée en désordres abdominaux. Céleste, sa maîtresse au cœur leste, se marie aujourd'hui, loin de lui, à Rome. Il est médusé. Jusqu'à ce jour funeste, il n'a jamais cru que l'affaire prendrait cette tournure.

Il y a quelques mois, lorsqu'il avait croisé son rival, à la villa Anastasia, dans une de ces soirées badines du festival de Cannes où les regards dérivent par-delà les épaules, à la recherche d'un interlocuteur plus utile, plus titré, plus flamboyant, plus riche ou, à défaut, moins ennuyeux, il l'avait mal jaugé : il l'avait cru inoffensif. Il émanait d'Elio une nonchalance patricienne qui s'accommodait mal de l'impérieuse inquiétude de Céleste. Cette dissonance l'avait rassuré, même si Elio était manifestement plus beau que lui. De blondes mèches rebelles lui encadraient le visage. Dans ses yeux, scintillait le lac de Côme au petit matin. Son costume crème d'excellente facture milanaise rehaussait son hâle. Son sourire révélait une denture parfaite et attirait les frivoles femelles juchées sur d'arachnéens escarpins Jimmy Choo malgré la fraîcheur des nuits de mai et la pelouse meuble, pitoyables phalènes en quête d'une existence de lumière. Tout en lui indiquait l'assurance du jeune premier que la vie a décidé de chérir, tout, sauf cette infime voussure de celui qui ploie sous le joug de l'existence, cette inclinaison que seul le regard d'Elliott, aiguisé comme celui d'un prédateur, pouvait capter, et qui faisait insulte au port altier de Céleste : Elio faisait partie de la race des faibles, il en était sûr.

Céleste se glissait avec l'agilité d'une sirène entre les rapaces du buffet lorsqu'elle le heurta. Elle n'eut d'autre choix que de faire les présentations, et s'en acquitta sans trahir le moindre trouble :

– Bonsoir, Elliott. Tu vas bien ? Je te présente Elio, mon fiancé.

Elio avança une main qu'Elliot prit un malin plaisir à broyer.

– Bonsoir, ravi de vous rencontrer, Céleste m'a beaucoup parlé de vous, répondit Elio avec chaleur.

– Vraiment ? Et que vous a-t-elle dit sur moi ? s'enquit Elliott en bombant le torse – que sa bedaine de quadra trop occupé pour faire de l'exercice rendait déjà protubérant.

– Que vous l'avez beaucoup aidée, au ministère. Que vous faites partie comme elle des pionniers, de ceux qui vont défricher les allées du pouvoir pour tous les immigrés discriminés.

Elio parlait un français parfait, teinté de notes rondes, promesses d'apéritifs suaves sur la piazzetta de Capri. Un accent d'une indéniable force érotique, qui avait sans doute happé la part de midinette qui sommeillait en Céleste. Elliott avait jalousé ce pouvoir de séduction. Il était un va-t-en-guerre, pas un conteur de fleurette. Sur la durée, c'était peut-être un défaut.

– Debout mon amour, il fait un temps splendide, on va bruncher sur la terrasse du Raphaël, j'ai réservé, et si on y allait en vélib' ?

Une voix flûtée de jeune fille distinguée l'arrache à Céleste, au vertige de ses fesses, à ses profondeurs moites et à l'erreur de casting que constitue son tout nouveau mari. Eléonore est déjà prête, manucurée à la française, les lunules impeccables, le teint frais, la peau boostée aux polyphénols de pépins de raisins : Bertrand Delanoë est capable de miracles. Eléonore, rejetonne semi-honteuse d'une grande dynastie industrielle, de prospères entrepreneurs du textile qui brassent la bière à l'occasion, louent le Seigneur mais ne croient qu'à la productivité. Qui arborent cette arrogance discrète gagnée à la sueur des fronts de canuts, de gueules noires ou de métayers, et ne manquent jamais une messe dominicale. Eléonore, enfourchant avec gaieté ce véhicule hybride, synthèse parfaite entre l'individualisme du troisième millénaire et le socialisme d'un autre temps. Eleonore, pédalant avec entrain sur ce symbole de la mise en commun des capacités de production, juchée sur une selle qui accueillerait après elle des arrière-trains grumeleux d'immigrés, des séants flasques d'intermittents du spectacle, des fessiers prolétaires en mal de bronzage. Eléonore, riche, libre et rebelle dans sa minirobe en lin estampillée Commerce équitable, dépose sur la joue d'Elliott un baiser mutin qui le ramène aussitôt à Céleste. Un souffle d'elle, un simple effleurage de sa main de pianiste l'aurait plus émoustillé. Mais Eléonore sert mieux ses ambitions. Et puis elle est charmante, tout de même. Ah ! l'inconstance humaine...

On a tous dans l'âme une frange noniste oubliée, un appendice ratatiné qui étouffe, puis finit par s'ébrouer, en quête d'envol. La rébellion d'Eléonore avait été de tomber amoureuse d'un Noir. Chez les De Kerkove, dans le manoir surchauffé de Marcq-en-Barœul, îlot cossu et verdoyant aux confins du Roubaix de brique et de broc, de Tourcoing-Nord la populeuse, et des courettes quart-monde de Lille-Sud, on ne savait même pas ce que c'était : les seuls immigrés travaillant à l'usine étaient polonais. Leur catholicisme chevronné les rendait vaguement fréquentables, la veille de Noël. La grand-mère d'Eléonore – la dame du château, comme l'appelaient les ouvriers – distribuait alors à chaque employé de l'usine son cadeau de fin d'année. Toutes les mains calleuses qu'elle répugnait à serrer étaient blanches, Dieu merci. Aussi, lorsque Eléonore avait traîné

Elliott au cinquantième anniversaire de mariage de ses grands-parents, lorsqu'elle avait déboulé, un sourire déterminé aux lèvres et l'estomac lesté de Lexomil, dans leur cabriolet trop tape-à-l'œil pour cette famille qui s'enorgueillissait de rouler français, dans des Safrane fonctionnelles de bon père de famille, il y eut comme un blanc.

Convoquant tous les préceptes de bonne éducation distillés depuis des générations conquérantes, la famille De Kerkove avait réprimé un haut-le-cœur collectif. En attendant de revoir les dispositions en matière d'héritage, ils firent bonne figure à Elliott.

– Et que faites-vous dans la vie, jeune homme ?

A leur grande surprise, Elliott répondit :

– Je suis directeur adjoint du cabinet du ministre de la Culture, en charge du dossier audiovisuel.

L'onde de soulagement passée – Elliott n'était pas polygame, éboueur, ou guichetier à la Sécurité sociale –, les synapses de la famille De Kerkove s'étaient mises en mode perplexité. Un Noir sous les ors de la République ? Morbleu, il y avait quelque chose de pourri au royaume de France. En assenant son titre de gloire avec tranquillité, comme s'il n'avait pas dû vendre père et mère pour en arriver là, Elliott se rengorgea et crut naïvement tenir sa revanche.

Car Elliott était noir. Telle était sa croix, sa plaie, son fardeau d'Hercule. S'il s'était contenté d'être videur de boîte de nuit, vigile dans un mégastore, douanier à l'aéroport du Lamentin à Fort-de-France, fonctionnaire à la Caisse primaire d'assurance maladie, n'ayant d'autres objectifs que ses congés bonifiés aux îles et son rhum arrangé du dimanche, il n'y aurait pas eu de quoi en faire un plat. Mais Elliott avait de l'ambition. Tout en lui indiquait cet acharnement à s'arracher à sa condition, à se hisser dans les sphères du pouvoir : sa silhouette massive pour enfoncer les portes, charnue pour amortir les coups, ses yeux laser prêts à pulvériser les métastases racistes, ses mains lourdes, plus taillées pour cogner que pour caresser des peaux consentantes.

Rien ne devait le freiner dans sa quête, surtout pas les sentiments. Elliott s'était interdit cette scorie reptilienne, depuis la mort brutale de son père, alors qu'il avait à peine douze ans. Philippe Marie-Rose s'était vidé de l'intérieur. Tout avait commencé à Bamako, ce qui était somme toute normal dans ces contrées de seconde zone où sévissent encore la mouche tsé-tsé, le ver de Cayor, la chique purulente et autres éblouissants parasites : une sauce trop pimentée, un gibier boucané à la va-vite, un pangolin de provenance douteuse, une sévère courante tropicale. Il faut dire que Philippe Marie-Rose offrait le bâton pour se faire battre : il mettait un point d'honneur républicain à honorer les présents que lui offraient les parents de ses élèves après la proclamation du baccalauréat au lycée Askia-Mohamed, lorsque leurs rejetons décrochaient le précieux sésame pour les études en France, Allah Akhbar, et que la vie de leur village était désormais assurée pour douze générations. Philippe Marie-Rose était au comble de la joie lorsque les délégations familiales – au bas mot vingt-huit personnes – sonnaient à son portail à l'heure de la sieste. S'engouffraient alors mille rires et exclamations, une chèvre, trois poulets, quatre régimes de bananes, un sac de mil, un agouti embroché sur une liane de fromager, le tribut d'un missionnaire laïc comblé. Et lui, l'Antillais, peut-être arrière-petit-fils d'esclave mandingue, avait alors l'impression d'un juste retour des choses. Dans l'obscurité de ces siècles d'asservissement, surgissait enfin une lueur : l'enfant arraché aux entrailles des siens était revenu dispenser à sa descendance flouée le savoir qui ferait enfin d'eux des hommes; et cette satisfaction le poussait à déguster de l'agouti avarié comme s'il s'agissait d'une gorgée d'hydromel des dieux. La première nuit, il se tordit de douleur, maculant les draps en pagne de toutes les humeurs du Vidal. La deuxième, il fallut le transporter à l'hôpital. La troisième, il s'éteignit, victime, les médecins en étaient convaincus, d'une maladie mystérieuse comme seule l'Afrique, *terra incognita* de l'hygiène et terreau fertile pour les sorciers mal lunés, sait en engendrer.

Dans le brouillard du deuil, Elliott avait rangé dans une cantine en fer-blanc tous ses trésors d'Afrique, les camions bariolés faits de boîtes de corned-beef, les fragiles voiturettes en bambou, les galets polis du fleuve Niger avec lesquels il jouait aux osselets, les vinyls jazz qu'engloutissait le mange-disque offert par son paternel pour le certificat d'études. La malle, expédiée par bateau, était arrivée douze bonnes semaines après son installation, avec sa mère et ses quatre frères et sœurs, dans une tour de Grigny, cité radieuse, où il faudrait apprendre à vivre, dans le gris infini de l'horizon, serrés comme les sardines à la tomate périmées que leur vendait Omar, leur épicier à Bamako Coura. Il faudrait devenir un homme libre, comme son père l'aurait voulu, dans le F3 qui empestait la colle à papier peint, et dont le vis-à-vis consistait en un triste édifice fini à l'urine où pendaient des hectomètres de linge comme autant de drapeaux en berne. Là, dans le réduit de ses nuits, de ses jours, il s'était inconsciemment forgé une conduite de vie : ne plus aimer pour ne plus souffrir, noyer cette faiblesse de l'âme qui vous fait perdre de vue l'essentiel. Gagner, planter son drapeau plus haut que le toit du monde, piétiner le Kilimandjaro et l'Everest réunis, et enfin, de ces sommets que seuls atteignent les tueurs ou les fous, hurler à ce papa trop vite envolé : tu vois, j'y suis arrivé, même sans toi.

La première fois qu'Elliott avait vu Céleste, c'était lors d'un déjeuner estampillé « minorités visibles » au ministère. Grâce à des accointances d'oreiller, le ministre s'était saisi de ce dossier méconnu des gens de pouvoir dont la géographie se résume au triangle seizième-Lubéron-cap Ferret, territoires où le Noir est rare, et payé au black.

« Minorités visibles ». Cette expression très politiquement correcte masquait des revendications fort légitimes : les Noirs et les Beurs de France avaient, comme leurs compatriotes picards ou berrichons, deux mains, deux jambes, un cerveau, des diplômes, l'espoir somme toute modeste de décrocher un job à la hauteur de leurs compétences, de louer un F2 dans un quartier bobo, puis, pour ceux dont l'imagination s'emballe, de gagner de quoi s'acheter un cabanon au cap Ferret, un mas dans le Lubéron, une demeure dans le seizième, d'entrer à l'Assemblée nationale. Au lieu de cela, lorsqu'ils se présentaient pour visiter un appartement, ce dernier était invariablement déjà loué, les Assedic qu'on leur concédait faute d'un travail venant légitimement couronner un master dans une école de commerce prisée ne suffisaient pas à louer un mobil-home à Carcans-Océan, et les partis politiques les autorisaient tout juste à coller des affiches à Montfermeil un soir de pluie.

Ce déjeuner inquiétait et réjouissait Elliot. Il le remplissait d'aise, parce que c'était pour lui un soulagement, une parenthèse relaxante, de ne pas être, comme à l'accoutumée, la seule tache dans un océan de blancheur républicaine, le grain de mica dans un galet de lessive Omo. D'un autre côté, ce raout œcuménique le contrariait, car il voyait en ces jeunes chefs d'entreprise, ces journalistes de télévision gominés, ces comédiens débutants, des types plus jeunes que lui, moins abîmés par le combat : le ferment de la concurrence.

Mais Elliott en avait vu d'autres. C'était un roc, un pic, une masse mue par sa revanche sur l'adversité. Il balayait la salle de ce regard arrogant signifiant peu ou prou je suis noir, j'ai de hautes responsabilités et je vous emmerde, quand son œil tomba sur Céleste. Plus tard, elle lui dirait :

– Tu as le don de te faire détester d'emblée. C'est ce qui m'a plu chez toi.

De son côté, ce n'était pas précisément sa beauté qui l'avait harponné. Il la savait pourtant éclatante, pour l'avoir vue à la télévision tard le soir, à l'heure où, autrefois, la neige fondait sur les écrans de bakélite. Aujourd'hui, le téléspectateur nocturne avait le choix entre une rediffusion de chasse, pêche et macramé, et un journaliste rescapé de l'hécatombe culturelle audiovisuelle qui recevait, à la lueur de candélabres en Plexiglas, des poètes soufis dissidents, des intellectuels excentriques, des anars du Larzac, des plasticiens allumés, des auteurs de théâtre aussi impénétrables que subventionnés, et des écrivains-voyageurs au long cours, catégorie à laquelle appartenait Céleste depuis la publication de sa chronique décalée sur la jet-set internationale. Ce n'était pas vraiment du journalisme d'investigation, mais sa plume était aussi déliée que sa plastique. Cependant, sous les ors imperceptiblement rongés par la rouille du salon d'honneur, Céleste n'était pas à son avantage. Elle avait dû choper un bon coup de soleil aux sports d'hiver. Ceux qui pensent que les Noirs ne bronzent pas en étaient pour leurs frais. Céleste était même bicolore : le centre du front, les arêtes nasales, avaient sans doute pelé en premier lieu, découvrant à vif une peau rosée qui contrastait avec la pellicule sombre qui lui recouvrait le reste du visage. En dépit de son potentiel de séduction fortement diminué, Céleste trônait sur sa chaise telle la reine de Saba au retour d'une fugue ensoleillée, altière, encore ici et déjà ailleurs, l'esprit vagabond, en exploration immobile, accaparée par ses rêves et ses prochains voyages. Cette fille a du chien, pensa Elliott. Il pressentait chez elle cet élan provocateur, cette capacité butée à dépasser sa couleur de peau et envoyer les gêneurs crotter dans leur caisse, une force qu'il avait cultivée depuis son adolescence meurtrie, comme un bras d'honneur fait au destin. Lorsqu'elle quitta sa chaise capitonnée, délia son corps statuaire et s'éclipsa pour passer un coup de fil, offrant au regard de tous, moulé dans une paire de jeans strech, un stupéfiant fessier, il crut que sa raison allait l'abandonner. C'est le moment que choisit le ministre pour lui donner la parole :

– J'ai moi-même tenu à recruter, parmi mes plus proches collaborateurs, Elliot Marie-Rose, non parce qu'il est d'origine antillaise – c'eût été une injure à ses talents – mais parce qu'il est compétent. Je ne crois pas aux quotas, comme aux Etats-Unis. Les quotas sont contraires aux valeurs de notre République, qui place l'égalité dans ses fondements. Je crois plutôt au volontarisme politique pour lutter contre les discriminations et accorder la place qu'ils méritent aux Français venus de loin. La présence d'Elliott Marie-Rose à mes côtés crée une dynamique, je compte sur lui pour la faire vivre. Elliott, à vous de poursuivre.

Pendant que l'huissier lui apportait un micro, Elliott se racla discrètement la gorge et tenta de rassembler ses esprits.

– Merci, monsieur le ministre. Je serai bref. Juste pour vous dire que nous avons décidé d'inscrire au cahier des charges du service public l'expression de la diversité française. Pour la première fois dans l'histoire, la télévision française devra rendre des comptes sur cette question. A titre personnel, je suis heureux de voir autour de moi des hommes et des femmes brillants, désireux de mettre leur talent au service de notre République. Je connais les difficultés que vous rencontrez parfois. Ensemble, nous les surmonterons. Le micro circule, la parole est à vous

En se rasseyant pour avaler à la hâte son duo de saumon à l'aneth, il vit Céleste, de retour à sa table, esquisser un sourire moqueur. Visiblement, elle n'avait pas été dupe de la vacuité de son discours, même noyée sous un coulis de bonnes intentions. Cette fille doit avoir un sacré tempérament, songea-t-il. Contrairement à l'immense majorité de ses congénères mâles, il avait toujours préféré les fortes personnalités aux fortes poitrines. Son ex roulait à moto, son actuelle avait imposé le Nègre qu'il était à sa famille de patriciens. Mais Céleste était d'une autre envergure. L'insaisissable bouillonnement qu'il sentait sous son élégance tranquille, mélange de rage, de détachement, de fragilité et de cynisme, remuait quelque chose sous sa carapace. Cette fille le faisait palpiter. Et il apprendrait très vite qu'elle osait lui tenir tête. Après le café, lorsque la plupart des convives s'agglutinèrent autour du ministre pour guigner une faveur, une recommandation, une onction officielle, il s'approcha de la fenêtre où elle se tenait. Son regard survolait les jardins du Palais-Royal.

– Mon discours vous a amusé on dirait ?

Sous le lustre montgolfière rehaussé de chimères et pampilles, éclata un rire où cliquetaient tous les cauris* de la cour de Kankan Moussa, l'empereur malien qui avait ébloui les chroniqueurs arabes en débarquant à La Mecque avec cent chameaux et soixante mille porteurs chargés d'or.

– Comme vous êtes susceptible ! Votre intervention était épatante, mais moins que l'homélie de votre Premier ministre. Les minorités visibles, « ces Français venus de loin ». Enorme ! On dirait une version grotesque du poème de Saint-John Perse : « Etranger ! Nous diras-tu quel est ton mal et qui te porte, un soir de plus grande tiédeur, à prendre pied parmi nous sur la terre coutumière ? »

Quelques semaines plus tard, alanguie dans un lit king size de l'hôtel Seizz qui abriterait leurs amours adultérines, Céleste en ricanerait encore d'exaspération : « Français venus de loin, quelle expression ridicule ! C'est vrai, moi je suis venue de loin, luttant contre les pièges des hauts-fonds dans une frêle pirogue, j'ai accosté à Bayonne, hardie Bantoue bravant les baïnes. Ha ! poursuivrait-elle, le sourire coquin, la tête rejetée en arrière, dodelinant de mépris ou de sidération, il n'aurait su le dire. Et les Beurs nés à Sarcelles, ils viennent de loin eux aussi ? Au-delà du périphérique, on change de fuseau horaire ? »

Au ministère, la douceur de sa main avait saisi Elliott, lorsqu'elle s'était présentée après son entrée en matière railleuse.

– Céleste Adjovi. Reporter et écrivain à ses heures perdues.

– Pas besoin de faire les présentations. Je vous connais, avait-il répondu platement, en regardant sa chaussure gauche, qui avait besoin d'un bon coup de cirage, plutôt que les yeux de Céleste, tant cette fille avait le don de lui faire perdre ses moyens.

– Vous avez donc le temps de lire des livres, malgré les hautes fonctions que vous occupez ? persifla-t-elle.

– Vous êtes toujours aussi cassante ?

– Seulement avec les inconnus qui me sont sympathiques. Outre la ridicule saillie de votre ministre, c'est votre hypocrisie qui m'a fait sourire. Vous vous en fichez de voir vos frères de couleur, comme diraient les Black Panthers, progresser, du moment que vous, vous avancez. Pis, vous êtes un défricheur, donc vous n'avez aucune envie de voir quelqu'un prendre racine dans le champ que vous avez labouré, encore moins de le voir donner des fruits.

– Vous savez qu'après de tels propos je pourrais vous faire black-lister dans tout Paris ?

– Vous n'en n'avez pas encore le pouvoir. Et quand ce jour arrivera, j'aurai eu le Goncourt et je serai intouchable.

Son aplomb le souffla. Ne sachant que répondre, il émit un rire idiot. Elle vint à sa rescousse.

– Allez, ne soyez pas vexé. Le Goncourt, je ne l'aurai que si vous me donnez un coup de pouce. L'intelligentsia germanopratine est aussi blanche que le salar d'Uyuni. Vous, au ministère, vous pourrez sans doute m'ouvrir quelques portes dans le triangle rue de Seine – rue Bonaparte – rue Saint-Guillaume.

Elliott s'engouffra dans cette mince brèche.

– Prenons un verre un soir, et vous m'expliquerez ce que vous attendez de moi.

Le prédateur qu'il était avait repris le dessus. Le verre se transforma en dîner. Il l'emmena chez Georges, le restaurant suspendu au sommet du Centre Pompidou. Il s'était dit que le lieu flatterait sa fibre culturo-mondaine. La vérité, c'est qu'il avait un faible pour les tables haut perchées de la capitale. Céleste ne s'y trompa pas. Son dangereux séant calé dans les fauteuils zébrés, elle lâcha, tout en coupant son Nokia :

– Un vrai Rastignac des Temps modernes !

– C'est-à-dire ? s'enquit Elliott, légèrement perturbé.

– Vous jouissez de contempler du haut de votre réussite cette ville hostile qu'a été pour vous Paris. Je parie qu'avec le Flora Danica, avec sa vue plongeante sur les Champs-Elysées, Georges, perché au sommet du Centre Pompidou, et le Jules-Verne au deuxième étage de la tour Eiffel pour les grandes occasions sont vos restaurants préférés.

Désarçonné par tant de lucidité, il se replia sur le rôle qui lui assurerait un avantage : celui de

Pygmalion au bras long, capable de lui ouvrir les portes des réseaux littéraires. Ils se découvrirent une passion commune pour Rainer Maria Rilke, la cuisine marocaine et les chanteurs qui avaient accompagné le mouvement des droits civiques aux Etats-Unis, de Sam Cooke à Gill Scott Heron. Céleste glissa sur la question noire américaine, le chemin parcouru en trente ans, évoqua un sénateur métis promis à un brillant avenir, dont elle avait lu le livre. A la troisième coupe de deutz millésimé, la sourde colère qui animait Céleste s'était libérée.

– Alors que, dans notre vieux monde, nous sommes toujours des boys, des subalternes, des domestiques, des bon bwanas, des esclaves qu'on engrosse dans le hamac un jour de grande chaleur ! Tiens, je te donne un exemple, qui en dit bien plus long que les thèses sociologiques verbeuses : un jour j'étais seule chez mon fiancé, à Milan. Elio était parti travailler. On sonne à la porte. J'ouvre. C'est un technicien de l'EDF locale. Tu sais ce qu'il me dit, le butor ? *C'è la signora ?* » En français dans le texte : « La patronne est là ? » Dans son esprit étriqué, je ne pouvais être que la bonne !

Du récit outré de Céleste, Elliott n'avait retenu qu'une donnée périphérique : elle était en main. L'information le contraria, même s'il n'était pas un cœur à prendre, si tant est qu'il en eût un. Il pressentait une rare connivence intellectuelle avec Céleste. Si elle avait été affublée d'un pénis, ou d'un physique ingrat, une amitié indéfectible serait née ce soir-là. Hélas pour lui, Céleste était une bombe pensante, et il donnerait tout pour exploser en elle. Il était happé par ses lèvres juteuses, hypnotisé par ses incroyables yeux pas tout à fait noirs, plutôt d'un saphir profond extirpé des profondeurs du lac Baïkal. Pendant qu'une partie de son cerveau adhérait à l'indignation de Céleste, l'autre s'interrogeait : Pourquoi cette fille que les dieux ont comblé se contentait d'un entre-deux velléitaire et n'allait pas jusqu'au bout de ses inclinations ? Côté pile, elle serait reporter de guerre et intrépide exploratrice, sur les traces d'Isabelle Eberhardt et de Christiane Amampur. Côté face comme facile, une carrière de mannequin, une rencontre avec un golden boy richissime, l'été sur un yacht en rade de Capri, l'hiver tout schuss en moonboots Chanel à Aspen, Colorado. Au lieu de cela, elle restait sur la tranche. Lui qui aimait la complexité, les existences au cours retors, il était servi : Céleste était une énigme.

Lorsqu'il proposa de la raccompagner, sa Porsche Boxter lui valut d'intenses quolibets :

– Je parie que tu passes tes vacances à Saint-Tropez. Tu es plutôt Nioulargo ou Nikki Beach ? Tu adores payer 90 euros pour un blanc bouchonné et un saumon d'élevage gavé aux farines animales que tu auras attendu deux heures et qu'une serveuse en short Cavalli qui fait la pute le soir dans les jacuzzi des Hauts de Saint-Tropez te jettera comme si tu étais un mendiant ? Parce qu'à Saint-tropez, de toute façon, tu n'es rien si tu n'as pas de yacht, en plus tu es noir, et le seul Noir toléré dans les parages c'est Puff Daddy !

Il eut envie de la gifler, puis d'embrasser ses lèvres arrogantes, de lui clouer le bec d'un bon coup de langue péremptoire. Il résista. Il avait compris que Céleste avait des principes. Surannés, dépassés, idiots sans doute, mais c'était sa colonne vertébrale. Elle ne l'embrasserait pas le premier soir, d'autant plus qu'elle était censée réserver ses baisers à son fiancé transalpin. Qu'il rôtisse dans l'Enfer de Dante ce freluquet ! Mais il avait perçu une brillance dans son regard lapis-lazuli et une propension à aller aux toilettes oindre ses lèvres de gloss qui lui laissait espérer le meilleur, dans un avenir proche.

Un soir qu'ils fêtaient au bar Hemingway du Ritz le premier article de *Paris Match* consacré à Céleste, et s'enivraient des cocktails qu'inventait Colin, barman voltigeur et flamboyant comme on n'en faisait plus depuis Gatsby le Magnifique, elle voulut tout savoir de lui. Elle le fit parler de son enfance africaine, des boules de riz en sauce façonnées à la main dont il se délectait lorsque sa famille était invitée chez des Maliens, sensuelles becquées au parfum de victoire contre l'interdit, ces fourchettes et autres appareillages métalliques qui altéraient dans sa bouche le goût du bonheur. Sans s'en apercevoir, elle avait percé un minuscule, frêle orifice dans la cuirasse d'Elliott. L'espace d'une parenthèse tamisée dans ce bar sans âge, il avait abaissé ses défenses. En la raccompagnant, en taxi cette fois – il n'allait pas se faire charrier à tous les coups avec sa Porsche –, il lui fit cette demande craintive et incongrue lorsque l'on est un homme, un vrai, avec une pomme d'Adam palpitante et de la testostérone en veux-tu en voilà.

– Est-ce que je peux t'embrasser ?

Elle avait ri, la salope, lui laissant entrevoir les piques acérées d'un probable râteau. Et puis elle avait pris son menton à pleines mains, esquissé un sourire amusé, presque tendre, et avait plongé sa langue enchanteresse en lui. Il avait cessé de penser au fiancé italien, sa baronnette à lui s'était dissoute dans les brumes des Flandres, d'autres brouillards voluptueux envahissaient son néocortex, son être tout entier, et il n'avait aucune envie de lutter contre cet abandon qui gagnait ses entrailles.

Six semaines plus tard, il lui donnait rendez-vous dans un palace high tech, au sortir d'une émission culturelle tardive. Six semaines, le temps qu'il avait fallu pour briser les dernières résistances de Céleste. L'endroit était parfait pour des amants illégitimes. L'accès aux chambres laquées de corian noir se faisait par reconnaissance digitale. Enchâssés dans des niches discrètes, les spots pivotants dessinaient des halos psychédéliques. Vert d'eau, rose boréal, arc-en-ciel céleste, ne manquaient que les gadgets de Q. Elliott n'avait pas le physique de James Bond, mais Céleste était gaulée comme une poupée pour espion.

Elle revenait d'un voyage à Tombouctou. Elle avait envisagé de prendre contact avec les rebelles touareg. Peu de journalistes osaient s'aventurer dans leur fief mouvant : il fallait les pister, dans l'immensité des dunes, déjouer l'armée malienne qui les pourchassaient, mais aussi les compagnies minières : elles n'aimaient pas les curieux qui s'intéressaient au trafic d'uranium dans la zone frontalière poreuse qui séparait le Mali, le Niger et l'Algérie. Elle avait reculé au dernier moment : trop risqué, à l'aune de la belle vie qui l'attendait à Rome et Paris. Elliott était déjà tout à elle, alors qu'il l'attendait, dans cette chambre d'hôtel, feuilletant distraitement le *Herald Tribune* pour se donner une contenance. En réalité, il ne savait plus lire. Il était saisi d'effroi. Cette peur masculine si primaire de ne pas assurer le tenaillait. Il mourait d'envie d'entamer cette bouteille de cristal roederer dont les bulles étaient bien plus tranquilles que ses spermatozoïdes en alerte maximale.

Aujourd'hui, alors que Céleste se mariait, il se remémorait avec un pincement au cœur les instants fiévreux qui avaient précédé leurs noces de chair.

Elle avait frappé à la porte, était entrée, fière et résolue, avait ironisé sur la reconnaissance digitale qui avait remplacé la clé magnétique :

– *So gadget !* Attention Elliott, ton blingblinguisme te perdra.

Cinq minutes et quelques gorgées de champagne plus tard, lorsqu'il l'avait renversée sur le lit à baldaquin tendu de linge Frette, il avait senti, avant même l'orgasme, qu'il atteignait le point de non-retour. Un aller simple vers une escale qui le terrorisait, une extase qui le dépenaillait, le laissait soudain à nu, apeuré, tel l'enfant qui naît au milieu des loups. L'espace d'un instant, Elliott eut à nouveau le cœur à vif du garçonnet en culotte sombre qui pleure son père, un dimanche de juillet 1976, au cimetière Hamdallaye de Bamako.

3

Cassandra

La termitière de Céleste. Je ne vois pas d'autre expression pour qualifier ce mariage auquel j'assiste aujourd'hui, contrainte et forcée. Céleste croit trouver le repos et l'apaisement après cette route harassante que peut être la vie d'une femme sur cette terre, mais un jour, un gros 4 × 4 va rouler dessus, et tout va lui exploser à la figure.

Moi, perso, que les foudres d'Agokoli, doyen de notre lignée, pulvérise mes os déjà fatigués par tant d'étreintes contrariées si je mens, je suis radicalement hostile à cette union. Les hyènes n'épousent pas les antilopes. Mais est-ce que je pouvais refuser d'être son témoin ? Céleste est plus que ma meilleure amie, elle est ma sœur. Dès que je l'ai vue descendre de la Land Rover fatiguée de son père, le jour de la rentrée, devant l'imposant grillage du lycée français de Lomé, j'ai su que j'avais trouvé une âme pure.

J'aurais pu la détester, comme toutes mes camarades. Elle était la Lamborghini du lycée, celle qui, d'un mouvement de tête, fait cliqueter les cauris qui ornent ses tresses et tourner le cœur des hommes. Mais je l'ai aimée aussitôt car nous subissions le même sort : comme moi, elle était un dommage collatéral des revers de fortune massifs dont la high society africaine est coutumière. Son père avait été ministre, avant de tomber en disgrâce. Elle avait glissé du marbre de nos palais tape-à-l'œil aux lotissements mal chaulés d'une périphérie populeuse. Des réceptions somptuaires où, de la cuisine, enfant, elle épiait les invités et sifflait les fonds de verre ne restaient que de lointains échos. Aujourd'hui, seuls quelques cousins quémandeurs honoraient les Adjovi de leur présence.

Mes hauts et mes bas étaient moins spectaculaires, mais il fallut aussi apprendre à composer avec. Papa, authentique villageois de naissance, avait la chance d'avoir un cousin bien placé au ministère des Affaires étrangères. Il le prit dans ses bagages comme chauffeur lorsqu'il fut nommé à l'ambassade du Togo à Paris. Les limousines aux vitres teintées, traversant le pont Alexandre-III, l'agitation affairée des villes où se décident le destin du monde, le lycée international de Saint-Germain-en-Laye, j'ai eu droit à tout ça, même si je n'étais pas fille d'ambassadeur. Avec mes grandes sœurs, on faisait le mur pour aller chalouper à la Scala, à la Locomotive, et surtout au Timis, la boîte afro super branchée de la rue de Rennes. On allait aux concerts et même au manifs : un jour, le Parc des Princes et le Bad Tour de Michael Jackson, le lendemain, Touche pas à mon pote sinon les pavés dans ta gueule. C'étaient les années sucrées. Et puis, en avril 1989 – il y a dix-huit ans déjà, Dieu que la jeunesse file –, le cousin bienfaiteur, aujourd'hui mort – que brûle en enfer son âme dévoyée ! – fut piqué la main dans le sac : il raccourcissait le délai d'obtention des visas en échange de substantiels pots-de-vin : deux fois le prix du timbre fiscal. Une petite combine de rien du tout, dans un pays où le détournement de fonds publics se chiffre en milliards. Mais il n'était pas de la bonne tribu, celle du Président : il fut renvoyé *manu militari* dans les marécages de Bè-Kpota, mon père et ma famille avec.

Heureusement, le pater familias avait su intelligemment profiter de son séjour à Paris : il faisait glisser dans la valise diplomatique des porc-épics, pangolins et autres gibiers strictement interdits de séjour sur le sol français, qu'il revendait ensuite aux épiciers chinois du marché exotique de Château-Rouge ou aux gargotes afros de Paname. Il s'était ainsi constitué un pécule qui se révéla fort utile lorsqu'il fut renvoyé au bled l'année de mes dix-huit ans. Au lieu de s'acheter une Toyota neuve qui nous aurait permis de frimer devant le lycée Tokoin, l'ex-orgueil de l'Education nationale où les élèves entassés dans des classes surchargées regardaient par les nacots brisés le temps filer en les laissant sur le bord de la route, il choisit plutôt de nous inscrire au lycée français, chez les Blancs, 500 000 CFA de scolarité l'année. Il voulait donner à ses enfants une chance de s'en sortir, c'est-à- dire de quitter le Togo, en avant toute pour la France. Mais la redoutable contrepartie de cette décision fut qu'il n'avait plus d'argent pour acheter même une brouette de troisième main. Nous allions à l'école en pétaradantes zémidjan*, arrivions à destination, couverts de crasse urbaine et puant le kpayo*, parmi les élèves qui s'extirpaient de leur Mercedes ou de leur 4 × 4 Pajero 4 wheels drive avec une morgue d'oberführer. Dans ce pays où la gloire lycéenne se mesurait au portefeuille paternel, ministériel ou en croco Hermès, j'étais une va-nu-pied, une lépreuse. Mes camarades eurent vite fait d'apprendre que mon père était chauffeur, même si je tentais de noyer le poisson avec un « il travaille au ministère des Affaires étrangères », espérant qu'ils en déduiraient qu'il était diplomate. Nul ne m'adressa plus la parole, sauf Céleste, elle aussi venue d'ailleurs. Elle arrivait de Rome, dans le sillage de son père mis au ban des courtisans du palais présidentiel. A quarante-neuf ans, il était confiné dans un obscur placard du ministère des Affaires étrangères, terminus tout le monde descend, là où des termites mutantes bouffent jusqu'au papier, dans l'attente hypothétique d'un salaire qui n'arriverait jamais, démerde-toi, ex-élite de la nation. Céleste aussi avait connu les domestiques blancs, autant dire le monde à l'envers. Elle aussi était un tantinet déphasée. Forcément, ça crée des liens. Notre seul point de divergence était dans la manière de prendre notre revanche : Céleste se vengerait par les diplômes mention plus plus, les grandes écoles, la pensée, tous ces colifichets fumeux. Moi, par ma science du mutu*.

Car la science de la fente, alliée à Machiavel, Talleyrand, Simone de Beauvoir et autres savantes lectures auxquelles j'ai sacrifié quelques lendemains de virées en boîte, à la bibliothèque Sainte-Geneviève à Paris, entre deux repérages de thiof* aux Halles, peut vous ouvrir les portes du paradis, sachez-le, mesdemoiselles. Pas la version en pâte à modeler où somnolent des angelots joufflus et un type à longue barbe juché sur un nuage, francho, on doit trop s'y ennuyer, mais celui où l'on arrive en hélicoptère, après avoir survolé un lagon turquoise où batifolent des poissons-chats, un paradis de soixante-cinq mètres de long d'où l'on peut descendre faire une razzia chez Versace sans quitter ses tongs : le yacht de milliardaire.

Certains gagnent le paradis par les génuflexions, moi, par les contractions vaginales. Le périnée est capable de miracles. Depuis que j'ai compris cela, j'ai laissé ma conscience à Céleste, mon appendice moral, ma meilleure amie. Pour ma part, j'ai utilisé au mieux mes deux pouvoirs : celui de faire jouir et d'enfanter.

Mon premier objectif était de quitter le Togo pour retourner en France. Sans CFA ni carte d'identité bleu-blanc-rouge, mon passeport serait un joli petit Français. J'ai commencé à m'entraîner modestement sur un coopérant. J'ai rencontré Bruno au Privilège. Ce soir-là, comme chaque samedi, avec Céleste, nous avions fait le mur. J'avais fui notre case rongée par l'humidité de Bè-Kpota pour passer le week-end chez elle, prétextant une composition de philo à préparer. Comme chaque samedi, nous avons dû attendre que ses parents insomniaques s'endorment, et soudoyer

Moriba, le gardien tchadien, pour qu'il ouvre le portail et ferme sa bouche.

Bruno était mignon, lorsque je le vis la première fois, même s'il transpirait dans ses Birkenstock moches du poubelle. Plus tard, je lui apprendrai l'élégance : la chaussure tropicale de bon aloi est une Tod's camel. Pardonnez-moi cette digression vestimentaire : l'essentiel de mon activité aujourd'hui consiste à faire du shopping. Bruno était donc bien fait de sa personne, condition *sine qua none* à un harponnage en bonne et due forme : je n'étais pas une fille du quartier, je n'allais donc pas rocker mon boat* avec le premier vilain planteur de cacao blanc venu s'enrichir sur le dos de mes frères.

Lorsque j'ai durablement attaché Bruno avec mon corps, par de savantes circonvolutions pelviennes, et avec ma tête, celle qui connaît les meilleurs grigris, pour lui ôter l'envie d'aller planter sa gbarène* dans d'autres champs de canne à sucre que le mien, j'ai évité la grossière erreur que font les filles du quartier : dire « amen, amen, ûi ûi ûi » comme chantent sous la coupole de la basilique de Yamoussoukro les jeunes filles en pagne dans les documentaires promotionnels d'Air Ivoire : les hommes se fichent des femmes qui leur donnent l'impression d'avoir besoin d'eux. A vrai dire, ils sont lucides : nous n'avons pas besoin d'eux. Nous nous passerions sans difficulté de ces grands corps indécis et mous, maintenant que les banques de sperme existent et que ma copine Perpétue m'a appris à jouir avec un seul doigt, un après-midi oisif à Ménilmontant.

Donc, j'ai fait mine de snober Bruno, de le tenir à distance. Je l'ai empapaouté, comme dit Jean Gabin dans les films que je voyais sur FR3 à Paris, tard dans la nuit. J'ai été une vraie Ewé, une dure, une fière, de celles qui donnent du fil à retordre sans avoir l'air d'y toucher, capable par un savant tour de passe-passe intellectuel – car Dieu m'a donné un cerveau un jour de soldes – de lui faire croire que je ne maîtrisais pas la danse, car l'homme a besoin de penser qu'il a le pouvoir, même si, en réalité, il se fait mener par le bout du bangala. Putschiste des sphères magnétiques, je le repoussais pour mieux l'aimanter.

Avec lui, j'étais intraitable sur une chose : le port du préservatif. Je ne savais pas où il terminait les soirs de beuverie. Qui sait, peut-être achevait-il sa trajectoire nocturne dans le ventre d'une tchoin*. Avec le sida qui court en route, c'est bonnet blanc et blanc bonnet, un capuchon, que tu sois black or white. Au bout de trois mois, il en eut marre du latex, et exigea le test fatidique. Négatif Mademoiselle Monsieur, passeport pour la nique en liberté, exulta-t-il. Moi, je ne voulais pas avaler un comprimé chaque jour, est-ce que je suis malade ? Il promit chaque nuit de sauter du train en marche, de se retirer, comme on dit. Mais allez donc sauter d'un TGV : me voilà avec le ventre. Merci, Brandon, mon assurance-vie, mon bébé français qui m'offrait mon visa, mon cadeau de Noël, qu'une sage-femme ivre de bière extirpa de mes entrailles le 24 décembre, car accouchement ou pas accouchement, n'est-ce pas, il fallait fêter dignement le petit Jésus ?

Brandon n'était pas blond blanc comme mon héros de Beverly Hills 92031, mais son pater si. Le bac et un bébé dans mon kangourou, j'atterris donc à Paris, où Bruno retrouva son laboratoire de biologie à l'issue de sa mission au Togo. Nous vivions dans le vingtième arrondissement. Pas vraiment le triangle d'or, mais je ne désespérais pas de trouver le sponsor qui m'installerait dans un 400 m^2 des beaux quartiers. Et puis Céleste était là. Après le bac, elle était venue poursuivre ses études en France. Je passais beaucoup de temps avec elle, la pauvre, officiellement pour l'aider à surmonter le choc traumatique consécutif au passage d'une villa confortable à Lomé à une chambre d'étudiante humide à Stalingrad, dans le quartier des putes et des crackés. En réalité, nous courions les boîtes chic et les soirées privées, Castel, Maxim's, le Ritz Club, le Bal d'automne à Bagatelle. Pendant qu'elle affinait son incompréhensible posture de bombe frigide, adulée de tous les millionnaires qu'elle croisait et écartait consciencieusement, leur préférant les romanichels négroïdes qui écoutaient Curtis Mayfield en boucle tout en fumant des joints, je fis la connaissance de Gunther.

Gunther était directeur général d'une banque d'affaires suisse. Jackpot intergalactique, merci, Seigneur mon Dieu, Toi qui es tout-puissant surtout avec les puissants. Trois savantes contractions vaginales plus tard, il me demandait de le rejoindre à Zurich. La science du périnée, alliée à un don certain pour la comédie, est l'avenir de la femme. Le sentant pervers, j'ai opté pour la stratégie inverse de celle que j'avais employée avec Bruno : j'ai feint d'être docile, ha, ha, moi la plus grande gueule de Bè-Kpota. J'ai courbé l'échine, j'ai joué la geisha ébène, et même dilaté mon cul plus qu'à l'accoutumée : à l'occasion, il fréquentait les boîtes échangistes, et n'avait nulle envie de m'y voir faire de la simple figuration. Un jour qu'il m'avait entraînée aux Chandelles, la plus huppée des caves interlopes parisiennes, je vis sa bouche s'attarder longuement sur une poitrine exponentielle. Etant une fille pragmatique, j'ai prétexté un voyage auprès de ma chère mère souffrante et filé au Maroc pour ajouter trois tailles à mes bonnets dans une clinique chérifienne : bien moins cher, avec les bains de boue, les inhalations d'oxygène et les douches à affusion en prime, Allah Akbar. Gunther fut ravi de la surprise. Lorsque j'avais conseillé à Céleste de faire de même, elle m'avait regardée comme si j'étais le diable à mille griffes. Vraiment, je n'ai jamais vu une telle rigidité morale depuis la princesse de Clèves, et francho, quand on sait comment elle a fini, ça ne donne pas envie. Mais bon, je lui en sus gré, car Céleste avait la lourde tâche d'être la marraine de Brandon, un bébé qui serait exclusivement élevé par son père : Gunther n'avait pas envie de s'encombrer d'un morveux. La fin justifie les moyens.

J'ai donc tracé à Genève avec Gunther et mes coucourdes gonflées à l'hélium. Bruno a été très triste, bien sûr. Il aurait dû me remercier, au contraire : je lui offrais la chance de rencontrer une petite bourgeoise blanche que sa mère, ratatinée comme un pruneau mais néanmoins donneuse de leçons, observerait avec une relative bienveillance, par-dessus le rôti du dimanche. Bien sûr, elle héritait d'un petit-fils semi-orphelin et basané, mais ce sont les risques de la mondialisation.

Gunther m'installa chez lui, dans un triplex tout en marbre mauve et moulures toc qui dominait le lac. Heureusement qu'à l'époque je n'avais pas lu *Belle du Seigneur*, ni vibré à l'hôtel Ritz avec Ariane et Solal : je serais devenue sentimentale, ce qui ne cadrait pas du tout avec les mœurs de Gunther. Chaque matin, il déposait pour moi mille francs suisses sur la console Starck en Plexiglas du vestibule. Le soir, il m'invitait au restaurant, parce qu'il avait une sainte horreur des odeurs de graillon dans sa cuisine Pogghenpohl en corian blanc. Gunther était prodigue mais avait une vilaine manie : deux fois par semaine, il conviait ses amis à un cocktail dînatoire dans notre appartement. Une heure après leur arrivée, il m'ordonnait de filer dans notre dressing me faire belle, comme si je ne l'étais pas déjà, dans mes robes soyeuses dont le décolleté dissimulait à peine mes seins tout neufs, car il m'aimait ainsi, aussi dénudée que l'autorisent les convenances, offerte à tous, dès lors qu'il l'aurait décidé. Alors, j'allais dans la chambre, enfilait mes coûteux porte-jarretelles, m'allongeait sur nos draps en satin noir, et ses amis me rejoignaient. Parfois, ils amenaient des accessoires, fouets, concombres, chaînes, bâillons. Je ne prenais aucun plaisir à ces rituels de dégénérés, c'était même humiliant, mais j'avais acquis le sens du sacrifice. Tout plutôt que de retrouver les miasmes de la lagune et du lac Togo, les oncles qui vous serrent quand la maison est vide, tout sauf ce sentiment d'être à côté du monde, en marge. Alors, ces soirs-là, sur les draps en satin noir, je fermais les yeux et pensais aux vacances d'hiver aux Maldives, à notre piscine privée avec vue sur le lagon dans laquelle il me prenait matin, midi et soir, et où, pour une fois, je gardais les yeux ouverts et ne serrais pas les dents, parce que la beauté du spectacle compensait mon dégoût pour Gunther.

Pendant ce temps, Céleste perdait son temps avec des génies de l'aquarelle fauchés, des étudiants anarchistes aux cheveux gras, des crypto-écrivains qui pensaient décrocher le Goncourt avec une prose à l'intitulé aussi vain que « Autostop vers la lune ». Jusqu'au jour où elle rencontra un bel Italien. Elle frétillait comme une sauterelle lorsqu'elle m'avait raconté par le menu ce dîner où ils avaient fait connaissance, chez des amis communs sur l'île Saint-Louis. Le récit m'avait rendue circonspecte : il s'était immédiatement jeté sur le plateau de fromages, ignorant ainsi la scandaleuse beauté de Céleste : autant dire qu'il ne pensait qu'à lui. Quelques semaines plus tard, lorsque Céleste nous présenta, autour d'un brunch dominical, place du Marché-Saint-Honoré, ses yeux ciblèrent mon décolleté proéminent. J'ai aussitôt détesté ce pizzaïolo tactile et enjôleur, ce gondolier d'opérette qui s'adressait à mes seins, ce moulin à paroles qui éprouvait constamment le besoin d'être au centre de l'attention. Il avait l'air heureux, et je compris assez vite pourquoi. Céleste rehaussait son aura, il avait trouvé une fille qui le valorisait dans la rue, parce que Céleste a toujours attiré les regards, et ceux qui l'aiment vraiment s'en accommodent, n'en font pas un plat, passent outre, oublient. Lui non. Il la promenait comme un trophée, l'enveloppait dans son regard langoureux, elle se sentait exister. D'où vient ce besoin clinique d'amour chez cette fille que Dieu a mis tant de soin à façonner ? Je n'ai jamais su. Céleste a ses parts d'ombre, qui me désolent, mais que je respecte.

Céleste, ma sœur de cœur, j'ai mal pour toi aujourd'hui. Ton impériale splendeur dans ton fourreau de basin blanc, ta croix en argent massif d'Agadez des Assars et de l'Idra, mon sautoir Cartier, ma pochette Bottega Veneta, mon garde du corps qui s'est effacé dans une alcôve de la salle des mariages, ne suffisent pas à montrer à ces Latins racistes que tu ne descends pas d'un arbre comme une chimpanzée. Céleste, tu te trompes, il te trompe, mais souris ma sœur, respire le bonheur de ce grand jour, parce qu'il faut prendre ce que la vie t'offre, avant le grand fracas des lendemains.

4

Elio

Dans la salle des mariages du Capitole qui résonne comme une vieille cathédrale romane aux senteurs de boue, Elio prononce un « oui » mécanique. Céleste le couve de gratitude. L'ombre torve de Carolina plane au-dessus de l'assemblée. Personne ne la voit. Tous les invités veulent croire au bonheur. Même Massimo, le témoin d'Elio, son meilleur ami, est dupe. Il s'étrangle de joie. Sa moustache frémit d'émotion. Lorsque Elio se tourne vers Céleste, l'ange qui l'extirpera de la dépression congénitale, elle rayonne de félicité.

« *Si* », clame-t-elle, bravache et résolue.

Les jeux sont faits. Elio devrait penser à sa femme, il pense à sa maîtresse, ce qui le ramène à son père. S'il était encore de ce monde, l'aurait-il, d'une grosse claque et d'un « sois adulte, mon fils, *porcogiuda* », empêché de se fourvoyer dans cette mascarade ?

Il devra lui rendre des comptes, le jour où il le rejoindra là-haut, quelque part, sans doute dans un jardin d'Eden vicié. Et s'il lui avait insufflé le gène de la trahison, celui dont on ne se débarrasse jamais, même après onze ans de psy ?

Onze ans déjà que Fabio Della Valle était mort, les chairs rongées par un vilain cancer du côlon, lui qui ne buvait pas, mangeait frugalement, et transpirait sur les courts de tennis des country-clubs de Parioli, qu'il pleuve ou qu'il grêle. Ce jour-là, Elio avait décidé que la vie était trop difficile à vivre. Il était plus simple de la jouer, voire de la surjouer. Rester en surface des choses, recouvrir la réalité du voile des illusions, pour ne plus jamais souffrir, ne plus sentir dans les profondeurs de sa chair les ravages de la douleur.

Il neigeait, à Rome, ce matin du 3 janvier 1995. D'un ciel taupe les flocons opalescents tombaient en plumetis sur les coupoles de toutes les saintes églises que compte la cité où la vie est douce. La ville frissonnait sous sa parure blanche, indifférente à son chagrin. Elio avait dix-huit ans, il était épuisé. Il avait passé les nuits précédentes dans une chambre de l'hôpital Fatebenefratelli qui exhalait l'éther, la mort et les regrets, allongé sur un lit de camp, accueillant chaque souffle de son père comme s'il s'agissait du dernier. Sa mère le suppliait de cesser cette veillée macabre, de fuir, comme sa sœur. En vain. Il était resté. Un après-midi, un rayon de soleil, pâle simulacre de vie, s'était engouffré dans la pièce. Le téléphone avait sonné, son père avait murmuré faiblement un « je t'attends », et raccroché. Puis il lui avait fait signe de s'approcher.

– Elio, dans quelques minutes, une femme que tu ne connais pas va me rendre visite. Je t'en prie, ne dis rien, il est trop tard pour me juger. Sache que j'ai aimé ta mère différemment, mais tout autant qu'elle. Elle m'a offert sa vie, je n'ai que ma mort à lui donner aujourd'hui, et même cela, elle l'accepte. Elle a le droit d'être à mes côtés, avec vous, mes enfants, et avec ta mère.

Elio avait fixé son père, incrédule. Son regard s'était alors tourné vers la fenêtre balafrée. Un bref instant d'éternité, il avait été tenté de l'ouvrir, de l'enjamber, de sauter du quatrième étage. Sa passion pour le cinéma l'avait sauvé : plutôt que de se jeter dans le vide ou d'accabler son père, il s'était réfugié dans sa cinémathèque, avait méticuleusement dressé un inventaire des films où un ultime coup de théâtre révèle la double vie du héros : *Il était une fois en Amérique*, *Arsenic et vieilles dentelles*... Il lui fallut chercher un peu, ce qui l'occupa un bon moment.

Il chassa ainsi la femme de son esprit, mais elle revint par la porte. Cette femme, ainsi qu'il l'appellerait toujours, lorsqu'il en parlait à Céleste. Il n'avait jamais voulu prononcer son prénom, comme pour maintenir une distance avec celle qui lui était si proche dans l'épreuve. Cette femme était infiniment moins jolie que sa mère. Moins apprêtée aussi. Quelques cheveux gris striaient la chevelure brune qui lui encadrait un peu trop sévèrement le visage. Son teint olivâtre trahissait une addiction au tabac. Ses bas beige tirebouchonnaient légèrement sur des escarpins en mauvais cuir, fabriqués avec les rebuts des grandes maisons, de ceux qui atterrissent dans les boutiques défraîchies de la via Tuscolana. Mais il y avait ces lèvres, pulpeuses bien que gercées, cet îlot de générosité et d'abandon dans un visage austère...

Elio n'avait eu ni le courage, ni l'impudeur de rester. Il était animé de sentiments contradictoires. Il en voulait à son père d'avoir trahi sa mère, mais il avait compris que cette femme était l'oasis de Fabio Della Valle. Une bouffée d'air vicié, loin du caisson stérile dans lequel ses parents, les grands-parents d'Elio, l'avaient enfermé, et dont il avait eu la docilité de ne pas s'échapper : un boulot d'avocat fiscaliste, lui qui rêvait d'être directeur photo, sur les traces d'Otello Martelli, l'homme lige de Fellini. Mais ce métier lui avait été interdit sans appel. Lorsqu'on a un arrière-grand-père échappé du pogrom de Kichinev, un grand-père qui, à la sueur de son front, avait fondé et fait prospérer les Magazzini generali di Roma, bazar des Temps modernes où l'on trouvait tout, du boulon au guéridon en passant par des moulins à poivre et des masques à gaz, et un père qui, lorsque les juifs durent fuir l'Italie fasciste, abandonnant leurs biens à des prête-noms plus ou moins dénués de scrupules, réussit à sauvegarder une partie du patrimoine familial grâce à sa clairvoyance, on ne donne pas dans la bohème. Dans la famille Della Valle on devait être travailleur, pas rêveur, et épouser une blonde authentique – en Italie, seules les bourgeoises de bonne famille sont de vraies blondes, les autres se décolorent et la racine moricaude de leurs cheveux les trahit –, une chevelure or qui portait la fourrure avec distinction et skiait convenablement. Vaillante à la tâche tout de même parce que ce n'est pas demain que la famille Della Valle allait dilapider son patrimoine dans d'oisives cures de reminéralisation à Montecatini Terme, bref, une femme raisonnable et coincée. La famille n'ayant jamais été très pieuse, peu importait qu'elle fût juive ou catholique, du moment que l'élue faisait vœu de tempérance financière et de chasteté bien ordonnée, en dehors des périodes de procréation. Fabio Della Valle n'était donc pas né au bon endroit, mais, trop faible pour se rebeller frontalement, il s'accommoda des diktats familiaux. Il épousa Maria Grazia Alessandrini, l'honora assez pour perpétuer la lignée, et se ménagea un espace de liberté : une liaison au long cours avec la secrétaire d'un confrère.

La femme était revenue tous les jours, aussi longtemps qu'avait duré l'agonie de Fabio Della Valle, à l'heure où Maria Grazia jouait au bridge, entourée de ses amis compatissants. Elio était mal à l'aise. Il se sentait complice de son père, coupable vis-à-vis de sa mère. L'avant-dernier jour, Fabio Della Valle glissa dans le coma, laissant Elio dans un dilemme : fallait-il chasser la femme, et trahir ainsi les dernières volontés de son père ? Devait-il tout dire à sa mère, et ajouter rancœur et humiliation à son chagrin ? La mort dans l'âme, il choisit la deuxième solution. A son agitation, sa mère opposa un calme résigné :

– J'ai toujours su qu'elle était là. Même s'il ne m'en a jamais parlé. C'était prévisible. C'est un peu délicat de te dire cela, mais tu sais, je n'ai jamais été portée sur la chose. Quand on a une mère qui va à l'église tous les matins, et vous nourrit au pain et à l'eau les vendredis de carême… Ton père aimait la chair, rire et jouir. J'ai bien élevé ses enfants, mais je n'ai pas été l'épouse qu'il espérait.

Malgré ce constat d'échec, Maria Grazia refusa la présence de la femme, le jour où, à 5 heures du matin, les médecins de Fatebenefratelli réveillèrent la maisonnée. Le dernier soupir de Fabio Della Valle s'annonçait. Lorsqu'ils arrivèrent à l'hôpital, sur l'isola Tiberina, la femme se trouvait là. Dans la salle des familles, réduit de Formica destiné aux larmes de ceux dont un proche s'apprête à rendre l'âme, Maria Grazia alluma une Vogue menthol, aspira trois bouffées avant que l'infirmière de garde ne la rappelât à l'ordre, et demanda à Elio de faire sortir la femme. Tête baissée, telle une ombre, sans un regard pour Maria Grazia, la femme s'évanouit dans les couloirs, dans des voiles noirs d'où s'échappa un infime éclat, celui de la croix montée sur pendentif qu'elle baisait lorsque les portes du monte-charge s'étaient refermées sur elle. Elio ne devait plus la revoir, mais cette image resta gravée en lui plus fortement que la mise en bière de son père, au cimetière du Verano, dans un silence que seul troublait au loin le ballet des tramways rouillés glissant vers les quartiers dortoirs.

L'été qui suivit la mort de son père, Elio s'envola vers Israël. D'emblée, il décida qu'il adorait le pays où jadis ses ancêtres avaient fondé leur royaume. Ni les poussins de Tsahal, ces jeunes conscrits israéliens qui auraient préféré gober des ecsta en boîte plutôt que d'être postés sur le tarmac de l'aéroport, au pied des avions, sanglés dans leur sévère uniforme, fragiles remparts contre le voyageur terroriste, ni les bitacon, ces portiques de sécurité réglementaires dans les bars de Tel-Aviv au nom à la con, ni les regards inquiets vers les usagers qui montaient avec des sac à dos dans les autobus publics ne le firent changer d'avis. Il s'inscrivit au cours d'été de l'université hébraïque de Jérusalem, étudia l'historiographie de la Kabbale et apprit des rudiments d'hébreu, fréquenta des beautés auburn en treillis. En quittant sa terre promise, il accepta sans rechigner l'interrogatoire surréaliste – Avez-vous parlé avec un Palestinien pendant votre séjour ? – mené par un appelé nerveux à l'aéroport Ben Gourion, ne broncha pas lorsque ses traits d'esprit firent un bide, et rentra à Rome l'esprit apaisé, convaincu d'avoir trouvé une famille un peu éclatée mais fréquentable et, qui plus est, hautement cinématographique depuis *Les Dix Commandements* de Cecil B. DeMille et l'avènement de Woody Allen : les juifs, *mazel tov* !

5

Olimpia

Olimpia réprime un rot. Elle n'aurait pas dû ingurgiter en cachette cette bouteille de ferrari brut au petit déjeuner. Et puis arriver au mariage de son frère à demi-ivre n'est pas du meilleur goût, même si elle sait se tenir en toutes circonstances. Mais l'alcool est le seul remède qu'elle connaisse à la gueule de bois. Et la sienne en ce jour limpide d'été romain est en acier, vestige d'une fiesta la veille au Barbar.

A moins qu'elle ne boive pour oublier dans quel pétrin Céleste s'est fourrée. Elle ne parvient pas à escamoter cette sombre pensée, même aujourd'hui, dans la salle des mariages du Capitole tendue de velours grenat, la cuisse ouverte à tout vent dans sa robe baby doll argentée Prada et son bibi assorti.

« *Céleste è una grande* mon frère ne la mérite pas », pense-t-elle en boucle pendant que le conseiller municipal s'emberlificote dans une allocution où il est question de yin ou de yang version juive, de pièces d'un puzzle qui s'emboîtent à la perfection, de deux moitiés qui ne font plus qu'une. Ce discours, elle s'en tamponne, elle se sent aussi peu juive que catholique, préfère l'opium à la religion, et s'enverrait bien, là, maintenant, une poêlée de spaghettis all'amatriciana pour éponger ses excès de la veille.

Olimpia avait adoré Céleste dès le premier coup d'œil. Enfin une fille qui allait secouer sa limande de frère, le sortir de son marasme, avait-elle songé.

Elio avait rencontré Céleste indirectement grâce à elle. Quelques années auparavant, Olimpia avait passé quelques jours d'été à Paris avant de descendre à Saint-Tropez. Son frère, en apprenant ce voyage, s'était emballé. Paris, *A bout de souffle*, ses métèques et sa cinémathèque, François Truffaut, Michel Legrand, les *Demoiselles de Rochefort*... Chic, ma sœur jumelle, je t'accompagne ! Elle n'avait pas compris ce soudain enthousiasme, sachant combien son frère désapprouvait ses fréquentations tape-à-l'œil, dont Mario, son hôte, faisait partie : il dessinait les accessoires et la maroquinerie chez Saint Laurent. Une diva folle et décadente, entouré de courtisans postpubères mais déjà fripés par les excès. Dubitative, elle avait fini par traîner Elio à Paris. Elle entrevoyait déjà les emmerdes : Mario voudrait se faire son frère, lequel, dans son incorrigible propension à vouloir tout séduire sur son passage, même un loulou de Poméranie, ne manquerait pas de l'allumer.

Elio la rejoignit au bout de deux jours. Il débarqua nonchalamment dans le loft de Mario sur l'île Saint-Louis, en retard, comme toujours, au moment où le majordome philippin apportait le chariot à fromages.

Mario avait invité quelques amis intimes : un artiste priapique qui finissait ses toiles au foutre pour remonter aux origines même de la Création, sa compagne du moment, une Hongroise strip-teaseuse au Pink Paradise sous le pseudo de Snowskaïa, un fils à papa qui se lançait dans une carrière conjointe de mécène et de DJ, un métis sublime et mystérieux comme un espion qui dirigeait un bimestriel entièrement dédié aux spas de luxe mais qui, curieusement, ne parlait que de politique, une Japonaise osseuse en jambières roses qui ne parlait que le japonais, complètement *Lost in Translation*, et Céleste, solaire et pleine de grâce : elle revenait d'Inde où elle avait suivi pendant plusieurs semaines Amma, une sadhvi adulée des foules qui arpentait le pays pour apporter de l'amour aux gens en les serrant dans ses bras. Il lui arrivait d'étreindre cinq mille fidèles par jour. Tous décrivaient une sensation de paix et de bonheur qui les éclairait enfin sur la raison de leur présence sur terre. Céleste était revenue séduite. Qu'il y ait encore des gens prêts à consacrer leur vie à donner gratuitement de l'amour la rassurait. L'artiste contemporain doucha son élan humaniste :

– C'est juste une illuminée qui ne craint pas les microbes.

Il lapait une huître de Marennes d'un coup de langue obscène. Il était ivre mort. Faux provocateur et vrai bourgeois, ce n'est pas lui qui ferait la révolution, ni aucun de ses congénères appointés par le ministère, la Villa Médicis, les Drac et autres trucs institutionnels.

D'une lampée de blanc, il fit glisser l'huître au fond de son gosier.

– Ce rancio sec cuvée Raincy, quel glorieux breuvage ! Elixir des dieux issu d'un terroir de peu... Qui eût dit qu'une telle merveille pouvait naître de ces vignobles dévoyés du Languedoc ?

Les yeux des convives brillaient, leurs lèvres se contractaient en un léger rictus d'autosatisfaction. Ils se rengorgeaient doucement d'être cultivés, de faire partie d'un heureux cénacle de gens de bon goût, s'extasiant sur la cuisson du gigot telle une reine mésopotamienne devant les traits délicats de son prince nouveau-né. Voilà bien les Français, avait songé Olimpia. Se raccrocher à leur culture œnologique, c'était tout ce qu'il leur restait. Les Américains fabriquent des avions plus performants que les leurs, les Japonais ont coulé leurs Renault profilées comme des pots de yaourt premier prix, les Anglais ont eu la bonne idée de ne pas couper la tête à leur reine, ce qui leur confère à jamais une sympathique excentricité, les Chinois leur fauchent tous les jours des marchés, et ils se privent de sang neuf en barricadant leurs frontières tout en se targuant d'être le pays des Droits de l'homme. Nous, en Italie, on est tout aussi à la ramasse, mais on ne donne pas des leçons de morale et d'élégance au reste du monde. OK, il est bon ce vin, mais de là à en faire tout un fromage...

Qui aime bien châtie bien. En vérité, elle trouvait les Français plutôt charmants, comme des cousins aristos et bien élevés qu'on prend plaisir à voir, de temps en temps. Mais les convives de ce soir l'énervaient. Elle s'attendait à un minimum de classe, ils étaient aussi vulgaires que les matamores du showbiz italien qu'elle côtoyait à Rome. Seule Céleste échappait au verdict acéré d'Olimpia. Sans doute parce que, depuis le début du repas, elle avait observé le reste de l'assemblée avec une distance amusée mais bienveillante. Mondaine et décalée. Sa curiosité d'ethnologue se satisfaisait autant des grimaces de la faune parisienne que des exotismes plus lointains.

– J'adore Paris l'été, quand toute la ploucaille est en villégiature à La Napoule ! s'extasia Fabien, Monsieur Body-Treatments et démocratie participative, en contemplant par-delà la fenêtre la silhouette élancée de Notre-Dame.

– Et fuir à Bali en septembre, quand ils reviennent ! Qui sait ce que nous réserve cette rentrée 2001 ? renchérit Mario.

– A la télé, feront-ils plus fort que le Loft ? Cette émission était vraiment fascinante, tous ces cobayes humains... Je suis sûre qu'un jour il y aura des variantes où on les malmènera un peu, comme des rats de laboratoire... ajouta Snowskaïa qui, dans une vie précédente, avait entamé des études de biologie à Budapest.

– Emission fascisante, tu veux dire, ma chère linotte, assena l'artiste. Fort heureusement, c'est l'effet curiosité qui a joué, le quidam mène une vie trop ordinaire pour accepter sans broncher que la télé la lui renvoie en pleine figure. Les lofteurs, comme on les appelle, sont stupides, et quand ils forniquent dans une piscine gonflable, carrément ridicules. Croyez-moi, dans quelques années, la téléréalité, selon l'expression maintenant consacrée, sera morte et enterrée !

Le débat fut interrompu par l'entrée en scène d'Elio. Il arborait un polo crème, un bermuda beige et des docksides, trois insultes à l'avant-gardisme de Mario. Encore son goût de la provocation sans conséquence. Il salua chaleureusement le maître de maison, adressa un bonjour collectif aux autres commensaux, s'excusa vaguement de son retard.

– Désolé, j'étais à la mer.

– A Deauville ? s'enquit Céleste. La question n'était pas l'expression d'une politesse de bon aloi. Olimpia y avait décelé un intérêt sincère.

– *Ma che*, Deauville, répondit Elio, outré. A Forte dei Marmi !

– Toujours ce besoin qu'a mon frère de se faire remarquer, s'excusa presque Olimpia. Il grimpe dans l'avion à Pise, des grains de sable encore collés à ses semelles, et hop, le voilà !

Là-dessus, sans s'attarder aux amabilités d'usage, Elio se jeta sur le plateau de fromages. Un véritable aspirateur à calories. Sa faim d'abord, les autres après. S'affranchir des codes de la bienséance était pour lui le comble de la transgression. Une manière d'exister au monde.

Olimpia, elle, était allée jusqu'au bout de sa rébellion. Olimpia, l'offense à la famille Della Valle. Alors qu'Elio avait brillé sur les bancs de la Sapienza, section philologie linguistique, matière dont personne ne comprenait le sens et qui ne débouchait sur aucun diplôme monnayable sur le marché du travail – mais enfin, ça faisait chic, alors que les cousins avaient tous fait Polytechnique ou la Bocconi, même si par la suite ils avaient préféré vivre de leurs rentes –, Olimpia, elle, avait choisi la vulgarité : elle était *velina*, soubrette télévisée, exhibant ses formes réjouissantes aux côtés de présentateurs aux chairs affaissées. Une créature comme seule l'Italie latino-vaticane savait en engendrer : oui, dans ce pays, la femme était d'abord un objet, parce que, sous l'imposante coupole de la basilique Saint-Pierre, d'austères missi dominici continuaient à instiller dans l'âme de cette botte schizophrène l'idée que la femme était au service de l'homme, pour lui complaire, procréer, et engraisser des tripotées d'enfants obèses. Femme-objet aussi pour les Latins mécréants, hochet sexuel, joujou extra pour le plaisir du téléspectateur testostéroné. Olimpia n'avait que faire de la ligne bigote : elle n'avait nulle intention de gaver de *pastaciutta* des enfants rois, sauf si leur géniteur était footballeur, soit un dieu plus sexy et prodigue que celui du Vatican. Et le meilleur moyen de ferrer ce spécimen aussi rare que convoité était de devenir *velina*. Grâce à son job, elle avait frôlé de très près les astres de la Squadra Azzura. La presse people lui avait prêté des liaisons avec Eros Ramazzotti, Stefano Accorsi et même, dans un registre moins mièvre, Pete Doherty. Olimpia Della Valle était une starfucker effrontée et sans frontières. Son ambition décalée était un acte de rébellion envers une famille fortunée qui avait, selon elle, le mauvais goût de ne pas l'afficher. Petite, à Forte dei Marmi, elle avait souffert d'être contrainte de loger à la pensione Mastella, zéro étoile et stores en plastique à demi moisis, alors que ses parents avaient les moyens de s'offrir le Cesare Augustus, un palace de style umbertien qui correspondait mieux à leur standing. L'argent n'était pas la seule motivation d'Olimpia. Le statut de *velina* et la notoriété qui en découlait lui apportaient une reconnaissance que sa mère Maria Grazia lui avait toujours refusée, préférant de loin son fils Elio, blond comme Tadzio dans *Mort à Venise*, son film préféré.

Olimpia ne ressemblait pas à sa mère, encore moins à son père. Elle était aussi gironde que Maria Grazia était plate, aussi gourmande que Maria Grazia était ascétique. Maria Grazia ne supportait plus de prendre un repas avec Olimpia qui, tout en dévorant des platées de prosciutto di San Daniele, jetait un regard apitoyé mais néanmoins moqueur sur les courgettes à l'eau que sa mère grignotait avec circonspection. *Exit* la romanichelle, il n'y avait plus de place pour Olimpia dans le cœur au régime de Maria Grazia Della Valle.

– Il est où le sac ? demanda soudain l'artiste lorsque le cognac fut servi.

Les convives se regardèrent, perplexes. Elio achevait d'engloutir la dernière mignardise, un cannelé de

Bordeaux. Olimpia non plus ne comprenait pas la question, mais mit cela sur le compte de son français approximatif.

– Quel sac ? demanda Céleste, redescendue de son ashram.

Ha ! s'esclaffa l'artiste. Très chère, vous n'avez pas le sens de la métaphore. Je parle de Snowskaïa bien sûr ; de son vrai nom Emesze. C'est imprononçable et ça fait tout de suite moins glamour. Elle est aux chiottes, en train de dégueuler pour rester belle, j'imagine. Bien gaulée, la truie, trop bien. C'est suspect. J'adore le jusqu'au-boutisme de ces pauvresses de l'Est. Ça m'excite. Quel sac, me demandiez-vous ? Un sac à foutre, voyons. Une besace des Temps modernes, une Saint Laurent tiens, toute chromée à l'extérieur, m'as-tu-vu en veux-tu en voilà, et peu importe ce qu'il y a à l'intérieur. Un sac dans lequel, fort heureusement, il y a de la place pour ma bite plaquée or. Qu'il serve à quelque chose, au moins.

Une goutte de pluie orageuse s'égara, par la fenêtre, prélude à une salve de tonnerre.

Céleste lui jeta un regard pétrifiant qui renvoyait la Gorgone au rang d'aimable nymphe.

– Ça va pas la tête ? Parce que vos phallus en plâtre se vendent 100 000 dollars dans les foires d'art contemporain, que vos délires picturaux post-modernes qu'une enfant de quatre ans pourrait exécuter sont exposés à la Dokumenta de Cassel, vous vous croyez tout permis ?

– Mademoiselle la pudeur moralisatrice s'est réveillée ! siffla l'artiste éméché. Oui, je le dis haut et fort, Snowskaïa est un sac à foutre, comme toutes les femmes. Vous voulez voir sa meilleure prestation ? J'ai un DVD d'une de ses performances lorsque je l'ai rencontrée, à Budapest. Officiellement, elle était étudiante en biologie. Actrice porno en réalité. Remarquez, les deux activités peuvent se rejoindre. Une gorge abyssale, je dois dire, ma petite Snowskaïa, une stakhanoviste du gang-bang. Tous dans sa chatte sans distinction de classe, apparatchiks et prolétaires, jouissez de concert, et vive l'éjaculation communiste !

Olimpia ne comprenait pas tout mais s'amusait beaucoup. Céleste se leva, déposa une bise contrite sur les joues d'un Mario dépassé par les événements, se tourna vers l'artiste et le maudit vertement :

– Vous êtes vraiment aussi abject que vos toiles.

Elle ignora ses borborygmes de protestation et s'avança vers Elio :

– Je m'en vais. L'endroit est trop mal fréquenté. Je connais le meilleur restaurant à fromages de Paris. Puisque tu as l'air d'aimer la cancoillotte, l'époisse, la fourme d'Ambert et le maroilles truffé de vers qui change de placard pendant la nuit, Androuet devrait te plaire. Je t'y invite.

Céleste lui glissa sa carte de visite dans la main. Olimpia l'embrassa chaleureusement et, avec un clin d'œil, desserra son étreinte. Cette fille a de la personnalité, pensait-elle. Volcanique comme le Vésuve qui semble dormir, majestueux, insensible aux drames de la Camorra qui se jouent sur ses pentes. Elle avait pourtant peu parlé avec elle. Mais il est des femmes qui dessinent une corolle pour loger les âmes égarées, des amazones généreuses qui ont compris leur place sur terre, et chez qui l'offrande d'elles-mêmes crève les yeux, des créatures entières et insaisissables qu'il faut apprendre à embrasser en toute confiance. Grâce à elles, l'existence a un sens. C'est peut-être cela un ange. Céleste est un ange apparu à mon frère, se dit Olimpia sous les étoiles, au moment où les cloches de Notre-Dame sonnaient les douze coups de minuit.

Deux jours plus tard, Elio et Céleste dînaient chez Androuet, rue de Verneuil, à l'ombre de Gainsbourg et Gainsbarre, qui avaient vécu et étaient morts dans une demeure tendue de noir au numéro 5 *bis*. Moi Serge toi Jane, clap de début. Elio, au fond de lui, avait murmuré « Moteur ». Si loin de son quotidien, la vie de Céleste était comme une chevauchée sauvage en Cinémascope. Steppes d'Asie centrale, galops avec les enfants de Gengis Khan, bienheureux repos sous des yourtes parfumées au beurre de yak. Céleste lui contait son avant-dernier voyage aux confins de la Russie, de la Chine et de la Mongolie. Elle s'étonnait de l'aisance avec laquelle elle circulait, elle, métisse africaine, dans ces terres préservées du chaos de la modernité.

– Avec mon mètre quatre-vingts, ils me prenaient pour une divinité hybride de l'Himalaya. Là-bas, dans ces endroits si loin de nous culturellement, je me suis sentie plus en sécurité qu'en Amérique latine où, pourtant, je me fonds dans la masse. En Amérique latine, je ne suis qu'une femme, donc un orifice.

J'ai vraiment risqué ma peau dans ces pays que je croyais miens.

Et de lui conter sa traversée de la frontière mexico-guatémaltèque, sur les traces du sous-commandant Marcos, le départ de San Cristobal de Las Casas dans l'aube perlée de rosée, la traversée du rio Usumacinta, boueux et tourmenté, dans une lancha criarde dont le moteur crachotait du gasoil frelaté et faisait fuir les oiseaux, l'arrivée au poste-frontière guatémaltèque, une simple cahute de bois moussu qui ne méritait pas cette pompeuse appellation. Un appelé hâve et somnolent lui avait indiqué d'un doigt las le *school bus* exsangue qui devait la conduire à Flores, d'où elle gagnerait Tikal, l'antique métropole maya avalée par les fougères arborescentes. Le bus était un totem roulant à la gloire du dieu de la récup et des boulons rouillés, perclus de rhumatismes, et dans lequel s'entassaient des Indiens exhalant le scorbut importé par les conquistadors qui avait décimé leurs ancêtres. Les poules et les chèvres ligotées sur le toit parmi les tombereaux de bagages bramaient leur angoisse de finir en sauce. Tout n'était qu'immonde ragoût de sécrétions et humeurs diverses, de déjections caprines, de mollards tuberculeux, de crasse collée aux aisselles, de relents d'*aguardiente*, de misère puante. La colère de Dieu envers ces enfants indignes et pouilleux s'était abattue au premier virage. Le déluge semblait vouloir noyer ces terres ingrates. L'engin poussif crachait d'infâmes miasmes de produits pétroliers et dérapait sur la piste boueuse. Un silence inquiet régnait dans la cabine. Même les mômes à l'abdomen endolori par la malnutrition se tenaient cois, étouffant leurs gémissements de loqueteux comme s'ils craignaient l'imminence de l'Apocalypse. De l'impénétrable végétation qui enserrait la piste ténue montaient d'étranges lamentations : sifflements stridents portés par le vent mauvais, insistants soupirs d'âmes damnées. Au détour d'un virage, le bus croisa un frère d'errance, l'autre véhicule qui avait osé s'aventurer sur cette route de nulle part. Les deux chauffeurs eurent un bref échange, par-delà la vitre où s'engouffraient les quarantièmes rugissants. Céleste ne comprenait pas assez bien l'espagnol pour saisir la teneur de la conversation. Mais elle avait vu les passagers blêmir de concert, se signer à la hâte, retirer leurs alliances pour ceux qui en avaient, et la fourrer dans les replis de leurs corps chétifs. Saisie par la peur, elle avait interrogé son voisin :

– Que se passe-t-il ?

– Santa Maria de la Misericordia, le bus que nous croisons s'est fait attaquer par des bandits, *Que Dio nos ayuda* ! Ils ont tout pris, l'argent, les bijoux, tout ! gémit l'autochtone, épouvanté.

L'information avait paralysé Céleste. Elle ne pouvait ni bouger ni réfléchir. Son voisin se chargea de réactiver le flot de sa pensée :

– N'ayez crainte, ils ne tuent jamais. Ils violent dans le fossé, parfois, glissa-t-il en dévoilant une dent en or qu'il était bien marri de ne pouvoir desceller.

Les billets qu'elle avait, dans un élan de panique, glissés dans son slip la grattaient. Il fallait pourtant attendre l'horreur, tapie au détour d'un virage sournois.

Un serveur s'approcha avec le chariot de desserts. L'évocation de cette débâcle équatoriale sembla tout à coup incongrue dans cette alcôve feutrée de Saint-Germain-des-Prés.

– Mon Dieu, ils sont venus, les bandits ? murmura Elio, aussi pâle que sa serviette.

– Non, par miracle ! Alleluia ! Après l'attaque du premier bus, ils ont dû juger que leur butin était suffisant, répondit Céleste. J'en ai fait des voyages, je suis allée dans des coins pas possibles, mais là, c'est la seule fois où j'ai vraiment eu peur.

Soulagé, Elio engouffra une dernière lichette de chabichou. Putain de fromages français qui vous font puer de la gueule ! Le munster douze ans d'âge lui vrillait l'intestin. Il aurait préféré être au faîte de sa séduction pour vivre son histoire avec cette fille plus torride que Jean Harlow, Jane Russell, Dorothy Dandridge et Halle Berry réunies. Avec elle, sa vie serait en Technicolor, ils mangeraient des crêpes au sucre dans le Quartier latin, puis iraient voir un vieux Billy Wilder dans une salle d'art et d'essai dont l'écran craquait comme un 78 tours. Il voulait s'abîmer dans la profondeur de Céleste, elle lui ouvrait des horizons insoupçonnés. Soudain, sa vie lui semblait étriquée, au milieu de tous ces bourges qu'il côtoyait au club d'aviron de Parioli dans leur maillot brun et olive, ces colverts mal dégrossis, fiers en apparence mais inéluctablement boiteux, ces nantis confits dans leur confort sous leur pergola de toile louée trois mille euros le mois au Bagno Carlo de Forte dei Marmi, sur la riviera versilienne où, l'été, migrent les familles bien comme il faut. La gente perbene, pelotonnée dans la satisfaction tranquille que leur procure leur aisance matérielle. Les gens bien, qui n'exhibent pas leur compte en banque tels ces Saoudiens qui viennent en 737 privé coloniser ce petit coin tranquille : ils montrent leur fric et cachent leurs femmes sous des voiles, voyez-moi ça. La bonne société, qui ne se qualifie plus ainsi mais n'en pense pas moins, préfère jouir d'une promenade matinale à bicyclette pour déguster les très célèbres *bomba* de la panetteria Alfredo, des beignets immondes dont le cholestérol leur boucherait un jour les artères mais qui sont si authentiques. Le soir venu, les gens bien se glissent sous une douche régénérante, enfilent une chemise bleu ciel et chaussent des Tod's camel, tenue vestimentaire exigée dans les restaurants du bord de mer hors de prix où le vieux monde fripé s'éteint, balayé par les nouveaux Russes qui y dînent désormais. Spaghetti alle arzelle ou homard à la catalane ? Insondable dilemme d'une vie sans profondeur, sans abysses, abîmes, aspérités. Insoutenable vacuité d'une vie atoll dont Elio allait s'enfuir, par la grâce de Céleste.

Taxi dans le bleu gris de la nuit parisienne, luminescences majestueuses du Louvre, écume évanescente des bateaux-mouches sur la Seine, béton gris phosphorescent du boulevard de Sébastopol, cordon de sécurité des Bains-Douches, vociférations des tricards qui ne plongeront pas dans l'antre originel, glissement vers les stroboscopes qui donnent le vertige… Pourquoi l'homme a-t-il besoin de tant d'artifices pour s'oublier ? *Ciao Olimpia come stai, ciao* Céleste, je suis heureuse de te revoir, venez, nous avons une table au carré VIP, les flots de champagne réactivent nos sèves anesthésiées par le vêtement social, viens, mon amour, dansons un peu, mélangeons nos corps, et que tourbillonnent nos langues, que vibrionnent nos doigts, que tanguent nos hanches, la nuit est un liquide amniotique, le cri primal nous terrasse, la vie survient.

6

Fabien

Heureusement qu'il y a l'art pour enfumer les esprits et oublier notre triste condition de mortels prêts à se faire entuber dans l'éternité du néant, ou même tout de suite, tant qu'à faire. Céleste fait partie des gogos existentiels. Elle se marie aujourd'hui dans un décor de carte postale. Cela suffit à son bonheur. Je parie qu'en gravissant les marches du Capitole, la traîne déjà ourlée de poussière grise, elle a pensé à Michel-Ange.

Je ne lui jette pas la pierre, j'aurais fait pareil : la vie est plus légère en sandales Jackie K à Capri. Les secrets de famille pèsent moins sur une gondole qui fend la lagune capiteuse d'une cité évanouie. La déchéance des corps est plus lointaine quand on mange un *vitello tonato* chez Gualtiero Marchesi, avant d'en gommer les effets par un savant palpé-roulé au miraculeux spa attenant au fief du chef étoilé, dans la campagne lombarde.

Avant de rencontrer Elio, la vie de Céleste était entre parenthèses. Dans sa paume reposaient mille promesses de trésors que ses blocages empêchaient de cueillir. Ma Céleste velléitaire, mon amie paralytique, tiraillée entre ce corps sublime dont elle ne savait que faire et cette intelligence d'un autre temps. Il était urgent que quelque chose lui arrive, car Céleste n'avait d'autre choix que d'être reine ou dépressive.

On pense toujours qu'il ne se passe rien à Paris l'été. Quelle erreur.

– Tu étais à Deauville ?

J'ai senti au léger tremblement de sa voix qu'elle était déjà amoureuse. Fallait-il s'en réjouir ?

– *Ma che*, Deauville ?

Il était diablement séduisant, et ce, malgré ses Sebago très cap-Ferret, cet Italien effronté. Trop, sans doute. Il chatouillait de son regard mutin l'hôte du soir, Mario, mon ex et néanmoins ami, vestige d'un temps où je jugeais les homosexuels plus raffinés que la moyenne plébéienne et ne dédaignais pas leurs verges élégantes. Aujourd'hui, je préfère les femmes : même si les féministes sont passées par là, elles sont quand même plus douces. Céleste, mon amie ma sœur, me l'avait toujours dit : Fabien, c'est une femme qu'il te faut. J'eusse aimé être d'aussi bon conseil avec elle.

Car je l'ai trouvé charmant, Elio, et ce malgré son bermuda Versailles rive gauche. Posé, spirituel. Il parlait un français piquant, avec juste ce qu'il fallait de cynisme pour faire briller les yeux de Céleste. En outre, il était cultivé, et fin analyste de la politique italienne toujours hantée par un anticommunisme dépassé. A l'époque, je n'ai pas compris pourquoi il semblait tant agacer sa sœur, une belle fille rieuse et effrontée que j'aurais volontiers lutinée si elle n'avait eu l'air totalement barrée.

Céleste, Elio, Olimpia. Ils étaient solaires, ces trois-là, et d'ailleurs on ne voyait qu'eux. Ce n'était pas plus mal. Les autres invités craignaient sérieusement. Il y avait un artiste dégénéré, une ex-actrice porno et une Japonaise autiste. Céleste était au cirque et aux anges. Normal. Elle adorait être spectatrice de la vie des autres. Le problème, c'est que parfois, elle l'était aussi de la sienne. Elle voyageait sans cesse dans des coins pas possibles pour fuir je ne sais quoi, puis revenait se régénérer à Paris dans des spas qui eussent été fort dispendieux sans les réductions que je lui obtenais. Elle publiait des articles, son premier essai lui avait conféré une petite notoriété qui lui permettait d'être invitée dans les cocktails, et ça lui suffisait. Moi je lui pressentais un grand destin. Elle avait besoin pour cela de se libérer. De quoi ? Je ne l'ai jamais su.

Nous nous croisâmes furtivement dans la cuisine. Elle desservait la table, je roulais un joint.

– J'ai toujours rêvé de passer tous mes week-ends en Italie. Vous m'inviterez, quand vous serez mariés ?

– Arrête ton char, Ben Laden. Il ne m'a même pas jeté un regard. Et moi, je n'ai jamais su draguer.

– Il aime le fromage, vu la façon dont il s'est jeté sur le plateau en arrivant. Glisse-lui ton numéro en partant et propose-lui d'aller chez Androuet.

Céleste se raidit. Elle n'avait pas encore assez bu pour se lâcher.

– Tu es fou, jamais j'oserais !

J'allumai mon stick.

– Tiens, prends deux taffes. Ça te détendra.

– Ça va me faire vomir plutôt !

– Fume, te dis-je. C'est un ordre.

Elle aspira presque à contrecœur, mais le tétrahydrocannabinol n'eut pas l'effet escompté. Elle aboya copieusement sur l'artiste décadent sous prétexte qu'il traitait sa compagne de sac, ce qu'elle était effectivement, une fois la métaphore décodée, et fit une sortie à la Sarah Bernhardt. Elle avait quand même suivi mon conseil et glissé sa carte à Elio. Céleste, mon amie tout feu tout flamme.

Une petite flamme, pas aussi forte qu'il n'y paraît. Du haut de sa bougie, elle vacille. Alors, les grands pervers narcissiques, ces prédateurs de l'âme, en prennent possession. Et les ennuis commencent.

7

Elio

Les Bains-Douches parisiens étaient bien plus réparateurs que les thermes antiques de sa ville natale : désormais, Elio était heureux. Mais il était juif. Ce factice sentiment d'appartenance faillit d'emblée faire capoter son histoire avec Céleste.

Car, comme d'habitude, tout en lui frôlait l'excès. Quelques semaines après leur rencontre pendant l'été 2001, il conduisait Céleste à l'aéroport de Fiumicino-Leonardo Da Vinci lorsque son téléphone couina deux fois, signalant une alerte info, service auquel il s'était abonné pour avoir le sentiment d'être un humain dans toute sa plénitude car en connexion continue avec les soubresauts de sa planète fatiguée. Un message lapidaire s'afficha sur son écran : accident d'avion à New York. Il blêmit.

– Qu'est-ce qui t'arrive ? Mauvaises nouvelles ? s'enquit Céleste, soudain inquiète.

– Je ne devrais pas te le dire, mais un avion s'est écrasé à New York.

Il avait vu Céleste tressaillir. Dans ses yeux, il avait perçu une image fugace et obscène, les lambeaux sanguinolents des malheureux réduits en bouillie comme des cafards tropicaux qu'on écrase. Elle s'était immédiatement ressaisie.

– La probabilité pour que deux avions s'écrasent dans un intervalle de temps de deux heures est infime. Je vais voyager tranquille.

Lorsqu'il l'avait embrassée passionnément, à la manière dont s'aimantent deux amants en perpétuelle séparation, comme si leur futur en dépendait, son portable avait de nouveau bipé.

Il avait regardé Céleste s'éloigner sur l'escalator qui mène aux salles d'embarquement et appuyé sur la touche « Messages reçus ». Sur l'écran, une phrase toujours aussi laconique : un deuxième avion s'écrase à New York.

Ce ne pouvait pas être une coïncidence. Il se rua vers le parking, alluma la radio et roula à tombeau ouvert jusqu'à sa rédaction à Saxa Rubra, le fief de la RAI perdu dans les campagnes désolées du nord de Rome où tapinent de jeunes prostituées bulgares en jupe droite et chemise blanche qu'un œil non averti prendrait pour des collégiennes.

Sur le mur d'écrans qui tapissaient le hall de la chaîne, sept présentateurs frémissaient dans leur studio d'Atlanta, de Londres ou de Milan. Ils leur revenaient d'annoncer l'apocalypse :

– Un troisième avion a percuté une aile du Pentagone à Washington… Aucun commentaire des autorités américaines à l'heure où je vous parle, mais l'enchaînement des événements permet d'ores et déjà de dire sans trop s'avancer qu'il s'agit probablement d'un attentat totalement inédit dans les annales de l'histoire, ahanait le présentateur de la Rai Due. Il était à bout de souffle, terrassé par l'ampleur de l'événement. Les tombereaux de poudre qu'une maquilleuse avait étalés à la truelle sur son front ne suffisaient pas à juguler la rigole de transpiration qui menaçait de goutter sur son nez.

Arrivé à Saxa Rubra, Elio se dirigea vers la rédaction de Rai News 24, l'indigente chaîne « tout info » italienne. La panique était générale. Certains journalistes hurlaient plus fort que dans une vente à la criée, les autres couraient telles des termites enfumées dans leur château. Il tenta d'en stopper un dans sa course folle vers l'audimat.

– Mais que se passe-t-il exactement ?

– C'est la troisième guerre mondiale ! répondit le rassurant journaleux avant de filer se mettre à l'abri.

Elio gagna la rédaction de Rai Cinema, où régnait à l'inverse un silence de mort. Il trouva ses collègues agglutinés devant deux moniteurs, hébétés. L'un branché sur Rai News 24, l'autre sur CNN. Le même sigle clignotait en haut à gauche de l'écran, dans la même langue : Breaking News. L'Italie était déjà américaine. Sur les deux écrans, la même image, qui semblait distiller chez les spectateurs un venin paralysant. Une tour en feu. Celle du World Trade Center.

Massimiliano, le paranoïaque de la rédaction, rompit cette veillée funèbre.

– *Cazzo*, si vous avez de la famille au Vatican ou près du Colisée, dites-leur de déguerpir, ces salauds vont faire la même chose chez nous, et dans d'autres capitales.

Décomposé, le présentateur de la RAI se saisit d'une énième dépêche :

– Et on apprend à l'instant qu'un quatrième avion s'est écrasé en Pennsylvanie avec à son bord 37 passagers et 7 membres d'équipage... L'appareil de la compagnie United Airlines avait décollé de New York à 8 h 42 à destination de San Francisco, mais il semble qu'au moment du crash il faisait route vers Washington, ce qui laisse supposer que là aussi il y aurait eu une tentative de détournement mais qu'elle aurait échoué... La cible était peut-être la Maison-Blanche ou le Capitole, il est évidemment trop tôt pour confirmer cette hypothèse... »

La panique saisit Elio, irrationnelle comme toutes les pulsions désespérées. Il pensa à Céleste dans les nuages, quelque part au-dessus des Alpes, cible anonyme d'un groupe de fous du manche – il était encore trop tôt pour parler d'Allah –, Céleste dont l'avion amorcerait sa descente non loin de la tour Eiffel, Céleste dont la cervelle exploserait à douze mille pieds au-dessus de la Ville Lumière, May day May day, il composa son numéro, même s'il savait qu'il tomberait sur sa boîte vocale, Céleste voguait dans le ciel, ignorante du cataclysme qui s'abattait sur terre.

– Il s'est passé quelque chose de terrible, s'il te plaît, appelle-moi dès que tu atterris à Roissy, lâcha-t-il d'une voix blanche sur sa messagerie.

Trois quarts d'heure plus tard, un « Céleste » impérieux s'affichait sur l'écran digital de son téléphone.

– Elio, ça va ? Que se passe-t-il ? Ton message me fait vraiment flipper, dis-moi d'abord que tu vas bien. Sa voix tremblait légèrement.

– Merci mon Dieu, tu es vivante ! exhala Elio dans un soupir de soulagement. Il lui raconta tout ce qu'il savait, percevant son incrédulité par-delà les ondes satellitaires.

Il fallut du temps à Céleste pour se mettre au diapason du monde. Une heure pour regagner son appartement et allumer la télévision, une autre pour s'arracher à l'état d'hypnose dans lequel l'avait plongée cet avion qui, tel un jouet déréglé, allait s'encastrer dans un agglomérat de béton de verre et d'acier, encore et encore, comme si le temps tournait en boucle, prisonnier d'une force supérieure.

Le soir, tard, après des heures passées devant le petit écran, en proie à ce sentiment confus que rien ne serait plus comme avant, mêlé à cette exaltation ambiguë de vivre un pan d'histoire qui resterait gravé dans l'âme de l'humanité, Céleste téléphona à Elio :

– Honey, c'est incroyable, je viens de passer quatre heures devant la télé, j'ai peine à croire ce qui s'est passé. On dirait un mauvais scénar pondu un soir de blues à Hollywood.

Un long silence s'ensuivit.

– Elio, tu vas bien ?

Le satellite de télécommunications lui renvoya un soupir de martyr à l'agonie.

– C'est une horreur, lâcha-t-il enfin. Tous ces gens, qui allaient travailler, gagner leur pain tranquillement, soudain foudroyés par des fous de Dieu. Toutes ces victimes innocentes... Je suis effondré, Céleste, comme si nous étions tous en deuil ce soir.

– En deuil ? Tu ne crois pas que le terme est un peu fort ? interrogea Céleste doucement, la voix encore nouée par l'émotion. Il me semble que l'on porte le deuil de ceux qui nous sont chers.

– Toi, ça ne te touche pas ? protesta Elio d'une voix plaintive

– Evidemment, ça me touche ! Je suis bouleversée comme lorsque survient une tragédie injuste. Bien sûr que je compatis, que je pense aux familles des victimes, bien sûr que je suis horrifiée.

– Mais tu te rends compte que c'est toi, moi, nos familles, l'Italie, la France qui auraient pu être frappés, parce que ceux qui ont fait cela en veulent à l'Occident ?

Céleste vit affleurer un ethnocentrisme qui l'agaçait. Elle ne put s'empêcher de répliquer :

– Certes, j'aurais pu sauter dans mon avion cet après-midi, rétrospectivement c'est flippant. Mais des victimes innocentes, il y en a dans toutes les guerres. Elle haussa légèrement le ton. Pourquoi ces victimes te touchent plus ? Parce qu'elles te ressemblent ?

Elio se contracta comme un cabri.

– Quel est le rapport ?

– Elio, avoue : je commence à te connaître, même si j'ignorais ton existence il y a un mois. Tu te sens concerné parce que ceux qui sont morts aujourd'hui sont des yuppies élevés au lait du capitalisme dominateur qui portent des costards Calvin Klein, regardent les Soprano à la télé et vont dîner le soir chez Nobu, comme toi à Milan.

Un silence glacial accueillit cette tirade. Puis, dans un filet de voix, Elio lâcha :

– Céleste, comment oses-tu insulter la mémoire de ces pauvres gens ensevelis dans des tombes d'acier et de cendres parce que des fous furieux ont décidé qu'il fallait frapper New York, l'autre capitale des Juifs, comment peux-tu dire des choses pareilles ?

– Mais ça ne va pas, Elio, de quoi m'accuses-tu au juste ? rétorqua Céleste, que cette indignation façon Savonarole commençait à énerver sérieusement. Je suis désolée pour eux, encore une fois je pense à ces familles désintégrées à jamais. Mais contrairement à toi peut-être, j'ai été aussi touchée par ces centaines de milliers de Rwandais égorgés à la machette dans l'indifférence générale que par les morts new-yorkais qu'on pleure aujourd'hui. Et puis que viennent faire les Juifs dans cette histoire ? S'ils visaient les Juifs, ils seraient allés se crasher sur le mur des Lamentations.

– Mais tu ne te rends pas compte, Céleste, on est entrés en guerre, une guerre de religion ! brama Elio.

– Foutaises. S'il faut commencer à analyser, il s'agit plus d'une protestation complètement disproportionnée contre la suffisance d'un Etat qui prend la planète pour sa vache à lait, et qui se soucie peu que les trois quarts de l'humanité crèvent la dalle du moment que ses citoyens roulent en Lincoln et aient leur ratio d'hamburgers et de vacances à Disneyworld. Je fais exprès de caricaturer, car ceux qui ont commis ces attentats ne sont pas plus subtils.

– Je n'en crois pas mes oreilles, Céleste, tu es en train de justifier ces attentats ?

– Mais, bon sang, tu m'écoutes ou tu suis ton raisonnement ? Je ne les justifie pas, je tente juste de les replacer dans un contexte. Quand tu viendras chez moi au Togo, tu comprendras ce qu'est la pauvreté, le désespoir de ceux qui n'ont même plus le statut d'humain, car aujourd'hui, seules les bêtes devraient être guidées par l'impérieuse nécessité de se nourrir. Un homme qui a faim n'est pas une âme libre. J'espère que tu comprendras alors pourquoi je suis aussi touchée par les gosses qui meurent par milliers de faim au Niger, en Somalie, au Soudan que par cet attentat.

A nouveau, le silence se fit au bout du fil. La sentence finit par tomber :

– Je ne suis pas sûr que nous puissions poursuivre notre relation. Nos fondamentaux sont beaucoup trop éloignés.

Il ne manquait plus que la marche funèbre de *Siegfried* pour sceller le sort de leur histoire naissante. Céleste n'était pas encore assez amoureuse pour prendre cette menace au sérieux. Elle lui conseilla de boire une camomille avant de se coucher, puis raccrocha. Il lui battit froid pendant quelques jours, mais la fascination qu'il avait pour un être si différent de lui l'emporta. Selon un accord tacite, ils évitèrent désormais le sujet et préférèrent se déchirer occasionnellement sur le conflit israélo-palestinien, viscérale pomme de discorde, Elio étant aussi ouvert sur la question qu'un colon de Gaza.

C'était sans doute une manière d'exprimer la judaïté que sa mère lui avait ôtée. Le grand regret d'Elio était de ne pas être juif comme son père, ce qui lui aurait épargné une vaine et épuisante inspection ombilicale à la recherche de lui-même. Dans l'Italie libérale, la judaïté pouvait se transmettre par le père, mais Maria Grazia Della Valle avait sans doute répugné à rompre avec son pesant héritage catholique d'un scalp de prépuce. Et puis, il n'y avait pas de synagogue à Forte dei Marmi, mais une belle église dédiée au saint patron du coin, San Ermete, où il était de bon ton de se montrer, surtout le dernier dimanche d'août, lorsque les feux d'artifices de la fête patronale striaient le lungomare et marquaient la fin de la saison d'insouciance.

Forte dei Marmi ! Le fort des marbres. Le nom évoque une prison, un exil napoléonien bien plus âpre que l'île d'Elbe ou la désolation de Sainte-Hélène, un mausolée abritant sur un versant perdu de la Vallée des Rois le sarcophage d'un pharaon mégalomane, le fort du marbre, inébranlable, le bastion de résistance de la bourgeoisie italienne bon teint dans un univers mondialisé où venaient mourir les désirs d'émancipation d'Elio. Forte dei Marmi, enclave cossue réunissant la bourgeoisie romaine et milanaise sur la côte toscane, sous l'œil sévère des Alpes Apuanes. Elio avait toujours feint de détester ces rues boisées tirées au cordeau où des nounous philippines promenaient des enfants obèses sur le siège bébé de leur vélo pendant que leurs employeurs disputaient mollement des parties de tennis en attendant le gueuleton du soir .

Forte dei Marmi. L'oriflamme de la rébellion adolescente d'Elio. Il était trop narcissique pour détruire à coups de joints son corps qu'il aimait tant, trop soucieux de son confort et trop pétri de culpabilité judéo-chrétienne pour infliger à ses parents l'angoisse d'une fugue. Cependant, résolu à enquiquiner ses géniteurs, il avait d'abord arrêté le tennis. Olimpia lui avait fait remarquer que c'était un peu léger, comme déclaration de guerre. Il avait durci ses positions en initiant un boycott non négociable du mois d'août à Forte dei Marmi. Ras-le-bol des *cornetti* mous servis au petit déjeuner à la pensione Mastella, du cirque en bicycle sur le lungomare, des copains de ses parents en bermuda beige et polo Lacoste rose qu'il fallait saluer à tous les stops avec des salamalecs chic.

L'été, Elio irait désormais à Jérusalem, ou à New York pour les grandes occasions. Plus loin c'eût été trop. L'inconnu. Le grand plongeon dans des *terrae incognitae* peuplées d'individus qui ne lui ressemblaient pas. En outre, il détestait les moustiques, l'humidité, la promiscuité, les miasmes planqués dans les lits, la nourriture grasse et pimentée qui lui tordait l'estomac, tous ces désagréments auxquels on s'expose lorsqu'on est pauvre ou routard. Mais il n'était pas question non plus de toucher au pactole familial, aux loyers des multiples biens immobiliers dont un pourcentage était viré mensuellement sur son compte, à cet argent qui semblait brûler les doigts si on le dépensait. Elio passait donc des heures à comparer les hôtels sur Internet, cherchant le juste prix, la déco heureuse, traquant les piastrelles, ce carrelage qu'il jugeait immonde et que le dieu du tourisme, un tantinet pervers, avait pris soin de placer dans chaque chambre où Elio envisageait de poser ses bagages. Pourquoi n'y a-t-il jamais de parquets en bois exotique dans les hôtels abordables ? La confrérie des tour-opérateurs se liguait contre lui.

Tel Janus à deux têtes, il avait séduit Céleste par une habile mise en relief de ses qualités alliée à un savant escamotage de ses tares. Bonimenteur raffiné, il savait jouer au mieux de ses apparences. Il était latin, rieur et charmeur, il dégageait une apparente souplesse d'esprit qui bousculait admirablement l'indéniable psychorigidité de Céleste. Tendre en paroles, il l'encourageait à briser sa carapace, et à formuler ses peines, ses doutes et ses espoirs avec des mots qui la faisaient pleurer, elle, la Nubienne silencieuse. Céleste voulait tout connaître de l'univers de son fiancé adoré. Il consentit donc à passer avec elle le pont du 15 août à Forte dei Marmi.

Il était si fier d'elle. Il exhibait comme un trophée de chasse la sublime métisse qui l'avait arraché à sa glu bourgeoise. Elle était sa médaille, lui qui combattait les forces du capitalisme feutré, son totem révolutionnaire. Avec elle, il était le Che de la Versilia.

Céleste longiligne en bikini Pucci, noble Africaine cultivée qui bouleversait l'ordre des choses : les seules Noires que ces vacanciers côtoyaient, hormis les chanceux qui avaient croisé Naomi Campbell au bras de Flavio Briatore, c'étaient les Vu Cumpra, ces vendeuses de colifichets en sueur qui arpentaient les plages en pente douce de Forte dei Marmi et disparaissaient dans des nuages de sable tel le génie d'Aladin dès que surgissait un représentant de la maréchaussée. Elio s'amusait à l'infini de la réaction que provoquait chez eux l'apparition de Céleste. Il y avait les socialisants, qui s'extasiaient devant sa maîtrise impeccable de la langue italienne, se pressaient autour d'elle telles des bêtes curieuses, rameutaient les copains pour partager leur divine trouvaille, et finissaient par inviter Céleste à leurs pique-niques en mer, leurs piscines-parties, et leurs virées nocturnes à la Capannina, haut lieu du noctambulisme italien tapissé de photos sur lesquelles souriaient de toutes leurs fausses dents des générations de vieux beaux gominés. Et puis il y avait ceux qui se tenaient à bonne distance du *gazebo* de la famille Della Valle, qu'ils connaissaient pourtant fort bien, et jetaient des regards furtifs, surtout pas trop appuyés : n'étaient-ils pas des gens bien élevés ?

Maria Grazia Della Valle balayait ces réactions mitigées d'un « De toute façon, leurs réceptions sont d'un ennui ! » Elle avait pris le parti d'accueillir Céleste chaleureusement : Dieu la remercierait de sa générosité dans une autre vie.

Elio pensait naïvement que Céleste était dupe de ces manèges autour d'elle, et qu'elle s'était lovée sans ciller dans cette *dolce vita versiliana* de pacotille. En réalité, même si elle avait pris le parti de rire des réactions qu'elle suscitait, le mépris grandissait en elle. Elio ignorait le portrait lapidaire qu'avait dressé Céleste de sa future belle-mère à Cassandra, sa meilleure amie :

– Je ne l'accablerai pas plus, la pauvre, elle est en dépression chronique. Elle tente de la cramer aux ultraviolets, dans des parties de tennis décoratives dans son country club romain, dans de frénétiques séances de bronzage au Bagno Carlo à Forte dei Marmi, pile face, devant derrière, comme une chipolata sans le gras : elle ne mange que de la roquette sans huile d'olive.

En pouffant, Cassandra s'était chargée de la conclusion :

– Maigre et fripée : ta future belle-mère est un vieux bâton de manioc !

L'esprit sarcastique de Céleste n'en finissait pas d'envoûter et d'inquiéter Elio. Il le savait, Céleste adorait l'Italie, les toiles illuminées de Mantegna, Piero Della Francesca et ses couleurs pastel des temps originels, les vierges concupiscentes du Caravage, la mozzarella di buffala parfumée au jus de pomodoro di pacchino qui fondait dans sa bouche et lui arrachait des soupirs d'extase, le bleu profond des criques de Stromboli, les chanteurs de variété onctueux comme seul ce pays savait encore en produire, l'incroyable lumière fauve qui embrasait Rome au soleil couchant, et cette philosophie de vie que les Italiens avaient, chevillé au corps, cette idée que le beau tiendrait à distance la déliquescence de leur vieux pays sclérosé. Mais Céleste n'ignorait pas davantage que l'homme est moins généreux que les dieux qui ont créé ce pays prodigue, et enclin à bousiller tout ce que la vie lui a offert. Parce qu'il en était ainsi, dans son bonheur avec Elio, pointaient, mortifères et visqueux, les ferments du désastre.

Interlude

Nigeria : Menaces sur les quatre employés pris en otage

Lagos (Reuters). Les ravisseurs des quatre employés du secteur pétrolier au Nigeria ont annoncé, jeudi 19 janvier, que l'un de leurs otages, l'Américain Tom Ashby, était « très malade ». « Il pourrait décéder ce soir », a déclaré un homme se présentant comme le commandant du Mouvement pour l'émancipation du delta du Niger (Ijaw). Les activistes ont affirmé : « Si l'un d'entre eux meurt, nous les tuerons tous », alors qu'ils avaient promis de ne leur faire aucun mal. Epuisés, les otages ont appelé leurs gouvernements respectifs à faire pression sur le président nigérian, Olusegun Obasanjo, pour qu'il réponde aux exigences des ravisseurs, qui veulent avoir accès aux revenus de la vente du pétrole de la région.

8

Cassandra

Francho, je ne sais pas ce qui s'est passé lorsque ma Céleste pubère, enfin débarrassée de sa chrysalide, faisait le joli papillon à Rome avec ses minijupes tubulaires et ses bustiers floqués Fiorucci top à la mode il y a quinze ans. Certes, il y a du bon dans ce pays, comme en témoigne cette splendide déco façon retour de safari que le couple de Bê* le plus célèbre de la planète, Monsieur Dolce et Madame Gabbana, a concoctée pour l'avion privé de mon mari qui me ramène dans mes terres ouagalaises au lendemain de ce mariage d'opérette. Il n'empêche, quelque chose de fondateur a faussé le regard de Céleste sur les ressortissants de ce pays africain. Car, oui Monsieur, oui Madame, que je sois pulvérisée dans l'heure par les mamiwata* associées si c'est une erreur de penser que l'Afrique commence à Rome.

Rome, c'est le désordre. Pin pin, ça klaxonne à tout-va autour du Colisée, ça insulte la mère d'autrui à pleins poumons, ça cause fort avec les mains et les pieds, ça fait mine de se battre aux carrefours, ça se réconcilie autour d'un verre, ça tâte impunément le dombolo* des demoiselles, ça vote pour un chef doré sur tranche qui traîne une véritable batterie de casseroles mais s'achète des immunités pêle-mêle. Les Italiens sont des Africains qui s'ignorent, n'en déplaise à la Ligue du Nord.

Bon, Céleste est amoureuse. Jouez hautbois, résonnez musettes, tremblez les guembri gnaoua, les koras de Koulikoro, les balafons d'Abomey, les tam-tam d'Atakpamé ! L'écrivaine éprise d'indépendance, la grande bringue agitée à la plume voyageuse, la fille inextricable, l'exploratrice mondaine est en réalité, qu'on se le dise, une midinette en chef, wallaye* ! J'ai essayé de faire de la psychologie et de comprendre ce qui pouvait la coller-serrer à ce Latin de bas étage. Elle a passé une adolescence caramel vanille sucrée à Rome, soit. Elle n'aime pas les machos qui roulent les mécaniques en Porsche, soit, c'est une erreur, si vous voulez mon avis. Elio est un thiof* « sauce graine », crémeux, savoureux avec une pointe de piment, soit. Mais francho, lorsque j'ai pu l'observer de près, il y a quelques années déjà, lors de la *fashion week* à Milan, délaissant un soir, par amitié pour Céleste qui me suppliait de rester dormir chez eux, ma suite au Príncipe di Savoia pour sa garçonnière bohème de bourgeois permanenté, voici ce que j'ai constaté. Mon garde du corps posté devant ma porte pourra corroborer ces faits.

Plus cérémonieux que celui du Roi-Soleil, le lever d'Elio s'étire comme un bloc de pâte molle sous le rouleau du pizzaiolo. Huit heures et quart, son réveil sonne. Toutes les dix minutes, la *Traviata* ou je ne sais quelle vieille musique de Blancs vrille mes oreilles dans la chambre d'amis sans que le gros orteil d'Elio éprouve l'intention de se désolidariser de l'index. Neuf heures trente, il doit tout de même, je présume, émerger de la couette, l'œil contrarié par le rai de lumière échappé des rideaux. Dix heures, le reste du corps suit péniblement, effectue une lente translation vers le canapé du salon où Céleste et moi prenons le petit déjeuner depuis un bon moment. La main molle d'Elio saisit la télécommande, et commence le zapping matinal. S'ensuit un défilé de chaînes de télé-achat similaires, où semble officier la même Napolitaine nombreuse* et peinturlurée. Elle arbore une mèche noire que la sueur plaque sur son front, et invective le chaland comme une vendeuse de bananes au marché Assiganme pour qu'il achète en promotion mais néanmoins très cher un tapis persan fabriqué au Tonkin. Dix heures trente, après le coup de fil pour donner des instructions au méprisable technicien qui l'attend depuis trente minutes en salle de montage, Elio investit la salle de bains. Passe une demi-heure sur le trône à lire des articles de journaux empilés sur le rebord de la fenêtre. Ils datent de l'année précédente mais les jeter serait impensable : et son épanouissement intellectuel, bordel ? Puis vient l'heure de la douche, interminable, car l'eau, c'est bien connu, est vivifiante pour le corps et l'esprit, même si elle commence à manquer sur la planète, notamment sur cette Terre sainte où il aime aller se persuader qu'il a bien des racines juives. Une station debout prolongée sous un jet massant aide donc à attaquer une journée de manière convenable, ou plutôt, à ce stade du lever du roi Elio XIV, devrions-nous dire une demi-journée. Onze heures trente, le souverain est saisi d'une bouffée de panique : il est horriblement en retard. Il saute précipitamment dans un pantalon acheté à prix d'or dans une boutique qui ne vend aucune marque célèbre, parce que les Versace et autre Gucci, ça fait parvenu, cherche ses clés, ne les trouve pas, injurie copieusement la Vierge Marie, dévale les escaliers, un pan de sa chemise coincé dans sa braguette, arrache rageusement l'amende sur le pare-brise de sa voiture garée en triple file, et, suant comme un porc, malgré la température polaire du mois de janvier, se jette dans les embouteillages, brûle deux feux rouges, esquive d'une queue de poisson un bus bondé, manque d'estropier un vétéran de la campagne de Libye, insulte tous ces malotrus qui ont l'audace de se mettre sur son chemin lorsqu'il est en retard, pile enfin brusquement sur le passage clouté face au siège de sa boîte, au moment où l'horloge de la massive tour Pirelli martèle les douze coups de midi. Ça, c'est ce que Céleste m'a raconté, et je percevais dans sa voix une pointe d'énervement. Hélas pas suffisante pour tracer *manu militari*. Moi, j'aurais fui depuis longtemps : un gars qui a du mal à se lever le matin a peur de la vie.

Et c'est comme ça tous les jours ? demandai-je à Céleste.

– Tu sais, moi je suis un peu speed, alors on s'équilibre, répondit-elle en inclinant brièvement son visage sur le côté, comme pour s'excuser.

Résolue à prendre les choses avec détachement, elle me conta même, de manière fort divertissante, la longue épopée de l'endormissement royal. Retour du restaurant à minuit. Il est impensable de le voir rentrer chez lui plus tôt : Elio ne cuisine jamais. Chez sa mère, il y avait toujours une domestique péruvienne pour ces basses besognes. Il s'affale sur son canapé Chesterfield, zappe sans conviction, se lève, attrape dans la cuisine deux paquets de *frollini* Mulino Bianco, retourne au salon mater une vieille comédie rose avec Edwige Fenech, descend méticuleusement tous les biscuits, poursuit avec quatre Danette et un litre de Coca, prend un Alka Selzer parce que, soudain, il a mal à l'estomac, puis, pour faire diversion, se masturbe longuement sur des sites Internet de cul. Oui j'avoue, là je brode un peu. Céleste est bien trop pudibonde pour imaginer ce que fait son gars de son zgoug quand elle n'est pas là, mais moi je suis sûre qu'il se soulage copieusement, il s'aime trop pour ne pas régulièrement faire l'amour avec lui-même. Enfin, la panse pleine et les couilles vides, il s'endort sur le canapé vers 4 heures du matin.

A 7 heures, réveillé par les premières lueurs de l'aube, Elio réalise qu'il s'est endormi au salon, les vêtements de la veille chiffonnés, l'haleine lourde de tabac et de chocolat. Alors, il se déshabille, enfile un peignoir, et s'écroule sur son lit. Il n'a pas mis le réveil. Il émergera vers 11 heures.

Tout ce que je dis là, ce n'est pas pour égrener des insolites et autres anecdotes. C'est pour souligner ce mystère originel : comment un type doté d'un tel manque de vitalité, sans même parler d'ambition, peut-il avoir torpillé ma Céleste de la sorte ? Qu'est-ce qu'elle lui trouve, à lui et à son pays ? Cette botte coupée en deux, l'Italie qui travaille au nord et celle qui mafiote au sud, ce pays rieur et réactionnaire qui suivrait le sort programmé de la Belgique n'était-ce la *pasta*, unanimement mastiquée dans des grognements de satisfaction et le culte des dieux du ballon rond en maillot bleu, des idoles de la Squadra Azzura et de leurs épouses *fotomodelle*, déesses des Temps modernes qui vomissent leurs petits-fours dans les loges VIP du Stadio San Siro. Vous vous étonnez de mon expertise géopolitique ? C'est oublier que lorsque j'ai épousé Ernesto Ouedraogo, on m'a envoyée à l'école des dictatrices : au programme, pose d'un vernis culturel accéléré, cours de maintien, élaboration de plans de table, recherche de sujets de conversation avec nos hôtes de marque, émissaires guatémaltèques, hauts fonctionnaires inutiles de la FAO, guides suprêmes de nations éclairées, ministres plénipotentiaires du Timor-Est en sécession. Car, croyez-moi, la vie d'épouse de dictateur africain ne se résume pas aux virées shopping à Paris en jet privé et aux inaugurations de pavillons mère-enfant dans des hôpitaux-mouroirs désinfectés à la hâte la veille de notre visite.

En plus, je ne voudrais pas être médisante, mais chaque fois que je suis allée en Italie, j'ai eu l'impression que Mussolini n'était pas mort. Ou bien des gars ont découpé son cœur, ses viscères, ses entrailles, ses rognons, les ont écrasés et ont saupoudré le tout de manière scientifique afin que chaque ressortissant reçoive sur la manche de son veston ou le col de son chemisier une particule « impériale », n'est-ce pas, puisqu'il a même osé se proclamer empereur d'Ethiopie, paix aux nobles Négus, même s'ils étaient tyranniques eux aussi, ne soyons pas trop partisans. Certains, fort heureusement nombreux, ont balayé cette encombrante poussière, ce plombant héritage. D'autres pas. Un jour que mon mari était en visite à Rome alors que régnait une température caniculaire, on m'a proposé d'aller me rafraîchir à la mer dans une résidence d'Etat à quelques minutes d'hélicoptère de là. J'ai ainsi atterri à Sabaudia, station balnéaire érigée par ce Benito mal nommé, où tout Romain comme il faut possède une propriété ou, à défaut, un cabanon simple mais de bon goût. Comment des gens vont tranquillement se glisser le temps d'un été dans la vie balnéaire rêvée du Duce ? Francho, il faut être facho sur les bords, ou fâché avec la morale. Sabaudia, de surcroît, c'est moche, et l'esthétisme alors, pestouille de Zambèze ? A Sabaudia, il n'y a pas une seule petite place rose aux pavés légèrement déchaussés par le temps, dépositaires de cavalcades galantes ou guerrières. Point d'envolée d'escaliers s'élançant vers une sainte martyre qui donna son nom à l'église dont s'échappent des veuves en noir une fois l'office achevé, heureuses de cancaner sur un belvédère surplombant l'immensité cyan de la Méditerranée. Non, à Sabaudia, que de la géométrie sèche, du marbre contrarié, des velléités de grandeur suprême, des édifices austères qui écrasent le peuple, et que le passant longe tel un chat apeuré, de longues avenues désertes que même les chatoiements de la *passeggiata*, la rituelle promenade du soir, ne parviennent pas à égayer.

Le seul intérêt de ce pays, outre sa beauté et ses griffes de luxe, c'est son président-directeur général, Monsieur Berlu. Il ne donne pas des leçons de morale aux présidents africains, n'adopte pas l'hypocrite austérité des démocraties occidentales, admet sa séparation de corps avec sa femme, son goût pour la jaillance avec des députées de son parti, ex-soubrettes à la télévision, actuelles suceuses de Very Important Bites, passe ses vacances sur un yacht sciemment flashé par les paparazzi au lieu de prétendre établir ses quartiers d'été dans une chaumière familiale en ruine, et n'hésite pas à clamer partout que la civilisation occidentale est supérieure à la civilisation islamique, énonçant avec un admirable sans-gêne ce que la plupart des Occidentaux pensent tout bas, politiquement correct oblige. Signor Berlu et ses sbires de la télévision, de l'édition, de l'Eglise, ces suppôts de la droite affairiste qui contrôlent tous les canaux d'expression de ce pays. Berlusconi, filou et indéboulonnable comme un dictateur de république bananière. Il me rappelle mon mari, tiens. Ernesto, l'homme qui m'a sauvée des griffes de Gunther.

Voila un type que Céleste, empêtrée dans ses convictions tiers-mondistes, a laissé filer, la conne, tout ça pour s'amouracher d'un gamin immature programmé pour lui préférer une blafarde à gros seins. Fort heureusement, Ernesto Ouedraogo n'a pas été perdu pour tout le monde.

Ernesto était le fils du président du Burkina-Faso, pedigree intéressant dans ces pays où le népotisme est la seule variante de la dictature. Comme beaucoup de chefs d'Etat africains, son père n'avait pas une réputation flamboyante. Ce n'était un secret pour personne qu'il avait écourté les jours et le destin prometteur de Thomas Sankara, le président révolutionnaire qui roulait en Renault 12, obligeait ses ministres à circuler en Mobylette, entendait sincèrement œuvrer pour le bien public, et en conséquence, enquiquinait les puissances impérialistes et néocolonialistes. En outre, Mathieu Ouedraogo, comme tout homme de pouvoir, était pervers. On disait qu'il avait arraché les couilles de ses principaux ennemis à pleines dents. Les canines d'Ernesto étaient plus inoffensives, mais il passait son temps à les frotter frénétiquement : il prélevait pour son usage personnel quelques sacs des avions fantômes venus d'Amazonie déposer leur cargaison de blanche dans un obscur entrepôt au bout d'une piste d'atterrissage sahélienne. De là, la cocaïne empruntait la longue voie des sables ou repartirait plus commodément *via* la valise diplomatique vers les narines occidentales.

Ernesto avait pourtant sorti le grand jeu à Céleste. Magnum de dom-pérignon au VIP room, léchage de vitrines sponsorisé avenue Montaigne, envoi de Falcon

900 pour le rejoindre à Los Angeles, où il s'était mis en tête de produire des rappeurs qui renverraient P. Diddy et Jay Z au rang d'aimables troubadours. Céleste, butée comme un âne, était totalement insensible à ce déploiement balistique : « Il faut qu'il apprenne que l'argent n'achète pas tout, et pas moi en tout cas », sifflait-elle par-dessus sa coupe de dom-pérignon, authentiquement outrée. « Et puis il est camé, idiot, il a un curly sur la tête, même Michael Jackson a renoncé à cette coupe visqueuse, son père est un boucher inculte, il a les dents rongées par la coke, la cloison nasale en miettes, et pour couronner le tout, il pue de la gueule. »

– Vraiment, Céleste, tu portes bien ton nom, tu viens d'une autre planète, lui avais-je rétorqué. Si tu n'en veux pas, moi je prends. Et avec son argent, je vais payer quelques Albanais pour rosser Gunther. Qu'il crève dans son foutre.

Trois contractions vaginales plus tard, Ernesto était à moi. Céleste, elle, s'embrouillait avec son Italien, et, ainsi qu'elle me l'avoua après sa débâcle latine, avec un banania de Paris. Noir dehors, blanc dedans, couleur indéfinissable dans sa tête. Un dénommé Elliott. Plus dévastateur que le dragon en carton-pâte des films Walt Disney à deux francs CFA. Wallaye, pourquoi une fille aussi bien s'égare dans les désordres ? Moi je dis, trop d'intelligence rend con.

Par amitié pour moi, Céleste n'a plus eu la moindre parole désobligeante à l'égard de mon mari. Elle a respecté mon choix, elle est même venue de bon cœur à Ouaga assister à la prestation de serment d'Ernesto, quelques semaines après les funérailles de son regretté père Mathieu Ouedraogo. Elle voulait être à mon côté en ce jour qui fut le plus beau de ma vie. Elle a toujours eu de l'indulgence à mon égard, et pour mes convictions si éloignées des siennes. Elle sait que, pour moi, le sacrifice est un passage obligé sur la route de la félicité. Elle sait que, moi aussi, j'ai besoin d'un destin exceptionnel, mais que nous ne disposons pas des mêmes armes. Je suis le côté obscur de la force de Céleste. Et puis après tout, elle, moi, vous, nous ne sommes que des particules instables, ballottées au gré de nos désirs.

Interlude

Triangle des Bermudes au Sahara : 29 touristes disparaissent dans le désert (Afrik.com)

Vingt-neuf touristes européens disparus dans la nature. Envolés dans le désert algérien. Depuis presque un mois, le monde des voyagistes algériens et européens est en émoi. Les recherches dans le vaste triangle Ourgla-Djanet-Tamanrasset n'ont pour le moment donné aucune piste. Malgré les moyens déployés, des chameaux aux hélicoptères munis d'appareils de vision nocturne et de détecteurs de chaleur, au cas où les corps auraient été enfouis sous le sable. Des guides locaux se sont joints aux autorités algériennes et, dimanche, cinq membres de la police criminelle allemande ainsi que deux diplomates et deux officiers de police autrichiens sont arrivés en Algérie.

Six groupes différents ont été portés disparus, en deux vagues successives : la première entre le 19 et le 23 février et la seconde entre le 10 et le 17 mars. Au total, ce sont seize Allemands, huit Autrichiens, quatre Suisses et un Néerlandais qui n'ont plus donné de nouvelles à leurs familles depuis plusieurs semaines. Les recherches ne livrent pour le moment aucune piste et les hypothèses vont bon train.

9

Elliott

Elliott souffrait, même s'il faisait mine de ne pas s'en apercevoir. Dans quelques semaines, Céleste serait ferrée. Pourquoi diable avait-elle choisi de convoler ? Dieu seul connaissait ses motivations.

« Je dois aller jusqu'au bout de cette histoire, tu comprends ? »

Un boulevard de l'Est parisien, hôtel Murano, chambre 318. Ils gisaient en nage sur la moquette immaculée. Au-dessus du lit, une Marilyn sérigraphiée leur faisait de l'œil. Les déclinaisons du variateur lumineux, mauve, azur, vanille, émeraude et rebelote toutes les trente secondes finissaient par les hypnotiser, leur donnant la sensation d'être dans un caisson grand luxe ballotté dans l'espace intergalactique au gré des trajectoires d'astéroïdes. Un carton Domino's Pizza traînait sur la console : l'insatiable appétit d'Elliott et Céleste, amants clandestins, vidés de leurs substances, encore tremblants de plaisir, pouvait-il se satisfaire d'un « bouquet d'Alfafa, émulsion citronnée de Wasabi » ? La mesquinerie précieuse du room service était indécente.

Non, Elliott n'y comprenait rien, mais il se persuadait que ce mariage l'arrangeait. Il oscillait entre la désolation, la jalousie et le soulagement. Céleste avait libéré en lui des forces émotionnelles qu'il ne maîtrisait pas, lui, le contrôle fait homme. En se mariant, elle s'éloignait, et refermait la boîte de Pandore. Pourtant, la nouvelle le rendait profondément malheureux. C'est avec un autre qu'elle aurait des enfants. Elle l'abandonnait à ses amours de saccharine, à ses Blanches de convenance, à son incapacité à être entier, à atteindre sa plénitude. Elliott était contrit mais émoustillé : Céleste deviendrait-elle une épouse adultère ? Cette perspective était plus excitante que les étreintes dispendieuses et parfumées de Catherine Deneuve dans *Belle de jour*, un de ses films fétiches.

– Je comprends, soupira-t-il à regret, tel le Sanhédrin, le nonce ou le ministre plénipotentiaire, habitué à dire l'exact contraire de ce qu'il pense. C'était la meilleure manière de couper court à la conversation, qui s'annonçait pénible. Trop d'insistance risquait de mettre ses sentiments à nu. Céleste elle-même s'était montrée peu encline à développer son argumentation : avec un mouvement capillaire sauvage, elle s'était dressée sur lui et avait englouti son sexe. Il ne fut plus en mesure de penser.

Après l'orgasme, il rebrancha ses neurones. Non, décidément, il ne comprenait pas Céleste. Pour lui, elle incarnait l'absolu. Il n'admettait pas qu'elle eût pu se satisfaire de l'horizon étriqué que lui offrait son fiancé. Céleste, il lui fallait du confort certes, mais aussi de grands espaces de pensée, des perspectives sans fin, du superlatif sans frontières, des barrières à désintégrer. Céleste avait soif d'infini, Céleste aux longs cheveux était une créature baudelairienne. Le cadre conjugal qu'elle s'était choisi semblait plus étroit que le pont du bateau où, gauche et diminué, l'albatros pleure d'exister.

Et pourtant, il l'écoutait, stoïque, énumérer les raisons pour lesquelles elle avait décidé d'être heureuse, en Italie, avec un Italien. Il ressortait d'essentiel que cet Orlando, ce Renato, cet Alfonso, ce type en O dont Elliott refusait de mémoriser le nom, avait trouvé une sorte de clé pour déverrouiller Céleste. Elliott savait le regard de Céleste faussé par une insouciante adolescence romaine, par des samedis après-midi tièdes à papillonner piazza di Spagna, par des soirées au ciné-club de Villa Patrizi, pendue aux lèvres délicieusement ironiques de Gassman le fanfaron, ou à jamais charmée par la fausse nonchalance de Marcello au volant de sa Triumph, sa compagne chromée de libations romaines. Céleste, c'était un esprit janséniste enfermé dans un corps épicurien. Dur à vivre. Pour la harponner, il fallait bien un type comme Mastroianni, en mouvement perpétuel entre légèreté et gravité, avec l'accent et la *pasta* en prime. Du charisme de l'acteur, Elliott n'imaginait pas Elio en posséder le quart. Mais il en avait sans doute assez pour décadenasser Céleste. L'explication était un peu courte, mais, même si c'était difficile à admettre, il devait une fière chandelle à Umberto, Benito, Alfredo, ou Monsieur O, car il profitait bien de cette libération céleste, et plutôt deux fois par semaine qu'une !

– La seule chose à laquelle je n'arrive pas à me faire, c'est le racisme décomplexé de certains d'entre eux, consentit Céleste après avoir examiné tous les avantages qu'il y avait à devenir une *italiana di matrimonio*, comme disaient les commentateurs sportifs lorsque l'athlète d'origine jamaïcaine, Fiona May, avait gagné la médaille d'or du saut en longueur aux championnats d'athlétisme d'Edmonton en 2001, et qu'Elliott suivait ses exploits depuis l'hôtel Punta Tragara de Capri, au retour d'un dîner sur la piazzetta. « Leur bouc émissaire est noir et frisé, reprit-elle. Leurs flics patrouillent sur les plages pour en chasser les colporteurs immigrés, comme s'ils n'avaient rien de mieux à faire, comme si la mafia ne prospérait pas sous leurs yeux », railla-t-elle avant d'ajouter : « Le dimanche au stade, les joueurs africains pénètrent sur la pelouse sous des cris de singe. Le comble, c'est que les mêmes les applaudissent lorsqu'ils marquent un but ! »

– Il ne faut pas généraliser quand même, protesta Elliott.

– Evidemment, concéda-t-elle. L'Italie n'a pas le passé colonial de la France. L'immigration y est plus récente, le Noir ou l'Arabe est au mieux exotique, au pire nuisible. Au fond, tout cela, c'est une question d'habitude. Figure-toi quand même que malgré cet indécrottable retard sur les questions de multiculturalisme, l'Italie est le pays européen qui compte le plus de mariages mixtes. Ça, c'est une vraie bonne nouvelle !

Elliott aimait ce contraste entre sa nudité triomphante et alanguie, et le sérieux qui l'habitait lorsqu'elle abordait des sujets qui lui tenaient à cœur. Intellectuellement, il ne voulait pas chercher à comprendre pourquoi Céleste l'attirait autant. En réalité, ces deux-là s'étaient trouvés. Elio refusait d'appréhender l'africanité de Céleste. Elle s'était donc tournée vers Elliott, l'amant noir. Par une admirable symétrie, elle extirpait des entrailles d'Elliott la négritude qu'il s'appliquait à planquer et qu'Eléonore, sa compagne, sa Blanche héritière, répugnait à saisir, comme si c'était une patate chaude, se limitant à la surface des choses, à cette couleur qui ne signifiait à ses yeux qu'une manière cool, radicale mais pas trop, de s'affranchir du carcan familial.

Immensément doué est l'homme pour se mentir à lui-même. La vérité ramène toujours à l'épouvantable infini. Elliott se convainquit donc qu'il n'était pas amoureux de Céleste, qu'il se souciait comme d'une guigne du prochain mariage de sa maîtresse. Jamais une femme ne percerait son cœur d'une flèche mikado qui ferait s'écrouler tout l'édifice fonctionnel que constituait sa vie.

Une inquiétude le rongeait, au moment où il la retourna pour mieux goûter ses fesses, bombées comme la kassa de manioc qu'enfant il aimait tant engloutir à Bamako.

« Si jamais je perds ce paradis », murmura-t-il avant de se dissoudre une nouvelle fois dans ce corps céleste.

10

Carolina

Carolina est devenue blonde.

Pour une Sarde, c'est rare.

La décision a été prise le soir où, à l'issue d'une salve d'ébats désormais légalement répréhensibles, Elio, en reprenant son alliance sur la table de chevet, a émis cette tendre remarque :

– La seule chose que Céleste a de plus que toi, c'est qu'elle est très belle. Les hommes, les femmes, tout le monde se retourne sur son passage. C'est flatteur.

Le week-end suivant, Carolina, bonne fille et bonne maîtresse, est allée se faire des mèches chez Aldo Coppola et a troqué sa panoplie post-gothique pour des stilettos, des jupes très près du corps et des caracos dangereusement échancrés. Les hommes ne la regardent plus dans les yeux. Elio est content, mais il lui fait des crises de jalousie, histoire qu'elle sache qui est le patron.

Ça le change de Céleste. Avec elle, il se sent diminué. Il a toujours mal vécu ces après-midi d'été quand Céleste l'abandonne au bord de la piscine pour de fiévreux tête-à-tête avec ses manuscrits. Pénibles aussi, ces dîners parisiens où les convives le laissent en plan, obnubilés par Céleste.

Le coup de grâce a été assené lorsqu'on a offert à Céleste une chronique culturelle dans une émission en vue. Elio en est fort marri. Jaloux. Sa femme le menace désormais sur son terrain. Quels honneurs mérite-t-il, lui, pourtant ? Pendant que Céleste progresse, Elio, atteint de la coupable paresse du rentier, continue de découper des articles de journaux qu'il empile près de ses vécés, avec l'hypothétique idée qu'il fourniront matière à un documentaire, un scénario, un projet quel qu'il soit, une esquisse d'avenir. Mais les articles jaunissent, les caractères s'effacent, le papier se momifie sous l'effet de l'humidité, puis s'effrite, tout comme ses velléités d'agir.

Boostée par les succès, Céleste a entamé l'écriture d'un roman. Comment peut-il exister à ses côtés, sur le trottoir de la glorieuse route qu'elle se trace, lui qui a un tel besoin d'être au centre, même s'il ne fait rien pour ça ?

Carolina, elle, est toute prête à jouer les side-cars, les appendices souriants, les aides de camp humbles et braves. En attendant, elle fait office d'oreille compatissante. Disponible à toute heure du jour et de la nuit, même pour un jeune marié qui déprime en voyage de noces à l'autre bout du monde.

Car, pendant que Céleste exultait, dans leur villa nuptiale aux Seychelles à sept cents dollars la nuitée hors taxes, Elio avait filé un mauvais coton. Il s'était retenu de se faire la malle, non sans au préalable avoir frappé leurs voisins canadiens qui, mariés depuis quatre jours et éperdument amoureux, écoutaient Whitney Houston, Céline Dion et Engelbert Humphredick en boucle.

Elio, accablé par son sort, n'était pas parvenu à mesurer la chance qu'il avait, chaque matin en se réveillant, de contempler ce paysage de naissance du monde, cet infini de nuances turquoise et laiteuses, pendant que des hommes souffraient, pleuraient et s'éteignaient, ailleurs, hors cadre.

Car Elio ne parvenait pas à oublier Carolina, malgré les serviettes rafraîchissantes parfumées à la fleur d'oranger entreposées dans une glacière en osier sur leur perron en teck, près de la porte cuivrée d'inspiration arabo-andalouse, ou l'obséquieux valet personnel en kurta tabac qui semblait glisser sur des vérins hydrauliques et se courbait en de respectueux namastés dès qu'il le croisait. Et les pétrissages ayurvédiques, effectués par de frêles masseuses dans la fraîcheur jasminée du spa sur pilotis, n'apaisaient pas davantage Elio en ce moment de sa vie où il aurait dû, enlacé à sa belle sur leur terrasse avec vue sur les gaterins, les demoiselles rayées et les stylophoras, contempler les étoiles en écoutant Whitney Houston, Céline Dion et Engelbert Humphredick.

Parfois un magma de nuages furieux venait troubler ce paysage de papier glacé avant de se répandre en gouttes piquantes comme des sagaies. Alors, Elio virait atrabilaire. Le ciel n'était jamais assez bleu. La pluie était récurrente et cadencée, l'air humide lui obstruait les pores, il se sentait pâteux. Céleste faisait fi de sa souffrance, c'est elle qui avait décidé, pestait-il, cette lune de miel dans un atoll douché par la mousson. Il imaginait Carolina sous le ciel pur et sec de Sardaigne. Lorsque Céleste se détendait au spa, il l'appelait en cachette. Elle lui parlait de plaisirs simples, de la pasta qu'elle confectionnait avec les femmes de la famille sous la tonnelle de la *masseria*, de l'air qui embaumait l'origan... Elle lui promettait, au retour à Milan, des tomates amoureusement séchées par sa grand-mère, qu'ils arroseraient de *limoncello* maison. Elle envisageait leurs retrouvailles comme si elles allaient de soi, puis marquait une pause silencieuse, et lâchait dans un murmure :

– Mais peut-être, à ton retour, préféreras-tu ta femme.

Le lendemain, elle lui parlait d'un certain Marco, un ami d'enfance. Ado, il était gringalet et luisant de sébum. Aujourd'hui, c'était le David de Michel-Ange. Nonchalamment, elle lui glissait : « Je crois que je lui plais, mais tu comprends, dans mon esprit, c'est un ami. » Carolina, prude et perverse. Ça le rendait fou de jalousie, lui qui, étonnamment, n'avait jamais ressenti ce sentiment de bas étage à l'égard de Céleste. S'il n'était pas jaloux, c'était sans doute parce qu'il n'arrivait pas à la posséder tout à fait. La liberté de Céleste était une insulte à son égocentrisme, un constat d'échec, la liberté qu'elle conservait de ne pas toujours le considérer avec des yeux énamourés. La liberté de la relativité. Céleste l'avait accueilli dans son monde, mais il n'en était pas le centre. Condamné à n'être que le satellite d'un astre sidérant.

Pendant son voyage de noces, les douleurs abdominales dont Elio était coutumier s'étaient faites plus fréquentes. Il avait mal exactement à l'endroit où l'on avait détecté la tumeur de son père. Lorsque les élancements commençaient, il s'allongeait sur le sol, n'importe où, fût-ce dans une salle d'attente d'aéroport ou dans les toilettes d'une aire d'autoroute, et pratiquait quelques étirements que son ostéopathe lui avait indiqués. Outre le mieux-être physique qui en découlait, il se sentait cool dans ces moments, au comble de la transgression bourgeoise, rempli de cette sensation jouissive d'envoyer valser les convenances. Mais ces manières avaient le don d'agacer Céleste.

Elio se relevait, époussetait son pantalon, et lui rétorquait :

– Tu es vraiment psychorigide.

– A propos de psycho, il n'est pas psychosomatique ce mal de ventre ? C'est quand même curieux qu'il se concentre dans la zone où s'est développée la tumeur de ton père.

Elio lui jetait un regard glacé.

– Comment peux-tu ainsi prendre à la légère le cancer de mon père ?

Cette phrase sans grand rapport avec l'échange précédent était le signe qu'Elio voulait déclencher une dispute inutile.

Toute lune de miel, même bancale, ayant une fin, ils revinrent sur le vieux continent. Carolina eut beau lui masser longuement l'abdomen, les douleurs ne disparurent pas à leur retour à Rome. Elles atteignirent leur paroxysme la veille du rendez-vous chez le notaire. Elio et Céleste devaient finaliser l'achat de leur appartement conjugal, quatre pièces dans un immeuble style Liberty près de la Villa Borghèse.

D'une voix doucereuse, Carolina commenta cette crise aiguë :

– L'achat d'un appartement engage plus qu'un mariage. Vingt ans de crédit, des sommes folles en jeu… Et puis il est plus difficile de revendre un appartement sans perte que de divorcer.

Elle savait qu'elle avait instillé l'ultime venin. L'argent. La famille d'Elio en avait eu beaucoup, en avait perdu un peu pendant la guerre, lorsqu'elle avait dû confier ses biens à des prête-noms, et en avait récupéré pas mal, judicieusement reconverti dans la pierre dans le centre historique de Rome. Depuis, l'argument patrimonial l'emportait toujours chez les Della Valle.

Les dés étaient jetés. En décidant d'acquérir un bien commun avec un rejeton Della Valle, Céleste menaçait l'intégrité de leur fortune. Un outrage suffisant pour qu'Elio prenne son courage à deux mains et lui avoue l'infidélité qui hypothéquait ce dangereux projet immobilier. La veille de l'aveu fatidique, Carolina avait surpris Elio en train de relire un bréviaire de circonstance, sans doute pour se donner du cœur à l'ouvrage : *Eros*, de Lou Andreas Salomé, la muse coriace de Nietzsche, la sur-femme pour qui la maternité était un acte masculin dans la mesure où ce sont les qualités de domination, de protection et de responsabilité qui animent le processus. Lorsqu'il se plaignait auprès d'elle de l'égocentrisme de Céleste, trop occupée à briller pour consacrer l'attention nécessaire à son propre épanouissement, il ne manquait pas de citer la philosophe : « La femme est un organisme fermé sur lui-même qui jouit en lui-même du bonheur d'exister. » Sans pitié pour les faibles, les narcissiques, les individualistes, Céleste était sa Lou, il était Nietzsche, l'amant éconduit, l'homme incompris. En onze ans de psychanalyse, Elio avait eu le temps de relire ses classiques. Ils lui serviraient le lendemain à retourner la situation avec une mauvaise foi confondante.

Pendant que Céleste goûtait aux honneurs médiatiques, Carolina savourait déjà son triomphe domestique. Elle savait que demain soir, Elio l'appellerait avec un sanglot dans la voix pour lui dire qu'il avait tout déballé, qu'il se tiendrait loin d'elle pendant un certain temps, qu'il avait besoin de ne pas la voir pour essayer de mettre de l'ordre dans sa tête, d'y voir clair, de faire son choix seul face à sa conscience. Carolina ne protesterait pas. Elle prendrait acte. Elle lâcherait simplement un « Je comprends ». Et puis elle attendrait qu'il lui revienne, entièrement cette fois. A sa merci, enfin. D'ici là, au bureau, elle se ferait transparente, baisserait le regard si d'aventure elle le croisait, et s'éloignerait, glissant furtivement entre les plans de travail, le pas souple et silencieux.

Carolina, parfaite geisha. Les geishas sont douces et soumises. Mais elles ont des socques de bois qui peuvent faire très mal, si d'aventure elles s'en servent pour cogner.

DEUXIÈME PARTIE

RUPTURES

Légendes urbaines africaines

La Belle au bois dormant en a ras-le-bol. Marre des deuxièmes bureaux de son Djinn. Deuxième bureau, troisième bureau, quatrième bureau, le Djinn de Koulikoro est à la tête d'une multinationale, avec officines aux îles Vierges et autres paradis fiscaux lointains, puisqu'il disparaît désormais des jours durant.*

Pendant qu'il batifole, la révolte gronde dans le royaume. Quant à la Belle au bois dormant, elle a toute sa famille sur le dos. Les marâtres du Djinn en tête. Les trois épouses de son père. Il y a Djeneba et ses faux ongles fourchus, Mami Wata et sa queue de poisson qui passe son temps à se prélasser sur les bords du Niger, grasse et envasée comme un hippopotame, Aïssatou et la bosse coranique qui lui a poussé sur le front à force de se prosterner en prières, Aïssatou à qui l'on donnerait Allah sans confession mais qui passe sa vie chez le sorcier. Leur époux, le Djinn senior, s'est retiré sur les hauts sommets du Fouta-Djalon, comme le font les sages. Sage, mon œil, peste la Belle au bois dormant. Si c'était vraiment le cas, il n'y aurait pas ces filles à peine pubères qui se présentent au palais en poussant devant elle un bambin vacillant encore sur ses deux jambes, et qui se répandent en courbettes devant le Djinn en expliquant : « Voici ton frère, mon roi. »

Le Djinn senior a beau s'être retiré dans ses quartiers d'hiver, les trois épouses continuent de se chamailler. Djeneba rêve de lacérer les enfants de ses rivales de ses griffes pointues, Mami Wata de les noyer bien profond, Aïssatou de les empoisonner grâce aux décoctions que lui fournit son sorcier. Leur seul point de concorde, c'est la haine qu'elles vouent à la blonde Belle au bois dormant.

– Tu n'as pas honte de nous avoir ramené une albinos ? profèrent-elle au Djinn chaque jour que le soleil sort de sa tanière.

Tant que le Djinn aime sa belle, c'est un rempart. Mais maintenant qu'il va lutiner à droite à gauche, en haut en bas, devant derrière, leur ire se déploie librement.

– Les enfants qu'ils ne manqueront pas d'avoir vont gâter le Mandé, gémit Djeneba.

– Un demi-albinos reste un albinos, renchérit Mami Wata.

– Avec leurs cheveux jaunes comme la bile du serpent, conclut Aïssatou en crachant au sol.

Aïssatou vitupère de concert, mais elle, à la différence de ses feignasses de coépouses, a un plan. Son sorcier le lui a dit : le cœur et les viscères d'un albinos ont des pouvoirs magiques très puissants. Il faut bien qu'ils servent à quelque chose, ces êtres couleur bizarre que leurs mères refusent d'allaiter, et que leurs parents finissent par abandonner à la vindicte populaire.

Son plan, en réalité ne demande aucun effort. Le Djinn est un homme. A courir ainsi le guilledou, à délaisser sa Belle au bois dormant, il finira par l'oublier, lui arrachant ainsi le cœur. Lorsque Aïssatou le portera, discrètement enveloppé dans des linges propres, chez son sorcier préféré, il sera un peu brisé. Mais encore tout palpitant.

Céleste Adjovi, *Légendes urbaines africaines.*

11

Cassandra

Je n'ai jamais cru aux sorciers, ces escrocs patentés, ces bonimenteurs notoires, ces vautours qui exercent le plus vieux métier du monde, n'en déplaise aux gourgandines. Comme les prêtres, les imams et tous les autres vendeurs de religion, ils capitalisent sur la peur panique qu'ont les mortels de basculer dans l'infini glacé. Mais au vu de la situation, je crois que je vais assouplir mes convictions, recadrer mon point de vue.

Ou convoquer les sicaires de mon mari, ce misérable dont le seul mérite est de m'entretenir à grands frais. Enfin non, c'est trop risqué : là-haut, contrairement à chez nous, on n'écrase pas un homme comme un cafard ailé. On ne dégomme pas un citoyen italien impunément. Quoique… Avec un clando roumain, ils ne s'embarrassent pas des Droits de l'homme, vu le peu de considération qu'ils leur portent, à ces Africains de l'Europe, ces pauvres hères grâce auxquels l'esclavage prospère dans ces contrées civilisées. Pas plus tard qu'aujourd'hui, alors que je feuilletais la presse dans le 737 de mon mari, mes yeux sont tombés sur un entrefilet éloquent : douze Roumains, surgis de l'enfer, contraints pendant deux ans de vivre sous terre, comme des cloportes, dans des terriers humides et privés de lumière, au sous-sol d'une usine désaffectée de la zone industrielle turinoise qui, jadis, avait appartenu à une succursale du prestigieux groupe Pirelli. Leur tâche consistait à décortiquer des câbles, à libérer de leurs gaines les filaments de cuivre, ce métal devenu précieux, cet or rouge dont le cours sur les marchés boursiers avait quadruplé en un an. Pour fondre le plastique, ils allumaient des feux de damnés qui dégageaient des fumées dévastatrices pour leurs bronches. Après douze heures de labeur, ils étaient autorisés à remonter à la surface avaler leur pitance quotidienne, une soupe claire dans laquelle flottaient des quignons de pain rassis. Une fois par semaine, c'était Noël : ils étaient conduits au bar du coin sous bonne escorte, pour manger un panini. Au moindre écart, à la moindre tentative de désobéissance, ils étaient battus au sang. L'Enfer de Dante, à quelques kilomètres de la via Montenapoleone, des Gucci, Prada, Ferragamo et tutti quanti !

Je m'égare, mais tout ça c'est pour dire qu'en dépit de quelques complaisances envers la mafia et toutes ses déclinaisons régionales, la ndrangheta, la camorra, l'anonima sequestri, et la sacra corona unità, ce qui fait déjà beaucoup de monde, la justice italienne n'est pas aussi virtuelle que dans mon pays. Tant mieux pour Elio qui, sinon, serait chatouillé présentement par quelques racines de pissenlit dans un sous-bois discret. « J'ai décidé de prendre une autre direction », a-t-il jeté à la face de Céleste la veille de l'achat du nid conjugal, pour justifier sa fuite irrationnelle. Un peu court, pour un Latin habitué aux sinuosités idiomatiques. Je l'ai connu plus éloquent lorsqu'il s'agissait de comparer les mérites gustatifs de la mozzarella di Buffala et de la burrata di Andria. Il n'a rien pu sortir d'autre que cette vaseuse explication de mécanicien empêtré dans un embrayage récalcitrant : comment justifier un tel cafouillage ? J'ai décidé de changer de direction. C'est comme ça qu'un gars rembarre sa femme, après seulement quelques mois d'union devant le maire, la République, la famille, les amis, la terre entière ? « J'ai décidé de changer de direction de vie. » C'est bien l'une des versions de la phrase que j'ai entendue, entre deux sanglots de Céleste ? Je ne reconnaissais même pas sa voix, on aurait dit celle d'un zombie sous anthrax. Le timbre anéanti d'une fille laminée, et francho, pour laminer Céleste, il faut se lever de bonne heure, ce qu'Elio ne fait jamais. Je sentais bien que cette affaire finirait dans le poto-poto* des amours contrariées, mais pas avant trois ans tout de même, l'honorable durée de vie moyenne des mon pied-ton pied* européens.

Dans la série coups bas conjugaux, mon mari à moi m'a déjà montré la magie, mais jamais il ne m'a humiliée à ce point. D'accord, il couche avec les femmes de ses ministres, mais c'est un rituel d'allégeance. Certes, j'ai ouï dire qu'il s'occupait aussi de ses ministres, ils feraient ça dans leurs cérémonies de la rose-croix. Comme les femmes n'en font pas partie, impossible de savoir. Mais la rumeur est trop persistante pour être complètement fantaisiste. C'est comme l'homme qui a vu l'homme qui a vu l'homme qui a vu l'os : il y a toujours quand même au départ un homme qui a bel et bien vu un os. Bref, mon président de mari est une ordure, mais jamais il ne me congédiera de la sorte. J'excelle dans mon rôle de première dame, je me tiens bien, je visite des orphelinats, je suis élégante, je ne suis pas une grosse dondon gavée au plantain et au foie gras comme la plupart des épouses de chefs d'Etat africains, je suis moderne et glamour, je plais à l'Occident.

« J'ai décidé de changer de direction. » Voilà comment finissent les mariages d'amour, cette sotte invention occidentale. Céleste aurait mieux fait d'épouser un oligarque kazakh, un tycoon des *private equity funds*, un as salace du Cac 40, un héritier monégasque, ils ne lui auraient pas promis la vénération éternelle tout en la soupçonnant périodiquement d'en vouloir à leur argent, ces types sont trop riches pour ne pas être cash. Avec eux, c'est sois belle à mon bras et ne me demande pas d'être romantique vu que je te file ma platinum, bref, Céleste aurait un yacht et la paix.

Je peux vous dire que s'il s'était agi d'un mariage de raison, ces deux-là n'auraient pas convolé, chacun aurait tracé sa route vite fait. Si Céleste avait écouté la jugeote qu'elle a pourtant pêle-mêle dans sa tête, elle aurait fui ce chacal galeux comme la peste et le kwashiokor. Et j'imagine bien que la famiglia Dellamortadella ou je ne sais plus quoi a dû râler de voir Elio épouser une fille du très grand Sud. Ils ont toléré ce mariage d'amour en se gargarisant d'être ouverts d'esprit, mais dès que l'affaire a mal tourné, ils se sont jetés dans des assignations et autres batailles financières pour quelques poignées d'euros, d'après ce que j'ai compris. La radinerie est mère de toutes les richesses.

Et puis une idée ne me quitte pas, tournicote dans ma tête, vient jeter une poignée de piments sur ma colère. J'ai comme le sentiment qu'humilier Céleste de la sorte, c'est une manière de la remettre à sa place, un message à peine crypté : toi, la Négresse, tu croyais vraiment que tu allais te hisser dans nos cercles ?

La rage sans doute me rend excessive. Mais vous reconnaîtrez que le métissage est encore une belle utopie. En ce bas monde, la caste d'en haut, elle est plutôt pâle. Céleste m'a, un jour, parlé d'un sénateur américain métis diablement charismatique qui, s'il se débrouillait bien, pouvait devenir présidentiable. Un type au nom africain, bizarrement. Je lui ai ri à la face. Le jour où le pays le plus puissant du monde sera dirigé par un Noir, j'irai brûler un cierge à Christophe Colomb, cet usurpateur. Quel rapport ? m'a-t-elle demandé. Je lui ai alors conté mon grand sujet historique d'énervement : nul ne sait que c'est peut-être un Africain qui a découvert l'Amérique, et non ce type parti chercher la route des Indes et qui a juste eu une chance de cocu. Un siècle avant que Colomb s'échoue par hasard sur une plage caribéenne, l'empereur malien Aboubacar III s'est levé un matin et, en se rasant, a décidé qu'il voulait aller voir ce qu'il y avait de l'autre côté de la mer. Est-ce que, comme le Cristobal, il a rameuté les troubadours, convoqué les baladins, embobiné la reine d'Espagne, soûlé de péroraisons les chroniqueurs arabes égarés en ces cours exotiques ? Non. Il a dit, il a fait, point-trait. Il a tracé avec trois cents pirogues. On ne l'a jamais revu, mais tout cela a tout de même bien plus de panache qu'un type qui tombe par inadvertance sur un continent inconnu.

Je m'égare encore, je n'ai jamais été très linéaire dans mes récits, mais la vie aussi est un relief accidenté. Et là nous parlons d'un gouffre, de cet abîme qui aspire ma sœur Céleste. Moi je ne sais pas comment la tirer de là. Ma rage ne lui viendra pas en aide, alors je m'en débarrasse en déversant mon fiel à qui mieux mieux.

12

Elliott

Elliott est une lopette.

Au fond de lui-même il le sait. Mais la vérité est trop dure pour être contemplée avec lucidité. C'est un peu comme le soleil. Même les jours d'éclipse, on ne peut jamais le regarder en face. On chausse alors des lunettes protectrices en plastique rouge et bleu, hideuses, et qui donnent des maux de tête. La vie, c'est pareil. Pour l'affronter les yeux grands ouverts, on met un masque : Prozac, chichon, pastis, déni.

Hier encore, l'existence avait un goût de paradis. Céleste avait beau avoir juré fidélité devant monsieur le maire, ce suppôt du Vatican, elle ne lui avait pas refusé ses faveurs de femme mariée. A nouveau, elle l'avait surpris. Il avait cru qu'une fois prononcé le funeste serment, elle aurait mis fin à leurs corps à corps adultérins : un vieux fond de morale judéo-chrétienne sommeillait en elle, bien qu'elle s'évertuât, notamment en sa compagnie, à la chasser telle une mouche à zébu.

Il avait pris cette première nuit avec la signora Céleste Della Valle comme un don du ciel, lui le mécréant. C'était si peu de temps après son mariage qu'elle avait encore un rogaton de confetti rose coincé sous la mèche rebelle et légèrement crépue qui se nichait à hauteur de son occiput.

– Que veux-tu, j'ai eu beau le traîner au bled, mon mari refuse de voir ma part d'Afrique. J'ai besoin de quelqu'un qui la comprenne, l'embrasse et l'étreigne. Jamais je ne pourrai me passer de toi. Lui et toi, vous êtes mon homme idéal ! pouffa-t-elle en planquant sa frimousse sous l'oreiller tendu de lin noir. Sans doute était-elle gênée d'avoir proféré cette idiotie criante de vérité.

Puis, elle se pencha sur son visage et reprit un air grave.

– J'ai vraiment cru que le vaudeville façon Labiche, ça ne marcherait pas bien longtemps, et que tu me quitterais, murmura-t-elle en déposant des lèvres assassines sur le nombril boursouflé d'Elliott, vestige d'une délivrance tropicale dans un hôpital spartiate.

C'est vrai qu'ils avaient su faire durer le temps béni des plaisirs insouciants. Un an déjà, et quelques poussières...

– Tu crois que c'est facile de renoncer à la plénitude ? chuchota-t-il dans ce lobe d'oreille qu'elle avait si fin, presque translucide comme une rose de porcelaine, tout en songeant à Eléonore, à sa raideur patricienne dans les lombaires qui l'empêchait de s'abandonner totalement.

Et puis un soir, après un orgasme foudroyant, la voix de Céleste s'était brisée dans une ébauche de sanglot.

– Mon mari a une maîtresse.

Et sa femme a un amant, faillit rétorquer Elliott. Œil pour œil, dent pour dent, était-ce si grave ? Il ravala cette pensée peu consolatrice et ne trouva rien d'autre à faire que de la prendre dans ses bras. Il l'écouta dresser le bilan de ce crash matrimonial en plein décollage, mais ne put s'empêcher de formuler, le plus diplomatiquement possible pour ne pas insulter sa sincère affliction, qu'elle n'était pas une épouse bafouée totalement irréprochable.

– Oui, mais moi, à partir du moment où j'ai décidé de l'épouser, je l'ai choisi, lui ! J'ai fait un choix sur lequel je ne reviens pas, je ne mets pas en cause mes projets d'avenir pour toi !

Présenté de cette manière, c'était limite vexant pour Elliott. Mais si elle l'avait choisi, lui, Elliott, que serait-il advenu de leur duo à la fois si improbable et évident ? Quelques mois avant le mariage de Céleste, par une nuit froide de janvier, encore brûlants de leur désir hyperbolique, ils avaient ouvert la large fenêtre de la chambre d'hôtel, et des flocons de neige s'étaient joyeusement engouffrés dans la pièce. Blottis sous la couette, ils les avaient regardés choir sur le parquet massif, porteurs de rosée matinale et de murmures indécents. Et si tu quittais Eléonore ? La pensée avait effleuré Elliott, comme si ces émissaires neigeux l'avaient instillée en lui. N'en déplaise à son esprit rationnel jusqu'à la sécheresse, il eut la certitude qu'en cet instant suspendu entre un jour qui s'achevait et un autre qui commençait, Céleste se posait la même question. Et si je quittais Elio ? Formulée à voix haute, cette interrogation n'en aurait pas été une. C'était une affirmation. Une résolution. Mais les flocons avaient fondu sur le parquet, emportant avec eux l'audace de tout bousculer.

Circonstances obligent, Elliott n'avait pas une grande sympathie pour Elio Della Valle, mais il avait le mérite d'être là, maintenant ainsi un équilibre harmonieux dans sa relation avec Céleste. Avec elle, c'était pour le meilleur, le pire adviendrait ailleurs. Si son mari quittait Céleste, Elliott en hériterait, et il n'avait pas signé pour. Céleste n'était pas le genre de fille à se racornir près de la cheminée avec un fichu sur la tête en attendant que son amant quitte sa légitime. Il était en sursis. Tôt ou tard, elle le sommerait de choisir. Il n'en avait nulle envie. Elliott ne comprenait pas sa propre fragmentation. Il lui fallait le beurre, l'argent du beurre, le cul de la crémière et le con de la fromagère. La vraie plénitude était encore loin. Aurait-il un jour assez de force pour se rassembler ?

Elliott n'avait pas eu le loisir de réfléchir à la question. Très vite, Céleste lui avait posé un ultimatum. « Eléonore ou moi. Je te laisse deux semaines pour réfléchir. » Les deux amants convinrent de ne pas se voir pendant ce laps de temps, d'éviter le parasitage des sens, puis de se retrouver à Biarritz. Il était invité à un festival, elle s'efforçait de noyer sa peine sous les douches multi-jets des thermes Guerlain. Coutumier de l'énergie de l'urgence, qui est souvent proche de celle du désespoir, il se dit qu'il trancherait au pied du mur, ce soir, dans leur chambre de l'hôtel du Palais. D'ici là, une journée grise l'attendait à Londres. Il la passerait en apnée, obsédé par Céleste. Il avait rendez-vous avec Alastair Clyve-Douglas, le home officer. Outre-Manche, le ministère de l'Intérieur est chargé des questions de diversité ethnique. Signe de pragmatisme, ce dossier épineux n'est pas de la responsabilité d'un ministère périphérique comme celui de la Culture. Lors de ses fréquentes réunions de travail avec ses homologues britanniques, Elliott prenait le city jet d'Air France qui reliait Orly-Sud à London City Airport. Aujourd'hui encore, il avait emprunté la ligne des golden boys de la finance, de la racaille multinationale, des malfrats du Dow Jones. Le silence dans le lounge était aussi épais que les portes blindées des banques vaudoises. D'habitude, les effluves vénéneux du pouvoir charriaient des bataillons d'endorphine dans ses veines. Il aimait se prélasser dans ce havre de luxe capitonné de cuir beige en compagnie de ceux qui feraient trembler la Bourse, délocaliser des usines lorraines, choir d'honnêtes ouvriers dans les affres du chômage, du divorce et de la dépression. Mieux vaut être à côté des tueurs qu'en face, songeait-il en avalant son jus de kiwi tout en froissant l'*International Herald Tribune*. Aujourd'hui, le poids de la décision qu'il avait à prendre altérait le regard d'Elliott, sans parler de son humeur massacrante. Dans dix ans, tous ces messieurs vissés à leur BlackBerry, cette camisole de force de l'homme moderne, quitteraient Gomorrhe riches mais barges, usés et tout seuls, leurs épouses fatiguées d'attendre ayant déguerpi avec la moitié du magot. N'était-il pas en train de se construire un futur similaire, avec sa soif inextinguible de pouvoir et sa dame des beaux quartiers en guise d'accessoire chic ?

Elliott jeta un regard distrait sur ses slides. Impossible de se concentrer, les pensées se bousculaient dans sa tête. Pour faire le vide, il contempla le paysage. Les reflets pétrole de la Manche, les bocages moutonneux du Sussex, le verre coupant des tours de Canary Wharf où se décident le sort des pions humains, cavaliers fous marchant en crabe vers une mort certaine. Et si la vraie vie était avec Céleste ? Et si son idéal d'absolu triomphait de ce monde cynique ? Et si, grâce à elle, il cessait d'être un autre ?

A London City Airport, une limousine l'attendait. Le chauffeur, un sikh moustachu et enturbanné, brandissait le plus dignement possible une pancarte avec son patronyme inscrit en toutes lettres : « Marie-Rose. » Ce nom d'antipoux lui faisait un peu honte, mais c'était toujours mieux que Trouabal, se disait-il pour se consoler. La haine esclavagiste poursuivait vraiment les Antillais sur douze générations.

Il avait fallu faire bonne figure au ministère, plonger dans les méandres des statistiques ethniques *made in UK*. Elliott avait tenté d'apporter la pierre tricolore au moulin de la « diversité à l'échelle européenne », thème du prochain raout que les vingt-sept organiseraient à Vilnius pour faire oublier ce que leur conglomérat disparate représentait pour les boat people du troisième millénaire : une forteresse. D'ordinaire percutant, Elliott se montra rabougri du bulbe : Céleste squattait ses pensées alors qu'il était censé cloisonner sa vie comme un dossier de *Marie-Claire Maison* spécial : « Optimisez vos rangements ».

Au retour, il faillit rester coincé outre-Manche. La tempête approchait. Après une longue attente dans les embouteillages du tarmac londonien, son avion fut le dernier à décoller avant l'annulation de tous les vols. Lorsqu'il atterrit à Biarritz dans de vertigineuses spirales de cumulonimbus, la cérémonie d'ouverture du festival touchait à sa fin. Il en profita pour se reconstituer dans sa chambre tapissée de toile de Jouy légèrement délavée. Dehors, se jouait un remake basque des *Hauts de Hurlevent*. Porté par des courants d'air gémissants, le fantôme de l'impératrice Eugénie grattait à la fenêtre. L'Océan passait sa colère sur les récifs. Hagard dans son bain trop chaud, Elliott marinait. Les affres de la météo reflétaient les tourments de son âme. Cette dramaturgie façon *Souffrances du jeune Werther* était un peu ridicule, mais raccord avec les circonstances : on ne rompait pas aux Seychelles, sous la tiédeur des alizés.

Il fallut encore donner le change lors du dîner officiel, éconduire subtilement des producteurs en quête de subventions et des aspirants chevaliers des Arts et Lettres, gober en s'extasiant un immonde macaron au foie gras. Elliott détestait le sucré salé et toute autre forme de maniérisme culinaire. Il aimait la chair, les steaks saignants, les gibiers qui sentent, les corps pulpeux.

Lorsqu'il put enfin rejoindre Céleste, il fut accueilli par un concerto poitrinaire digne de *La Dame aux camélias*.

– Trois semaines que je traîne cette cochonnerie. Je n'arrive même pas à profiter de mes soins. Je ne suis pas sûre que toute cette humidité soit bénéfique, articula-t-elle entre deux quintes.

Miraculeusement, sa toux s'éclipsa pendant l'amour, qu'elle fit avec une ferveur toute particulière, comme si cette étreinte était la dernière.

Même shootée au sirop à la codéine, Céleste restait lucide.

– Je n'aurais jamais cru que je me retrouverais dans cette situation. Marguerite dans une chambre de cocotte Belle Epoque assenant à son amant : « C'est elle ou moi. » Mais mon mari, en me quittant, a sapé le peu d'estime que j'ai pour moi. Je ne vais pas sacrifier le reste en jouant *Back Street* forever avec un type maqué. Nous nous ressemblons, c'est une évidence. Moi, je parle à ton ventre. Eléonore, avoue-le, elle est là pour l'apparat, conclut Céleste dans une expectoration laborieuse.

– C'est vrai, concéda Elliott. Mais, d'une certaine manière, c'est simple, avec elle.

– Parce qu'elle nage en surface. Moi je te touche en profondeur. Il est temps pour toi de grandir, Elliott.

Le choix semblait le paralyser. Il balbutia quelques théories inintelligibles, jusqu'au bout incapable d'exprimer verbalement des sentiments. Il était verrouillé, mais bouillonnait de l'intérieur. Une vraie Cocotte-Minute, même si la métaphore manquait de romantisme. Il finit par se retirer dans sa chambre, en promettant une réponse le lendemain.

Une nuit de réflexion est bien courte, lorsque l'issue engage toute une vie. Le renoncement est une petite mort. Elliott mourra donc un peu, mais restera avec Eléonore. A l'instar d'un Européen sur quatre, leur enfant sera conçu dans un lit Ikea. Il fera un échange Erasmus pour élargir son horizon, sera un peu mat, à peine, aussi se fondra-t-il dans la masse, enfin. Et pourtant Elliott connaît par cœur ce manifeste de Frantz Fanon, le révolutionnaire tiers-mondiste, l'Antillais rouge : « Je suis nègre et des tonnes de chaînes, des orages de coups, des fleuves de crachats ruissellent sur mes épaules. » L'esclavage est aboli depuis plus de cent cinquante ans, mais la nuque d'Elliott en porte encore les cicatrices. Elliott est rassuré d'avoir un jour un enfant plus clair que lui. Blanche est la couleur de l'absolution. Et tant pis si leur mère ne comprend rien à ce qu'il est, donc à ce que leur enfant sera. Tant pis si, pour elle, être noir, métis ou jaune signifie seulement avoir une couleur de peau que le hasard nous a donnée et dans laquelle aucun déterminisme ne vient se nicher. Tant pis si Eléonore ne parle pas au ventre d'Elliott, à ces tripes qui font ce que l'on est, par-delà le vernis social, la course à la gloire, le désir de prouver au monde qu'un Noir mérite sa place au soleil, même si cette carnation suggère qu'il nous a déjà bien brûlés. Eléonore voit la vie en incolore. Et pour Elliott, c'est confortable.

Ce n'est qu'en quittant l'hôtel qu'il remarque, immaculé sous le soleil, le manteau blanc qui recouvre l'allée impériale et les jardins alentour. Il neige à Biarritz trois fois par siècle. De quoi émerveiller l'enfant tapi en soi. Mais, pour Elliott, le soleil est mort et le froid coupant comme au jour dernier.

13

Olimpia

Olimpia était dans le ciel, elle voyait beaucoup de diamants. Sous ses yeux défilait une vie cousue de substances magiques. Treize ans, première cuite au Martini blanc, dans le bar de quartier où elle séchait les cours d'espagnol du matin. Treize ans et demi, le premier joint, qui avait coïncidé avec son dépucelage dans un cabanon humide du Bagno Carlo à Forte dei Marmi, l'été où il avait plu non stop jusqu'à *Ferragosto* * : le désœuvrement avait eu raison de son hymen. Quatorze ans, la période new beat et acid house, la découverte du tintamarre synthétique au Boccaccio, l'une des premières boîtes techno d'Europe, à Bruxelles, pendant les vacances de la Toussaint chez sa copine Giada dont le père était fonctionnaire à l'Union européenne. Là-haut, pour la première fois, elle avait gobé un ecsta qui l'avait transformée en clito. Merci, mon Dieu que j'oublie de prier d'avoir créé une pilule qui décuple le désir ! avait-elle murmuré ce soir-là. Et le sillage d'un danseur s'était mué en bourrasque chaude, la pression d'un doigt sur sa peau ambrée en chatouille cosmique, le sourire d'un type boutonneux façon calculette Casio était devenu plus envoûtant que celui de l'archange Gabriel annonciateur de l'avènement de l'ère du Verseau, quand la lune serait dans la septième maison, et Jupiter aligné avec Mars. Comme dans « Aquarius », le titre phare de *Hair*, le film qui lui avait donné envie d'avoir une destinée psychédélique.

Il n'était pas question de redescendre sur terre. Ce qui l'attendait en bas était trop sordide. Les vapeurs d'acide lysergique diethylamine étaient moins dévastatrices que la colère qui la saisissait lorsqu'elle pensait à son frère, ce boulet.

Vue des sphères rebelles dans lesquelles gravitait Olimpia, la vie d'Elio se bornait à une succession de non-choix. Epouser Céleste avait été sa première prise de position sur l'échiquier de l'existence. Olimpia s'était alors félicité de son entrée fracassante dans le monde des adultes. Las ! Ce matin, alors qu'elle sortait de l'épicerie bio le Caddie plein de tisanes dépuratives en se jurant qu'il était temps pour le salut de son foie de cesser cette vie de patachon, sa mère, qui prenait rarement des nouvelles de sa fille indigne, l'avait appelée, de son portable, dont elle ne se servait qu'occasionnellement, tant l'usage lui paraissait d'un âge qui n'était déjà plus le sien. Olimpia avait aussitôt compris que quelque chose ne tournait pas rond.

– *Pronto* Olimpia, c'est toi ? avait émis une voix de chouette endolorie.

– Qui ça peut être d'autre, Maman, puisque tu m'appelles sur mon portable ? soupira Olimpia.

– *Figlia mia*, gémit Maria Grazia Della Valle, tu dois parler à ton frère, moi je ne sais plus quoi faire. J'ai dépensé trente mille euros pour son mariage, tout organisé à la hâte parce qu'il était si pressé de se marier qu'il ne voulait pas attendre l'an prochain que l'on organise les choses correctement, tu te rends compte, le matin encore les bonbonnières à dragées n'étaient pas prêtes, toute cette angoisse, et voilà qu'il m'annonce, là, tout de suite, il sort de la maison, je n'en reviens pas, mais qu'est-ce que j'ai fait à l'Eternel pour qu'il s'acharne ainsi sur moi ?

– Il t'annonce quoi ? Accouche maman, l'avait interrompue Olimpia, déjà excédée par l'énormité qu'elle risquait d'entendre.

– Il a une maîtresse, qu'il a commencé à fréquenter bien avant son mariage ! lâcha Maria Grazia Della Valle. Mais pourquoi diable s'est-il donc marié ?

Olimpia en avait dégluti de travers. Deux mots avaient réussi à survivre à l'étranglement :

– Le con !

– Olimpia, je t'en prie, ce langage ! C'est ton frère, tout de même ! fulmina la mère éplorée. Essaie de lui parler, moi j'ai fait ce que j'ai pu, je lui ai dit de respecter ses engagements, il aurait pu choisir de ne pas se marier, d'épouser sa maîtresse si ça lui chantait, mais là, je suis désolée, il doit assumer ses choix, qu'est-ce que les gens vont penser ?

– Qu'ai-je fait pour mériter une famille pareille, pensa tout haut Olimpia. Avant de t'inquiéter des cancans du club de bridge, tu ne lui as même pas demandé pourquoi il s'était marié alors qu'il avait une maîtresse ?

– Il m'a dit qu'il avait essayé de prendre une décision d'adulte, qu'il était temps pour lui de se stabiliser, de fonder un foyer, mais peut-être que Céleste lui a forcé la main, qui sait ? *Tanto*, ce mariage ne m'a jamais enthousiasmé. Leurs allers-retours entre la France et l'Italie, et puis cette différence de culture…

– Arrête Maman, coupa Olimpia, je connais ta chanson, ce mariage ne t'a jamais fait bondir de joie, et tu as bien tort, parce que Céleste aurait pu sortir ton fils de sa crétinerie. Tu as toujours passé ton temps à gémir parce qu'Elio n'avait pas hérité de l'âpreté au travail de ses grands-pères, qu'il n'avait pas envie de faire grand-chose de ses dix doigts, hormis consommer et jouir. Jamais Elio n'a rencontré une femme aussi stimulante que Céleste. Elle fait quoi dans la vie, la maîtresse ?

Elle travaille avec lui, elle est assistante, ou stagiaire, quelque chose comme ça.

– C'est sûr, c'est plus confortable. Il n'aura jamais besoin d'en faire des tonnes pour lui en mettre plein la vue. Céleste est à Rome aujourd'hui ?

– Non, je crois qu'en ce moment elle ne vient que les week-ends, c'est commode pour lui, il voit sa… Dieu que je répugne à prononcer ce mot… maîtresse plus souvent que sa femme.

Olimpia rassembla ses esprits.

– Je vais lui parler, Maman, je ne suis pas sûre que cela serve à grand-chose, mais je le ferai. Laisse-moi d'abord me calmer.

– Se calmer, à qui le dis-tu ! soupira Maria Grazia Della Valle. La seule chose qui me soulage, c'est qu'Elio ait réussi à lui imposer la séparation de biens.

De rage, Olimpia raccrocha sans dire au revoir, et shoota dans la calandre chromée d'une Alfa Romeo en stationnement. L'alarme se déclencha. Elle s'engouffra dans un bar avant que tout le quartier ne rapplique. Il lui fallait un verre, vite, un truc fort qui lui vrille la tête avant de se diluer confortablement dans le sang. Un shoot de tranquillité, une sifflette apaisante. Le régime détox attendrait.

– Un caffè ristretto et une grappa s'il vous plaît. Double, tout compte fait. La grappa, pas le café.

Fort occupé à essuyer le comptoir en Formica avec un torchon qui avait vu l'assaut de Garibaldi à Treponti, le serveur consentit à lever les yeux après un laps de temps flirtant avec l'infini. Il se figea aussitôt.

– Je vous ai vue à la télé, vous ! Vous êtes *velina*, non ? Dans l'émission de Teo Mammucari ?

Olimpia produisit un ersatz de sourire, et tout en manipulant son téléphone portable, précisa laconiquement le nom de l'émission dans laquelle elle se dandinait, afin d'éviter au barman de se perdre en conjectures, et d'écourter ainsi une conversation désolante sur comment ça fait de travailler à la télé.

– Tiens, je vais prendre une grappa avec vous. Ce n'est pas tous les jours qu'on trinque avec une star !

Olimpia fit tinter son godet sans grande conviction, avala cul sec, ne toucha pas à son café, régla l'addition prestement et s'enfuit. Sur le chemin de son deux-pièces biscornu mais charmant du quartier Monti, où se réfugiaient, à l'ombre des marchés de Trajan, les derniers artisans du centre historique, elle résolut d'appeler son frère le lendemain, le temps de digérer la nouvelle. Puis elle songea un instant au sel de la situation, car dans tous les drames venait se nicher un élément incongru dont on pourrait faire des gorges chaudes, dans des circonstances moins dramatiques : Maria Grazia Della Valle lui demandait de raisonner son frère, elle, l'écervelée de la famille, la romanichelle bancale, la saltimbanque sans jugeote. Olimpia, élevée d'un seul coup au rang de sage conscience de la famille Della Valle. C'était une première jubilatoire.

Son portable vibra. C'était Ian, le manager de Pete Doherty. Sacré Pete ! La dernière fois qu'il était venu à Rome, il était passé dans le show d'Olimpia. Ils avaient ensuite écumé les clubs interlopes de la ville de Benoît XVI et s'étaient retourné la tête jusqu'à l'aube. Le lendemain, de manière fort prévisible, Pete avait annulé son concert au Teatro Tendastrice : il ne parvenait pas à extirper sa tête de la cuvette des vécés. Cette fois, jurait Ian, c'était la bonne. Il veillait en personne sur le taux d'alcoolémie de son poulain. Il contrôlait au centilitre près la quantité de substance dopante nécessaire pour assurer le concert, tout était question de dosage. Pete, comme les cyclistes professionnels, ne pouvait entamer son tour d'Italie à jeun, mais pas question de se faire pincer, de chuter, d'abandonner la gloire, les fans. – « Olimpia, ton pass backstage et ta place t'attendent à l'hôtel de Russie, Pete se réjouit de te revoir, après on fera la tournée des grands-ducs, la nuit romaine nous appartient ! »

Et Olimpia l'avait pressenti, la nuit avait été démoniaque. Ses tisanes dépuratives lui avaient paru soudain bien dérisoires. Après le concert, déjà passablement chargés, ils étaient allés au Gilda. On avait dégagé du carré VIP les vulgaires starlettes italiennes de son espèce pour faire place au roi Pete et à sa cour. Si George Clooney pointait le bout de son nez, on les pousserait dans un coin. La hiérarchie des stars serait ainsi respectée.

Sur le coup de 3 heures du matin, elle s'était laissée aller à quelques jérémiades sur son crétin de frère :

– Tu te rends compte ? Il se marie et, trois mois plus tard, se casse pour une maîtresse avec qui il est depuis des lustres ! Franchement, à quoi ça rime ?

– Bloody bastard ! s'était exclamé Pete, ses facultés mentales intactes malgré les fluides dégénératifs qui galopaient dans ses veines. Tu l'as copieusement engueulé, j'espère ?

– Non, je ne l'ai pas encore vu, je n'ai eu l'info qu'aujourd'hui.

– Il est ici, à Rome ? questionna Pete, l'œil extra-brillant.

– Oui, pourquoi ?

– Qu'est-ce que tu attends pour l'insulter ? Viens, on y va ! intima Pete en se levant d'un bond.

Olimpia, qui tenait moins bien le mélange coke-whisky-champagne, ricana bêtement et se coula avec une docilité éthylique dans une des Mercedes CLS mises à disposition du groupe, escortée par Pete, Ian, et des sbires non identifiés. Arrivée au pied de l'immeuble où vivait Elio depuis que son employeur avait déménagé à Rome, elle reprit ses esprits, et la rage l'inonda à nouveau.

– On ne va pas tous débarquer chez lui en pleine nuit, laissez-moi monter toute seule, exigea-t-elle.

– OK, on t'attend en bas, mais si tu as besoin de renfort, tu siffles, on rapplique ! concéda Pete. Cette expédition punitive semblait le réjouir au plus haut point.

Olimpia s'extirpa de la berline, chancela, avala une copieuse lampée d'air frais, et appuya sur le bouton de l'interphone. Une fois. Elio ronflait sans doute à grand bruit, il était un dormeur insatiable, les trompettes de Jéricho auraient eu du mal à l'arracher à son sommeil. Deux fois. Il émergeait sans doute des limbes, tout ensuqué. Elle doubla la troisième tentative d'un appel sur sa ligne fixe. Quatre fois. Enfin, il était réveillé, mais l'adultère le rendait paranoïaque. Et si c'était sa femme, munie d'une machette de mau-mau ?

L'interphone finit par crachoter un « Qu'est-ce que c'est ? » pâteux.

– C'est Olimpia, répondit-elle d'une voix qui se voulait posée.

– Olimpia, qu'est-ce qui te prend, il est 4 heures du matin !

– Ouvre-moi immédiatement, je dois te parler de Céleste.

Un long soupir s'échappa du mur.

– Je ne suis pas en mesure de parler maintenant, en pleine nuit, et toi non plus je crois. Tu ne dois pas être dans ton état normal, sinon tu ne pointerais pas chez moi au beau milieu de la nuit. Et puis, c'est quoi cette voiture derrière toi ?

Olimpia haussa le ton.

– Ouvre-moi, *stronzo*, sinon je réveille tous tes voisins !

Les vitres de la limo s'abaissèrent.

– Olimpia, tu as besoin d'un coup de main ? beugla Ian.

– Qui est avec toi ? demanda Elio.

– Des copains, répondit-elle, exaspérée. Ils ne montent pas, mais je t'assure qu'ils feront un raffut du diable si tu ne m'ouvres pas tout de suite.

Elio s'exécuta. Olimpia grimpa les escaliers quatre à quatre, bien qu'elle fût dans un état proche de l'Ohio, comme aurait dit ce chanteur français un peu poivrot qui emballait toutes les bombes frenchies et qu'Elio écoutait en boucle, comme tout intello italo qui se respecte. Même dans ses voyages hallucinogènes les plus extrêmes, Olimpia n'avait jamais débarqué chez Elio en pleine nuit. Autant dire que ça allait barder pour lui.

Il l'attendait près de la porte d'entrée. Sans un regard pour elle, il referma la porte et s'en alla choir sur le canapé du salon. Il semblait traîner dans son sillage toute la souffrance du monde. De son fiel, Olimpia balaya l'expression accablée qu'il composait savamment sur son visage.

– Petit con, tu veux vraiment rater ta vie ?

– Je ne suis pas sûr que tu sois en position de me donner des leçons, Olimpia, persifla Elio. On ne peut pas dire que ta vie à toi soit une réussite vu les états dans lesquels tu te mets, ajouta-t-il, pincé comme une corde de stradivarius.

Il remit le masque de souffrance qu'il avait retiré pour frapper.

– Plutôt que de vociférer comme dans un mauvais soap opera, j'aurais aimé que toi, ma sœur, tu perçoives d'abord ma douleur. Tu crois que ça a été facile pour moi d'annoncer ma situation à Céleste ? Tu crois que le dilemme dans lequel je suis est confortable ?

– Excuse-moi de plaindre Céleste plutôt que toi, ironisa Olimpia. Mais pourquoi tu t'es marié, *cazzo* ? Tu n'avais pas le couteau sous la gorge, que je sache !

– Parce que j'ai voulu y croire.

– Croire à quoi, aux contes de fées ? Mais tu vis au cinéma ? Réveille-toi, grandis, Bambi. Dans la vraie vie, il y a une femme que tu as épousée, que tu bousilles, et toi avec. Tu n'as pas compris qu'elle était ta chance de sortir de ton marasme pathologique, de t'élever un peu, d'être libre ? Ta stagiaire là, tu crois qu'elle aspire à autre chose que des vacances à Forte dei Marmi ?

Elio garda le silence un long moment, les yeux rivés sur ses pantoufles.

– Je pense qu'il vaut mieux continuer cette conversation demain, à tête reposée.

– Je ne sais pas comment tu fais pour avoir la tête reposée dans des circonstances pareilles. Moi je n'y arrive pas, grogna Olimpia en se dirigeant vers la chambre d'Elio.

– Tu vas où ? s'inquiéta-t-il.

– Pisser, tu permets ? répondit-elle en s'enfermant dans la salle de bains. Elle avait envie de vomir, mais la vague nauséeuse se brisa sur un soutien-gorge saumon de piètre facture et doté de bonnets qui dépassaient de loin la taille D : beaucoup trop grand pour les petits seins pointus de Céleste. Son sang ne fit qu'un tour. Elle jaillit hors de la pièce, se rua dans la chambre d'Elio, et alluma la lumière. Une fausse blonde ébouriffée se tenait assise dans le lit, recroquevillée dans un drap salvateur, des éclairs de défi dans ses yeux cernés. Olimpia amnistia instantanément toutes les grandes meurtrières de l'histoire.

– Dégage tout de suite, salope !

C'est toi, Olimpia, qui va débarrasser le plancher ! tempêta Elio en déboulant dans la chambre.

Des cris fusèrent dans la rue.

– *Hey, Della Valle, you pump motherfucker, come on, show us your rat face !*

Sur le trottoir, la bande à Pete se dégourdissait la langue. Ian lança une bouteille de bière qui explosa contre le mur. Olimpia apparut à la fenêtre telle une matrone napolitaine égarée dans un vaudeville.

– Sa pute est là aussi ! aboya-t-elle.

Les insultes redoublèrent, assorties de promesses de sévices peu raffinés. Réveillés, les voisins se joignirent au brouhaha, menacèrent d'appeler la police. Les lexicologues présents purent constater que la langue de Dante était aussi fleurie que celle de Shakespeare. Les paparazzi s'en voudraient à vie d'avoir loupé la scène.

Quant à Elio, il culpabiliserait à jamais d'avoir empoigné sa sœur par le bras et de l'avoir poussée sans ménagement hors de chez lui :

– Tu n'es qu'une toxico pathétique, mais que ça ne te dispense pas de me faire des excuses. Autrement, je ne veux plus avoir affaire à toi.

Vite, un rail de coke, un fix d'héro. Oublier, repartir haut, très haut. S'envoler, s'évanouir dans la stratosphère, et renaître, l'esprit vierge comme au premier jour. Depuis son premier ecsta au Boccaccio de Bruxelles, il y en avait eu des errances peuplées de types approximatifs transformés par la grâce du méthylène-dioxy-méthylamphétamine en prince charmant des nuits obsidiennes, des réveils amnésiques dans des penthouses à la déco tape-à-l'œil. Ce matin encore, Olimpia ne se souvenait plus de rien. Ni de l'étape roborative au panificio Testaccio qui débordait de clubbers venus faire baisser leur taux d'alcoolémie en s'engouffrant trois *cornetti*, ceux de la première fournée, chauds, croustillants, et dont le glaçage à l'orange n'était pas encore figé par leur station prolongée sur le papier gras et sulfurisé du comptoir. Ni du détour, au petit jour irrésolu, par le Gianicolo, le belvédère panoramique, pour contempler avec l'ébahissement des premières fois la Ville Eternelle s'éveiller dans le concert symphonique des trois cent soixante-cinq cloches romaines. Encore moins de la pathétique altercation avec Elio. Lorsqu'elle émergea des brumes artificielles, elle gisait à demi-nue sur un canapé en cuir blanc disposé devant une large baie vitrée qui plongeait sur le Tibre, juste en face de l'austère Castel Sant'Angelo qui, en deux mille ans, du sac de Rome aux orgies papales, en avait vu bien d'autres, et des vertes et des pas mûres.

Pete Doherty avait surgi de la salle de bains dans le plus simple appareil. Son ventre tremblotait au rythme de sa démarche approximative. Sa pâleur contrastait avec les toiles crépusculaires de Soutine qui habillaient le living immaculé. Il tendit une coupelle de poudre blanche à Olimpia :

– *Wake up, babe!* Nous partons dans la jungle encore brûlante de magma originel. Je ne veux plus voir ces hyènes des tabloïds, j'en ai ras le cul des palaces où ma fucking maison de disques m'envoie, avec leur fucking corbeille de fruits de bienvenue sur la table basse et leurs fucking pantoufles siglées. Je veux retrouver la vie primitive, j'en ai marre des gens, et ton frère alors ça a été le pompon, je ne veux plus voir personne d'autre que toi, habille-toi, babe, l'avion nous attend.

Olimpia contracta ses sinus et aspira son breakfast. Les cloches de San Salvatore in Lauro scandaient son ascension vers la félicité. Elle devrait déjà être sur le plateau de son émission. Qu'importe ? Elle se sentait libre comme les particules qui explosaient en feu d'artifice dans ses veines. Des ailes poussaient sous sa minirobe Pucci toute froissée. La vraie vie allait peut-être commencer.

Elle ignora le jacuzzi, prit une longue douche froide, et entreprit de ne pas allumer son portable. Douze messages ulcérés de son agent devaient l'attendre. Sa styliste, son assistant sous-payé, tous la cherchaient. Le chauffeur de salle frisait l'extinction de voix, dans une vaine tentative de réveiller le public refroidi par deux heures d'attente. Où est cette *stronzetta* ? pestait le producteur en envoyant valser d'un geste rageur les cintres qui pendaient dans sa loge. *Olimpia fucked them all.* La rebelle de la famille Della Valle mettait les voiles.

– Au fait, on va où ?

Dans la Mercedes qui les conduisait à l'aéroport de Ciampino, Peter demeurait évasif.

– *Isn't it exciting, babe ?* Je t'emmène dans un endroit où personne ne va, où la jungle vient mourir sur des kilomètres de sable fin. Nous ferons l'amour avec la terre mère, nous irons jouir dans les vagues tièdes, tu iras cueillir des fruits, je composerai des chansons.

Un des nervis de Pete finit par lâcher le morceau.

– L'île de Príncipe. C'est quelque part au large de l'Afrique. Un endroit où on paie une fortune pour dormir dans des bungalows pouilleux infestés de tarentules sur une plage qui a le seul avantage d'être déserte. Dans le trip Robinson Crusoé, il y a la même chose en plus luxueux aux îles Fidji, mais Pete n'a rien voulu savoir. Il a lu un reportage sur cette île paumée dans le magazine *Air France* sur un vol Paris-New York et depuis, il a décrété que c'était son éden.

Olimpia ne releva pas. Peu lui importait la destination. L'essentiel était de partir.

Ils dépassèrent les studios de Cinecittà qui se mouraient lentement après une douce vie peuplée de brunes aux yeux de biche. La route longeait l'Appia Antica, l'ancienne voie romaine, et ses villas cossues planquées derrière des rangées de cyprès bien élevées. A Ciampino, la Mercedes contourna le terminal réservé à la piétaille des vols low cost, emprunta un corridor réservé aux véhicules aéroportuaires et s'immobilisa au pied d'un Falcon 2000 prêt à décoller.

Olimpia était dans le ciel, au-dessus du Ténéré, synchrone avec les hirondelles en rangs serrés. La lumière divine s'engouffrait dans les hublots, un rayon dardait son fauteuil de cuir. Elle l'inclina jusqu'à ce que le rayon caresse son entrejambe, et écarta les cuisses. L'ecsta commençait à prendre possession d'elle. Le steward pénétra dans la cabine pour proposer des rafraîchissements, la surprit dans cette posture concupiscente, s'immobilisa, effectua une volte-face flegmatique et disparut prestement dans les galleys. Assis face à Olimpia, Ian se redressa, reposa sa coupe de champagne sur la tablette d'acajou, coula un regard interrogateur vers Pete, dont les yeux immobiles fixaient la bouche d'aération réglable au-dessus de son siège. Il rangea la tablette, s'agenouilla, et délicatement, d'un doigt, écarta le tanga en dentelle fuchsia d'Olimpia. Pete, indifférent à la scène, contemplait maintenant le voyant lumineux « *fasten your seat belt* » qu'une soudaine secousse avait activé. Puis il y eut un trou d'air sans fin, suivi d'une stridence métallique. Les masques à oxygène jaillirent de leur gaine. C'était aussi obscène et inattendu qu'un polichinelle hirsute délogé de son tiroir dans l'arrière-boutique d'un magasin de farces et attrapes. L'avion bascula à 45 degrés. Personne n'avait eu le temps d'attacher sa ceinture, aussi valdinguèrent-ils tous vers la cloison avant de la cabine. Olimpia explosa de rire. C'était plus drôle que le grand huit de LunEur, le parc d'attractions où elle allait draguer le samedi après-midi avec ses copines prolétaires de la via Laurentina. Oui, à cet instant précis, Olimpia était aux anges. Sauf que les anges d'habitude, quand ils sont au ciel, ils y restent.

Interlude

Disparition au Niger d'un avion privé affrété par Pete Doherty (AFP)

Un avion privé à bord duquel se trouvait le chanteur britannique Pete Doherty a disparu hier après-midi au-dessus du Niger, non loin de la frontière avec le Nigeria, après avoir lancé un appel de détresse, ont indiqué les autorités aéroportuaires nigériennes.

Dix minutes avant d'atteindre la frontière, le commandant de bord a signalé une panne du moteur gauche, puis très rapidement, du moteur droit, selon ces mêmes sources. L'appel de détresse a également été entendu sur les fréquences de veille des autres appareils présents dans le secteur. Le contrôle aérien de l'aéroport de Niamey a perdu tout contact avec l'avion avant la balise d'Amsin, située à la frontière entre le Niger et le Nigeria.

L'appareil, un Falcon 2000 de fabrication récente, avait décollé de l'aéroport de Rome-Ciampino en début d'après-midi à destination de l'archipel de São Tomé e Príncipe, avec à son bord six passagers dont le chanteur britannique et trois membres d'équipage. L'identité et la nationalité des autres passagers n'ont pas été rendues publiques.

En l'absence de radar dans cette région désertique, la zone de recherches s'étend sur 28 900 km^2, la superficie d'un pays comme la Macédoine. Un hélicoptère de l'armée de l'air nigérienne et un avion de l'armée de l'air nigériane ont commencé à quadriller cette zone située à quelque 500 kilomètres au nord-est de Kano, au Nigeria. Toutes les brigades de gendarmerie locales ont été mobilisées sur les traces de l'épave. Des renforts en provenance de Londres sont également attendus sur place.

14

Elio

Maria Grazia Della Valle fixait le vide intersidéral, vers un point dont elle seule supputait l'existence. L'étincelle dans ses yeux pers était morte depuis qu'un bulldozer l'avait projetée dans les ténèbres, à la lisière d'une soirée d'été qui devait être belle. Elle sortait du Country-Club Parioli, les hormones apaisées par une séance de sauna. La ville l'enveloppait d'une étole tiède aux senteurs de pin, de cette fragrance unique qu'exhale Rome lors du solstice d'été. Elle devait aller dîner chez Camponeschi, en terrasse, sous l'aile marmoréenne du palais Farnèse. Elle ne commanderait qu'une sole, peut-être de la *bresaola e rucola* mais sans parmesan : dans quinze jours, elle prenait ses quartiers d'été à Forte dei Marmi, il fallait être présentable. Le régime le plus draconien ne viendrait pas à bout de ce ventre qui pendouillait, vestige d'une fâcheuse descente d'organe. Tant pis, elle le planquerait sous son paréo. En revanche, pas question d'arborer un coupable double menton, il fallait donc maigrir, et vite. Elle n'allait tout de même pas porter un hidjab sur le sable. Elle bénissait le Seigneur de ne pas être née musulmane, même s'il fallait bien avouer que cette confession présentait quelques avantages, dont celui de se baigner toute habillée, s'amusait-elle en rangeant sa trousse de beauté dans son cabas tressé Bottega Veneta. S'empiffrer de *porchetta*, de spaghettis à la poutargue et de chouquettes, puis en dissimuler les ravages sous des hectomètres de tissu, et s'éviter ainsi l'humiliation du maillot, comme c'eût été exaltant !

Mais dans la poche intérieure de son sac, l'*Ave Maria* avait retenti, et la voix sépulcrale de son fils l'avait arrachée à ses pensées iconoclastes.

– Mamma, je n'ai aucune nouvelle d'Olimpia, ce n'est pas normal. Elle devait démarrer une nouvelle émission. Elle n'est pas venue à l'enregistrement. C'est un ami de la RAI qui m'a alerté. Moi-même j'ai contacté Selene, Crescenza, Fabio, tous ses amis dont j'ai les coordonnées, rien.

– Et toi, tu as essayé de la joindre ?

– Sur le fixe, sur le portable, j'ai laissé des messages, rien. On s'est un peu frités il y a quelques jours. Au début, j'ai cru qu'elle me faisait la gueule. Mais ses amis non plus n'arrivent pas à la joindre, et sa messagerie est saturée.

Avant d'être rongée par la peur, Maria Grazia Della Valle avait culpabilisé. Elle n'appelait jamais Olimpia sans raison précise, juste pour bavarder, savoir comment elle allait. Elles habitaient la même ville, mais se voyaient peu. Olimpia était la fille qu'elle avait laissée s'égarer, parce qu'elle n'avait pas le courage de l'affronter, parce que Olimpia n'était pas son beau miroir déformant, mais la psyché de ses failles. Maria Grazia Della Valle avait échoué. Elle n'avait réussi ni à protéger Olimpia des soubresauts du vrai monde, celui qui transpirait, ni à la faire se tenir tranquille dans le périmètre des illusions volées, des espoirs confisqués, des ailes coupées. A l'ancrer à la terre ferme, au gras terreau des bourgeois. Maria Grazia Della Valle n'avait pas réussi à faire croire à sa fille que les passions détruisaient, que les hautes espérances n'étaient jamais comblées, que seuls les anges avaient des ailes, et qu'il valait mieux vivre tranquille en attendant la mort : il y aurait ainsi moins de difficulté à s'en aller. Les excès, les exaltations, les désirs d'infini, c'est pour les fous ou les visionnaires, or les fous finissent à l'asile, et les visionnaires ne s'en sortent pas mieux, Martin Luther King et Jésus en savent quelque chose.

Pendant ce temps, le destin brisé de Pete Doherty faisait la une du *Daily Mirror*, mais pas de *Novella 2000* : le gossip mag vert blanc rouge préférait les starlettes italiennes surprises au téléobjectif en compagnie d'un politicien lubrique. Il y avait bien eu cette double page dans *Gente*, l'article dans *Oggi*, les fans éplorées qui s'épanchaient dans *Cioè*, le magazine des ados acnéiques. Mais qui eût lié le destin d'Olimpia à cette star que la drogue aurait dû tuer bien avant ce stupide crash ? Lui-même devait savoir qu'il traverserait la vie comme une fusée défectueuse, puisqu'il avait pris des dispositions testamentaires. Il avait d'ailleurs surpris son monde, le bad boy, en se révélant, outre-tombe, un bien bon garçon : il n'avait pas légué ses royalties à Kate Moss, mais à sa mère, une dame robuste et affligée qui assortissait la couleur de sa permanente à celle de ses hortensias. Pendant que les groupies déposaient des fleurs devant l'appartement londonien de la star, le destin apparemment sans histoires de la famille Della Valle se scellait, loin des flashes et des projecteurs, dans les bureaux blafards de la police des frontières, où somnolaient les enquêteurs du ciel italiens, trop contents d'avoir refilé le bébé à leurs collègues brittons sommés par une presse à scandale déchaînée d'expliquer pourquoi un Falcon sorti des usines Dassault à peine six mois plus tôt s'était planté dans le désert en plein vol et par temps calme. Qu'ils se dépatouillent avec cette énigme, les types de Scotland Yard. A Rome, on s'en lavait un peu les mains, de cette affaire. *Anyway*, tous les passagers du jet étaient citoyens britanniques. Tous, sauf un, ou plutôt une. Les registres de Ciampino étaient formels : l'agent qui s'était chargé des formalités pendant que Pete et les siens comataient dans l'un des salons VIP avait enregistré un passeport italien au nom d'Olimpia Della Valle. Un coup de fil à l'état civil et tout était réglé.

Maurizio Scarpetta sourcilla en découvrant la photo de la disparue. Une jolie brune aux lèvres pulpeuses. Le cheveu un peu plat, car personne ne court chez le coiffeur avant de se glisser dans la cabine d'un photomaton.

– Je l'ai déjà vue quelque part, cette fille, marmonna-t-il.

Son collègue Flavio s'approcha et livra son expertise.

– Belle bouche à pipe.

– Avoue, tu l'as vue dans *Le Ore* ou *Pornorama*, ricana Massimo, le responsable du courrier, qui passait par là.

– Il n'y a pas que les actrices pornos qui ont des bouches à pipe, ajouta un quatrième larron fort à propos. Regarde toutes les filles de la télé, avec leur collagène dans les lèvres, moi je trouve ça assez moche d'ailleurs, ça leur donne des tronches de canard.

– Elle n'a pas les lèvres refaites, elle, répliqua Flavio. C'est du matos naturel. Elle doit avoir des beaux seins bien lourds aussi. Grosses lèvres, gros nibards.

Maurizio Scarpetta coupa court à ces digressions vaseuses.

– Les mecs, un peu de respect tout de même, je vous rappelle que cette fille est aujourd'hui en charpie au milieu du désert, et que je dois appeler sa mère. D'après l'état civil, le père est décédé.

– Il ne vaut pas mieux attendre l'identification des corps ? interrogea Flavio.

– Tu crois au Père Noël ? Qu'elle a survécu à l'accident et en profite pour faire un trek chez les

Bororos ? Et puis, de toute façon, les restes que les Anglais ont récupérés sont trop amochés, il faudra faire des tests ADN. Sa mère va devoir s'y coller. Je crois que je l'ai vue à la télé, cette fille, reprit Maurizio, songeur.

Flavio retrouva ses réflexes d'enquêteur.

– C'est pas très précis, ton truc. Dans un film, une fiction, une pub, une émission de téléréalité ? C'est peut-être une *Velina*, ou une candidate à Miss Italia. Elle est sacrément jolie en tout cas. Quel gâchis…

– Miss Italia ? Impossible, elle a vingt-neuf ans. Trop vieille pour concourir. (Scarpetta soupira, cracha son Bic tout mordillé et prit son courage à deux mains.) Bon, je n'en sais rien, mais je dois appeler sa mère, Dieu que je n'aime pas faire ça.

Au large de Capri, alanguie dans son paréo sur le pont arrière d'un Aicon 85 Fly, Maria Grazia noyait son angoisse dans des coupes de Bellini. Elle avait accepté au pied levé une invitation à voguer quelques jours entre les îles Pontines et celles du golfe de Naples. Elle avait oublié son portable, et n'avait jamais su interroger sa messagerie à distance. C'était bien commode aujourd'hui. Dans les moments d'optimisme, elle se persuadait que sa fille si fantasque s'était envolée sur un coup de tête vers un ashram himalayen, pour y trouver le salut éternel ou, à défaut, un équilibre provisoire. Mais la nuit, lorsque la noirceur du monde rattrape les âmes frêles, elle imaginait son Olimpia, inerte et livide, martyre des enfers artificiels, crucifiée sur un carrelage froid au sortir d'une ultime nuit d'excès. Alors, elle prenait deux somnifères et basculait dans un sommeil sans chimères. Demain, il ferait beau. Au tournant de la matinée, la roche virginale de Capri se profilerait. Ils mouilleraient dans la baie des Faraglioni, à quelques encablures des camorristes sous contrat, des industriels européens en goguette chic, des affairistes ventrus qui, sur leur yacht de faiseurs d'or, avaient l'exclusivité de ce jardin d'Eden azur inaccessible par voie terrestre, cette terre lourde où rampe le commun des mortels.

Maria Grazia glissait au-dessus des abysses. Bientôt, ils l'engloutiraient. A Rome, Elio s'apprêtait à recevoir le ciel sur la tête. La matinée était ensoleillée. Les beaux jours sont traîtres. Etendu sur son lit à l'heure où le salarié normal a accompli la moitié de son labeur quotidien, Elio consultait par téléphone Massimiliano, un ami avocat, au sujet du divorce. Il refusait de céder le moindre centime dans l'affaire, même s'il était fautif sur toute la ligne. Massimiliano était confiant. Il suffirait de démontrer que Céleste avait déserté le foyer conjugal. Entre ses séjours parisiens et ses voyages au long cours, ce ne serait pas compliqué.

– Evite quand même de voir Carolina le temps que ça se tasse, lui recommanda Massimiliano. Elio s'apprêtait à protester contre cette abstinence forcée quand la sonnerie du fixe les interrompit.

– Ne quitte pas, Massi.

Elio se contorsionna pour atteindre le combiné.

– Bonjour signore, rognonna une voix masculine inconnue. Je cherche à joindre Elio Della Valle.

– C'est moi-même, répondit Elio, le cœur à court, sans trop savoir pourquoi.

– Maurizio Scarpetta. Je suis inspecteur à la Polaria de Ciampino. J'ai une question importante à vous poser. Etes-vous bien le frère d'une jeune femme dénommée Olimpia Della Valle, née le 23 mars 1978, fille de Fabio et Maria Grazia Della Valle ?

– Oui, c'est bien moi, avait répondu Elio d'une voix que toute vie avait quittée.

– Avez vous eu des nouvelles récentes de votre sœur ?

– Non, je n'arrive pas à la joindre depuis plusieurs jours, ses amis non plus, sa messagerie est saturée et pour tout vous dire, je suis très inquiet.

L'inspecteur Scarpetta s'efforçait d'adopter une délicate neutralité : on sentait qu'il pesait chacun de ses mots, comme s'il manipulait une brochette de grenades dégoupillées.

– J'ai essayé sans succès de joindre votre mère, aussi je me tourne vers vous. Nous avons de bonnes raisons de penser que votre sœur était à bord d'un avion dont nous avons perdu la trace. Je ne peux pas vous en dire plus par téléphone. Je vous invite à vous rendre dès que possible dans nos locaux.

– Quel avion ? Quand ? balbutia Elio, désemparé.

– Je vais tout vous expliquer. Vous pouvez venir maintenant ?

Comme un somnambule sur un fil, Elio avait surgi dans les locaux flétris de la police des frontières. Il se souviendrait à jamais de la boîte de Kleenex qui trônait sur le bureau de Maurizio Scarpetta, prête à l'emploi, posée là pour annoncer l'indicible, sécher l'inéluctable.

– Nous devons identifier formellement les victimes, conclut Scarpetta après avoir longuement exposé les faits. Pour boucler cette partie de l'enquête, mais surtout pour vous. Car tant que l'identification n'aura pas lieu, le doute subsistera, et avec le doute l'espoir s'installera. Or, malheureusement, monsieur, aucun élément ne nous permet d'établir que votre sœur ait réchappé à l'accident. Toutes les dépouilles ont été identifiées à Londres, toutes sauf une. Nous pensons qu'il s'agit de mademoiselle Della Valle. Nous avons besoin d'un prélèvement d'ADN pour confirmer cette hypothèse. En l'absence de votre mère, acceptez-vous de vous soumettre à ce test ?

Elio avait passé les jours suivants en apnée. Maria Grazia Della Valle était brutalement descendue de son nuage méditerranéen. Elle était restée prostrée une heure, et l'on crut que jamais plus ne reviendrait l'étincelle dans ses yeux de jade. C'était sans compter sur les antidépresseurs qu'elle s'était procurés pour affronter ce nouveau deuil. Dès lors, elle s'était abandonnée à un tourbillon d'occupations préfunéraires. Le désœuvrement, elle le savait, la conduirait à sa perte. S'agiter était une question de survie. Il fallait penser aux obsèques, choisir l'église, s'occuper des faire-part, même si Olimpia n'était pas officiellement morte, et qu'elle aurait cent fois préféré voir ses cendres dispersées au-dessus du Gange sans que les partenaires de bridge de sa mère en fussent informés. Engagée dans un trop-plein d'activités pour faire le vide dans sa tête, Maria Grazia Della Valle ne vit pas venir le petit diable à queue fourchue annonciateur du cataclysme suivant, ni même son incarnation, un type ordinaire, qui sentait le menthol et l'oignon, parce qu'il avait une angine carabinée et que sa femme, bonne cuisinière, mijotait de longues heures d'incomparables *sughi* : Maurizio Scarpetta.

L'inspecteur avait sa mine des mauvais jours lorsqu'il reçut Elio pour les résultats des tests, mais ce n'était pas seulement dû à la fièvre virale. Finies les inflexions affligées, oubliées les pincettes qui précèdent les condoléances. Quelque chose le chiffonnait, et en conséquence, il se comportait comme si Elio avait commis un acte répréhensible.

– Je ne vais pas y aller par quatre chemins, monsieur Della Valle, votre test nous pose problème, lâcha-t-il. Votre ADN ne correspond pas à celui du passager que nous croyons être votre sœur. Alors de deux choses l'une. Soit la personne qui est montée dans cet avion a usurpé les papiers d'identité de mademoiselle Della Valle, mais elle doit drôlement lui ressembler, puisque l'agent préposé aux vérifications a contrôlé la photo sur le passeport, soit votre sœur n'est pas votre sœur biologique comme vous nous l'aviez pourtant certifié avant de vous soumettre au prélèvement.

Une violente quinte de toux interrompit Scarpetta. Il expulsa quelques humeurs verdâtres dans un Kleenex en miettes, puis largua son scud :

– La personne dont nous essayons de déterminer l'identité est de race noire.

Elio tangua, victime d'un big bang intérieur. A moins qu'il ne s'agisse d'un mini trou noir, d'une suspension du temps, d'une soudaine rétractation de l'espace, ou encore de la certitude, quelques secondes, d'être aussi mort qu'Olimpia. Si cette sensation devait perdurer à l'infini, ainsi que le mécréant qu'il était le pressentait, alors mieux valait ne jamais être né. Lorsqu'il releva la tête, la colère avait pris possession de ses pupilles dilatées par le choc.

– Vous vous fichez de moi ? tempêta-t-il. Je viens identifier ce qui constitue peut-être les restes de ma sœur, et tout ce que vous trouvez à me dire c'est qu'elle est noire ? Vos laborantins ont deux mains gauches ou quoi ? C'est impossible, c'est une erreur grossière !

– Monsieur je comprends que vous soyez secoué, reprit Scarpetta, la contrariété dans l'œil. Mais sachez que nos expertises sont fiables. Les analyses sont confiées à deux équipes différentes, et lorsqu'il y a un doute, ce qui est précisément le cas dans notre affaire, une troisième équipe est appelée à statuer. Désolé, monsieur Della Valle, les résultats sont les mêmes. Par acquit de conscience, nous allons effectuer un test avec votre mère, mais j'ai bien peur que ça ne change rien.

Elio aurait volontiers étranglé ce Calabrais glaireux et malodorant, là, tout de suite, mais il se serait trompé de cible. Dans un film américain comme il les aimait, il aurait foncé dans les toilettes infectes d'un rade du Queens aux tables poisseuses vomir son écœurement, conjointement à quelques litrons de scotch bon marché. Le barman aux paupières bouffies ne l'aurait même pas calculé, il serait resté seul avec sa souffrance, avachi sur le carrelage, le nez sous l'urinoir ébréché. Des films, il avait l'habitude de s'en faire, mais jamais il n'en était le protagoniste involontaire. Il s'en voulut de n'avoir pas su trouver la foi, cette béquille commode, lors de son voyage à Jérusalem sur les traces de sa judaïté. Il se maudit, et pleura. Yahvé qu'on ne nomme pas, implora-t-il en son for intérieur, Elohim comme on t'appelle parfois, poursuivit-il parce qu'il ne connaissait aucune prière juive, rendez-moi au réel, délivrez-moi du mal, alors ce jour-là, peut-être, je dirai Amen.

15

Elliott

Elliott conchie le suffrage universel. Le nouveau président était à droite toute, portait des montres onéreuses en acier chromé, bronzait sur les yachts de ses accointances platinium, et lui se retrouvait en plan, parce que son ministre de tutelle n'avait pas suffisamment ciré les Weston présidentielles : il n'avait pas obtenu de portefeuille dans le nouveau cabinet, et s'en était retourné députailler dans son bled de bouseux, laissant Elliott sur le carreau malgré des mois de bons et loyaux services, de portable greffé à l'oreille 24 heures sur 24, de sommeil volatil interrompu par des sonneries intempestives. Un sort de loufiat, pensait-il avec le recul du conseiller lourdé du cabinet. Une vie de chiotte, mais qui lui assurait une position sociale enviable. Fuck la démocratie, à bas le turn-over républicain, Elliott était dégoûté.

Les conseillers des ministres s'étaient tous recasés. La plupart étaient attachés culturels dans des chancelleries trop vastes où quelques triptyques de Zao Wou Ki tentaient d'égayer des murs en béton gris. Le directeur de cabinet était désormais ambassadeur dans un pays sud-américain de seconde zone où la vie, dans le jardin paysagé de la résidence, était douce et les dossiers embarrassants prestement escamotés. Le conseiller médias, Louis de Sabran-Pontès, était devenu dircom d'un conglomérat du luxe. Son nom à particule n'était pas étranger à cette reconversion. Quant au responsable des relations avec le Parlement, il s'était établi comme consultant privé, avec en guise de parachute doré un carnet d'adresses en vermeil qui lui assurait une clientèle de choix jusqu'au prochain maroquin. Elliott avait espéré un poste dans l'audiovisuel, mais les réseaux qui faisaient du lobbying en faveur de la diversité dans les médias ne parvenaient qu'à caser quelques subalternes dociles, pas des pointures au caractère trempé comme celui d'Elliott. Tous les patrons qui se prosternaient devant son ministre et se répandaient auprès de lui en amabilités collatérales étaient soudain trop occupés pour le recevoir. Sur l'étagère Christian Liaigre en Iroko huilé qui lui avait coûté une fortune mais plaisait tant à Eléonore, la pile d'invitations pour des avant-premières de deuxièmes films français indigents s'amenuisait jour après jour.

Elliott n'avait donc aucun point de chute. En haut lieu, certains devaient estimer que le destin reprenait son cours naturel, en le réexpédiant dans la France d'en bas, à la place qui lui était dévolue. Après tout, il était un intrus dans le système, un basané qu'on avait bien voulu tolérer, flatter à l'occasion. N'avait-il pas l'oreille du prince ? Mais le prince était déchu, et son bouffon ne méritait que les oubliettes de la Cinquième République. L'élite confite dans sa naphtaline se serrait les coudes et ne voulait pas de lui au sixième ciel où festoient les rentiers titrés, les anciens d'HEC, de l'Ena et de Polytechnique, dans cette stratosphère du pouvoir où n'évolueront jamais les caissières, les filières pros ni les descendants d'esclaves. Au ministère, grisé par le décorum, la 607 intérieur cuir de fonction, le gyrophare sur le périphérique pour fendre à toute berzingue la cohue prolétaire des Twingo, il avait naïvement cru qu'il y était arrivé. Il n'avait pas voulu voir que tout ce cirque n'avait qu'un temps. Rares sont ceux qui retiennent les leçons de l'histoire lorsque celle-ci se courbe un temps en leur faveur.

Le jour où il rendit son badge tricolore, une giboulée tardive bousculait les tilleuls du Palais-Royal. Quelques rayons hâves perçaient çà et là dans le maelström des cumulonimbus. Les nounous ivoiriennes maniaient comme des Quads les poussettes de leurs rejetons par procuration. Tous aux abris, et vite, avant que les foudres de l'Univers ne s'abattent définitivement sur les nannies à huit euros soixante et onze centimes de l'heure et leur précieux chargement nourri au lait de croissance. L'orage éclata enfin. Les allées se firent tourbeuses. L'eau ruisselait sur les colonnes de Buren, hiératiques, sombres, indifférentes au désarroi d'Elliott.

Pourtant, il avait payé de sa personne, contenu les journalistes avec des promesses de promotion lorsqu'avait fuité la répréhensible propension de son ministre à se faire turluter dans sa voiture de fonction pendant que ses gardes du corps détournaient pudiquement le regard. Quelle buse au fond, ce ministre, songeait Elliott, excédé. En plus, il boit, on dirait un évier. Sa capacité à dissimuler son alcoolisme forçait presque l'admiration. Comment pouvait-on donner le change, à ce niveau de responsabilité ?

L'époque semblait avoir changé, du moins sur le papier médiatique. D'autres emménageaient dans la forteresse dont il avait, méticuleusement, essuyé les plâtres. Rachida Dati souriait en une des journaux, carnassière et émerveillée, nouvelle icône d'une France qui se rêvait plurielle pour de bon, loin de la fugacité des jours de foot triomphants, de l'illusoire défilé bariolé des champions du monde black-blanc-beur qui n'avait pas empêché les émeutes de novembre 2005. Elliot n'était pas dans le dossier spécial que *L'Express* avait consacré à cette poignée métissée de gagneurs. Elliott était la génération sacrifiée.

Les Maghrébins s'en sortaient un tout petit peu mieux, songeait-il. Ils avaient sans doute une meilleure estime d'eux-mêmes que les Noirs. N'avaient-il pas régné sur la moitié du monde connu pendant des siècles, déployé leurs lumières, engendré Averroès et Avicenne, pendant que l'Occident moyenâgeux sombrait dans l'obscurantisme religieux ? Pour couronner le tout, ils les avaient soumis un jour, ces visages pâles du Nord, et ces derniers conservaient à jamais dans leurs gènes la mémoire de Tariq Ibn Ziyad, le tombeur de Cordoue et Tolède. C'est sans doute pour cela qu'aujourd'hui leurs descendants ne les méprisaient pas totalement. Ils criaient au choc des civilisations, ce qui signifiait au moins qu'ils reconnaissaient que le monde musulman en fût une. En revanche, ces Nègres, a part guerroyer entre eux, copuler et se refiler le sida à tire-larigot, de quoi étaient-ils capables ? Même pas d'entrer dans l'histoire.

Evidemment, c'est le moment qu'avait choisi Eléonore pour le quitter. Elle était partie, du jour au lendemain. Sans crier gare. Sans préavis, sans lettre recommandée avec accusé de réception, sans dispute annonciatrice. Envolée, lui léguant en tout et pour tout des volutes de Samsara. On croit que la vie à deux est un long fleuve tranquille, qu'une masse tiède et moelleuse ronflote à côté de soi pour l'éternité, et soudain tout ça fait pschitt.

La vérité, c'est qu'Eléonore en avait marre. Marre d'un type qui rentrait à l'heure des poubelles nimbé du parfum d'une autre. Qui, doucement, faisait crisser la poignée de la porte de leur chambre, s'assurait qu'elle dormait, et filait sous la douche avec ses gros sabots : quoi de plus suspect que ces ablutions nocturnes ? Elles n'avaient pas de salles de bains, les autres ?

Eléonore en avait assez d'un type qui passait ses samedis au téléphone, à réseauter encore et toujours, alors qu'ils auraient pu, ces jours de liberté, traverser le pont de la Tournelle, longer le quai de Bourbon sur l'île Saint-Louis, flâner devant les hôtels particuliers pour émirs qatariotes, examiner au BHV des carreaux en faïence qui rafraîchiraient leur salle de bains, faire une pause thé chez Mariage Frères, et s'offrir, en repartant, de si jolies tasses monogrammées.

Elle avait tout supporté parce qu'elle admirait la gagne d'Elliott, la rage qu'il employait à grimper, le couteau entre les dents, vers les cimes du pouvoir. Chômeur, il ne l'intéressait plus. C'était banal à pleurer, mais Eléonore n'avait jamais été une grande originale.

Des semaines avaient passé sans atténuer sa colère. Ce soir de juin, à demi nu, il tournait en rond dans son loft germanopratin à la déco minimaliste depuis qu'Eléonore avait déserté non sans s'être assurée au préalable que les Déménageurs bretons eussent chargé dans leur camion ses meubles préférés, la commode des frères Bouroulec, la console Starck, toutes ces fioritures décoratives qu'Elliott avait payées à prix d'or. L'étagère Christian Liaigre avait mystérieusement échappé au kidnapping. Sans doute s'en était-elle lassée.

L'air était chaud et lourd, annonciateur d'orages, de ces colères tropicales qui se fracassent sur les tôles, de ces fièvres qui gagnent alors les corps, et dont on se débarrasse en faisant l'amour. Elliott attrapa son pardessus, commanda un taxi, manqua, sous son porche style Liberty, de glisser sur une fiente canine, et s'engouffra dans une vieille Peugeot qui sentait le chien mouillé. Les phares des automobilistes exténués tanguaient dans la nuit. Le taxi freina brusquement face à un embouteillage incongru en cette heure tardive : place Saint-Michel, c'était le bordel. Bravant les gouttes et la chaussée glissante, les rollerboys du vendredi soir fendaient la ville avec insolence, en cadence, le temps de quelques heures volées à la toute polluante automobile. Pendant quelques minutes qui lui parurent interminables, Elliott dut supporter le chauffeur pressé et ses jurons réacs. Enfin, le cordon policier se dénoua. La voie était libre jusqu'aux Chandelles, rue Thérèse.

Il avait entraîné Céleste plusieurs fois dans ce lupanar chic. Il avait longtemps hésité à lui faire cette proposition indécente : pas question de passer pour un obsédé de la partouze, même s'il sentait que Céleste ne demandait qu'à repousser ses limites. Quelques mois plus tôt, à l'occasion d'un reportage sur la sexualité des Français, elle avait enquêté dans un club échangiste. L'expérience l'avait troublée, elle, l'observatrice passive.

– J'étais fascinée. Imaginer ces types, ces femmes, en costard cravate et tailleur dans la journée, redevenir des bêtes le soir, retourner à une condition préhistorique quelque part, retrouver la logique du troupeau, l'impérieuse urgence de l'agglomération des corps, l'animalité originelle, comme lorsque l'homme était encore le cousin germain du bonobo, esclave de ses besoins primaires, qu'il devait copuler pour se réchauffer, survivre aux hivers rigoureux, aux gerçures qui laissent la peau à vif, à la souffrance des corps, à l'absence de remèdes. Je me demande quand a véritablement commencé l'évolution. Ce n'est peut-être pas quand nos ancêtres se sont tenus debout qu'ils sont devenus humains, mais quand ils ont cessé de partouzer sous les étoiles dans des grognements vides de sens.

Elliott avait rejeté la tête en arrière dans un grand éclat de rire :

– Iconoclaste ta vision de l'évolution, mais un peu collet monté non ?

– Pas du tout ! avait protesté Céleste. La preuve du bien-fondé de ma théorie, ce sont les exactions de guerre. Dès que des brutes en treillis munis d'une pétoire décident de dégommer leurs pairs et de basculer dans la sauvagerie, le premier dommage collatéral, ce sont les viols collectifs. Regarde la RDC par exemple. J'ai lu un papier terrible dans *Courrier International*. Les viols s'y déroulent à une échelle que l'entendement humain moderne peine à imaginer. Le journaliste avait réussi à faire parler une femme, à l'hôpital de Goma. Elle était restée attachée pendant sept jours à un arbre. Les miliciens, lorsqu'ils étaient trop fatigués pour bander, se faisaient relayer par le canon de leur Kalachnikov. Elle avait une fillette de deux ans. Les types posaient l'enfant sur son ventre, la bouche de la petite contre son sein, et ils pénétraient l'enfant. Ils maintenaient fermement sa tête contre le téton de sa mère, qu'elle mordait, déchirée par la douleur, entre deux hurlements étouffés.

– Arrête ! avait gémi Elliott. C'est atroce !

– Tu multiplies cette histoire par cinq mille. C'est le nombre de viols enregistrés rien qu'au Sud Kivu entre octobre 2002 et février 2003. Une moyenne de quarante par jour. Deux agressions sur trois ne sont pas dénoncées. Je te laisse faire le calcul final. Et ça ne s'est pas arrangé depuis.

– Je ne vois pas le rapport avec les boîtes échangistes, lâcha Elliott, la bite en berne.

– Quand l'homme régresse, que les garde-fous de la morale sont pulvérisés, ses instincts primaires reprennent le dessus ; pourquoi se contenter de copuler avec une personne adulte, quand on peut se glisser dans l'anus serré d'un enfant, ou dans une pléthore d'orifices gaiement offerts dans une boîte à partouze ?

Elliott effleura son membre visiblement rétif à toute morale, car il avait vite repris du poil de la bête, excité par cette joute intellectuelle qui allait immanquablement se terminer dans la chatte de Céleste.

– Tout cela est un peu capillotracté, ma chérie.

– Pas du tout. Dans les boîtes à cul, on laisse sa morale au vestiaire, ce sont des défouloirs, des exutoires même. D'ailleurs, c'est inutile de faire ton saint-nitouche. Pervers comme tu es, tu es forcément allé dans un club échangiste. Tu sais donc ce que c'est.

– Tu m'as démasqué, reconnut Elliott. J'y suis allé une fois, chez Denise. C'était bizarre, il y avait une atmosphère de gaudriole gauloise, de troisième mi-temps de rugby. Des types rougeauds, de l'alcool, des filles un peu flasques, ça ne m'a pas donné envie de toucher la marchandise, mais je me suis copieusement branlé chez moi, concéda-t-il.

Emoustillés par cette conversation, ils avaient décidé un soir de se jeter à l'eau. Ils avaient choisi les Chandelles, un club niché dans une rue austère du ventre de Paris. Au numéro 1, rien n'indiquait un lieu de perdition. Un pignon sur rue en simili-marbre ivoire, une discrète sonnette, et puis une brève attente. Le temps pour le physionomiste posté derrière son écran vidéo de jauger les postulants, et d'éconduire les zyva des Halles toutes proches.

Puis le sésame s'ouvrait. Un sosie de Pascal Sevran, moumoute blonde ajustée au cordeau, se répandait en un sourire de confiseur. Ces messieurs dames voudront-ils dîner ? Car il était fort tôt. Madame était en pantalon, grave erreur de dress-code, aussi avait-il invité Céleste à visiter leur boutique, à l'entresol. Elle avait réprimé un fou rire devant les accoutrements alignés sur les portants : même une prostituée moldave n'en aurait pas voulu. Anticipant sa circonspection, le valet de lupanar lui glissa doucereusement :

– La maison prête aussi de simples jupes noires, si rien ne vous convient.

Ils avaient ensuite remarquablement dîné, bien mieux que dans un resto mode du triangle d'or. Le crabe sur velouté d'avocat était goûteux, le saumon à l'unilatérale certifié sauvage. Rien ne distinguait la salle de restaurant d'une table étoilée, n'eussent été les larges miroirs dans lesquels les convives s'épiaient, repéraient leurs pousse-café, jaugeaient la marchandise. Le repas achevé, ils étaient descendus au sous-sol. Près du bar, les dames étaient en noir et court vêtues, les messieurs légèrement rouges. Tous se tenaient bien sous la boule à facettes, comme dans une boîte de nuit de province un peu chic. Les couples semblaient deviser, échanger des politesses. En réalité, ils se reniflaient, puis, d'un geste discret, s'invitaient mutuellement à rejoindre les alcôves.

C'est ce soir-là qu'Elliott avait réellement découvert Céleste. Il avait bien subodoré, auparavant, ce magma de vie qui bouillonnait en elle, cet élan sauvage qu'elle contenait sous des couches de bienséante pudibonderie. En apparence, Céleste était un cerveau, pas un corps. Une créature séraphique, pas un agglomérat de cellules frémissantes. Des neurones, pas des hormones. C'est ce qui la rendait aussi excitante, cette incapacité à accepter sa part animale. Une part qui se révélerait soudain, lorsqu'elle se jetterait dans la mêlée, dans cet entrelacs de corps nus, la bouche aux aguets, enfin prête à se repaître de tous les sucs de la vie.

Il avait alors joui si fort, bouche écarquillée, en la prenant, lui et lui seul, au terme de ce voyage dans la préhistoire du désir, ce soir-là elle avait tant crié qu'ils s'étaient persuadés d'être amoureux, rattrapés par l'indécrottable romantisme de l'homo sapiens sapiens.

Aujourd'hui sa carcasse molle de type trop débordé pour faire du sport se dressait aux quatre vents dans les courants d'air de la rue Thérèse. Sans Céleste, l'accès au temple lui était refusé. Par-delà le judas grillagé et la vidéo de surveillance, une voix métallique lui avait expliqué que ce club était privé. Il avait rappelé qu'il était un habitué. Peine perdue, la porte ne s'ouvrirait pas. Un homme seul et noir, voilà ce qu'il était. Il n'était rien sans Céleste. Sans elle, il serait un pantin à la dérive, amer et désarticulé. Sans elle, la métisse qui transcendait le monde séparatiste, parce qu'elle avait fait fi du sentiment d'appartenance, lui préférant la puissance du sentiment d'unicité. Elle était unique et elle emmerdait le monde, voilà tout. C'est pour cela qu'il l'aimait. Aveuglé par ses chaînes, il avait fallu se heurter au videur borné d'une boîte à cul pour lui faire prendre conscience de cette impérieuse vérité.

16

Elio

Olimpia était donc noire. C'était pire que d'être juive. Les Juifs formaient le peuple élu, les Noirs, le peuple bafoué. Depuis que le ciel lui était tombé sur la tête, Elio scrutait les photos de sa sœur. Son nez était légèrement busqué, elle aurait fait une belle affiche sous le Troisième Reich. Tout sauf épaté. Elle bronzait vite, et alors ? Il avait toujours pensé que c'était un héritage de la carnation olivâtre de leur père. Restaient ces lèvres charnues, peut-être.

Il aurait pu continuer à vivre ainsi, confit dans la douleur et la dissimulation. Un sentiment de honte le submergeait. Impossible de révéler ce secret de famille, même à son meilleur ami. Il passait de longs moments prostré sur son canapé, les yeux dans le néant. Carolina attribuait cette profonde affliction à la disparition d'Olimpia, et s'efforçait de lui changer les idées. Un soir, elle grimpa sur lui, déboutonna son chemisier, et tenta de glisser dans sa bouche son téton démesuré. D'habitude, il s'en saisissait comme si sa survie en dépendait, et après quelques secondes de succion frénétique, se dégageait d'elle pour la prendre en levrette. Mais là, rien. Il se détourna brusquement.

– *Amore*, la vie continue, viens, *dai ti prego*, tète-moi, implora-t-elle, le souffle rauque.

– Tu crois que ça t'aidera à me comprendre ? rugit Elio. Qu'est-ce que tu en sais de ma douleur ?

La disparition d'Olimpia l'affectait moins que la révélation sur son identité. Jamais il n'oserait se l'avouer. Plutôt agoniser sous la torture. Pourtant, la culpabilité le gangrenait. Carolina tenta de l'embrasser. D'une main sèche, il repoussa violemment sa joue.

– Laisse-moi ! Tu ne t'intéresses pas à moi, à ce que je suis en profondeur. Tu n'aimes que ce que je représente. Et si je te disais là, maintenant, qu'il y a du sang noir dans la famille ? Est-ce que la paysanne sarde que tu es accepterait cela, même si j'ai grandi à Parioli, que ma famille possède des immeubles, et que jamais tu n'auras à élever des chèvres puantes comme tes ancêtres et tes cousins restés dans leur île pourrie ?

Sigisbée des Temps modernes, Carolina fit le dos rond. Pas question de flancher maintenant, au moment où Elio s'apprêtait à divorcer. Elle n'avait jamais cru, jusqu'à ce qu'elle le goûte à ses côtés, que le confort serait l'épicentre de son bonheur. Longtemps, elle s'était acharnée à prouver à ses parents qu'une femme pouvait avoir un autre destin que celui d'épouse, de mère et de cocue. Les années Berlusconi, celles de l'ascenseur social en panne et du déclassement des classes moyennes avaient eu raison de sa rébellion. Avec son maigre diplôme de l'université de Cagliari et sans « recommandation », élégant euphémisme italien pour « bon coup de piston », elle ne pouvait prétendre à rien d'autre que des stages ou des emplois subalternes dans le secteur tertiaire. Moi, Carolina P., *milleurista*, comme on disait en Espagne. Condamnée à gagner mille euros par mois les bons jours, vouée aux colocations avec d'autres prolétaires qui puent des chaussettes, aux pâtes au beurre en fin de mois et au frigo vide où moisit un rogaton de parmesan. Ce n'était ni l'Ethiopie, ni la Tchétchénie, mais quand on avait vingt-cinq ans dans l'Europe censément prospère, on pouvait légitimement prétendre à un quotidien plus opulent. Elle en était à ce constat désenchanté lorsqu'elle avait rencontré Elio. Son appartement dans un quartier branché, leurs dîners dans les restaurants à la mode et les cadeaux dont il la couvrait avaient eu raison de ses velléités d'émancipation.

– *Amore*, qu'est-ce que tu racontes, c'est quoi cette histoire de sang noir ?

Il s'épancha longuement, diluant son récit comme jamais, le ponctuant de longs intervalles de silence. Au fond, la situation ne desservait pas Elio. Il avait enfin une vraie raison de souffrir, de ramener le monde à son nombril. Ce rude coup du destin légitimait son égocentrisme.

– Ma mère a d'abord nié, invoqué une erreur des enquêteurs. Et puis elle m'a parlé de ce professeur de danses latines. Salsa, rumba, cha cha cha, elles étaient à la mode, dans les années 1960-1970. Il était équato-guinéen. Son teint était clair, il n'avait pas l'air tout noir, peut-être était-il métis, a-t-elle cru bon de me préciser. Elle a ajouté, comme pour se dédouaner, qu'elle venait d'apprendre que mon père avait commencé à la tromper avant le mariage. Qu'avec le professeur de danse, « cela ne s'était passé qu'une fois ».

Carolina lui caressa les cheveux mais accusa le coup. Et si les laborantins de la police avaient mélangé les éprouvettes, et que le Noir de la famille, c'était Elio ? Et si les enfants qu'ils ne manqueraient pas d'engendrer se présentaient au monde crépus et basanés ? Avec la loterie génétique il fallait s'attendre à tout. Elle imaginait la tête de ses parents. *A priori*, ils n'étaient pas racistes. Il faut dire qu'avant, il n'y avait guère d'occasions de l'être, il y avait peu de Noirs ou d'Arabes en Sardaigne, encore moins dans leur archipel méridional des Sulcis. Jusqu'à ce que les criques de la région deviennent aussi fréquentées que celles de Lampedusa par les clandestins africains, les harragas, les brûleurs de route, comme on les appelait en Algérie. Plus question de bronzer en paix à Porto Pino, le bijou du coin, une longue plage de sable blanc et fin enchâssée dans une pinède vert jade. Lorsqu'ils parvenaient à déjouer au large la surveillance des garde-côtes ou de la douane, les canots des harragas achevaient leur odyssée entre les bananes gonflables des baigneurs et les touristes en excursion. Les clandestins étaient affamés, déshydratés, rongés par le sel. La police et les carabiniers les emmenaient à Carbonia, ou à Sant'Antioco pour un repas chaud et une visite médicale. Les maires du coin ne savaient qu'en faire. Ils n'avaient pas envie d'accueillir ces boat-people couleur enfer, encore moins les infrastructures qui allaient avec. La populace grondait. Entre la vie chère, les prêts à taux usuraires, les feux de forêt et les jeunes sans avenir qui noyaient leur désœuvrement dans des volutes d'afghan et des passes sur un baby-foot rouillé au café du coin, les calamités ne manquaient pas dans leur région déshéritée. Alors, les clandestins, on les aurait bien rejetés à la mer, et puis quelle idée de prendre un bateau quand on ne sait pas nager. L'ordre public était menacé, bientôt ils voleraient nos biens et violeraient nos femmes, qu'ils s'en occupent donc, les messieurs de Milan, les condottieri de Rome. Dans le Sulcis, on était tellement pauvre qu'il avait fallu retourner au charbon, les mines qui avaient fait un temps la prospérité du coin avaient rouvert. Alors les immigrés, pensez... Un élu avait brandi la loi du talion et argué que les renvoyer dans leur pays n'était que justice : le bey de Tunis, au XVIIe siècle, n'avait-il pas chassé *manu militari* de l'île de Tabarka les Sardes qui y avaient trouvé refuge ? Les parents de Carolina s'étaient ralliés à l'humeur ambiante. Tous ces visages bistres les indisposaient, même si certains affichaient une carnation plus claire que la leur. Elle-même ne supportait pas leurs regards dans son décolleté. Ils n'étaient pourtant pas plus appuyés que ceux que lançaient les jeunes de son âge, le boucher du coin ou le curé. Mais elle se les imaginait brutaux avec les femmes ; d'où sa gêne, qui dissimulait une coupable excitation.

Bref, du sang noir, cela faisait désordre dans le pedigree de son prince charmant. Mais plus Elio était vulnérable, plus elle le tenait. Elle lui massa doucement la nuque et murmura :

– Parle-moi autant que tu veux mon amour, je suis là pour toi, pour t'écouter, te comprendre, t'aimer tel que tu es. Mais ne t'inquiète pas, si c'est ce que tu veux, ça restera entre nous. Nul ne le saura jamais.

Quelques jours plus tard, Olimpia – ou plutôt son cercueil vide – était inhumée au cimetière du Verano. Côté Della Valle, on se reproduisait copieusement et on mourait beaucoup. Aussi Olimpia fut logée dans le caveau des Alessandrini, la famille de Maria Grazia. Olimpia, rattrapée par les conventions, ramenée de force dans le giron familial sous l'œil humide de connaissances affligées dont elle n'avait cure de son vivant. Les spectateurs du mensonge. Pour eux, Maria Grazia Della Valle était une mère courage à la vertu exemplaire, Olimpia n'était pas noire, et Carolina n'existait pas. En organisatrice avisée de raouts mondains, Maria Grazia avait tenté sans succès de joindre Céleste : malgré la mort de son mariage, il fallait qu'elle assiste à l'enterrement, sinon les gens s'étonneraient de son absence. Elio ne se doutait pas, jusqu'à l'instant déchirant où la première poignée de terre souilla le cercueil laqué d'Olimpia, qu'il la ressentirait cruellement. Il se sentait prisonnier d'un destin contrarié. Céleste la métisse, Céleste, la sœur de couleur de sa sœur, détenait la clé pour le libérer. Que volent les barrières, que se dissolvent les teintes, les races, les carnations, que triomphe cette liberté qui procure tant de puissance qu'elle fait peur aux esprits vils ou faibles ! La dernière conversation qu'il avait eue avec Olimpia lui revint violemment en mémoire, comme un boomerang. C'était loin, il était à moitié endormi, et peu disposé à écouter sa sœur. Pourtant, aujourd'hui, dans ce cimetière aux pierres tombales disjointes, à la frontière du laisser-aller, comme la plupart des monuments de Rome, il se souvint de chaque mot, chaque inflexion de sa voix, du souffle de sa colère. « Tu n'as pas compris qu'elle était ta chance de sortir de ton marasme pathologique, de t'élever un peu, d'être libre ? » La vérité sort toujours de la bouche des enfants, des ivrognes ou des fous. Olimpia avait raison.

Interlude

Togo : meurtre d'un haut cadre français de Bellinay sur fond d'accusations de corruption (*Jeune Afrique*)

Georges Dupuy, P-DG de la Sogessa, une filiale de la multinationale française Bellinay, a été tué de sang-froid à l'arme blanche dans la nuit de mardi à mercredi à Lomé.

Georges Dupuy a été accosté par un individu cagoulé alors qu'il sortait de la discothèque Le Privilège et pénétrait dans son véhicule garé à quelques dizaines de mètres de l'entrée de l'établissement. Poignardé au thorax de deux coups de couteau, il est mort immédiatement. Il était accompagné d'une jeune Togolaise qui a aussitôt donné l'alerte. Quelques badauds ont tenté de poursuivre l'assassin, mais ce dernier a réussi à s'échapper. On ignore le mobile du crime. La police a toutefois exclu la piste du braquage qui aurait mal tourné.

Georges Dupuy était marié et père de trois enfants. En poste au Togo depuis trois ans, il dirigeait la Sogessa, la filiale de Bellinay qui gère depuis 2004 le terminal à conteneurs du port autonome de Lomé. Le 13 février dernier, une entreprise concurrente, la Transmarex, a porté plainte devant le tribunal de grande instance de Lomé pour corruption et favoritisme. Selon la Transmarex, la procédure au terme de laquelle la Sogessa a remporté l'appel d'offres aurait été truquée.

Au Togo, le groupe Bellinay n'est pas une entreprise comme les autres. Transport ferroviaire, installations portuaires, plantations : la multinationale contrôle des pans entiers de l'économie du pays.

17

Fabien

Je vais les tuer. Elio d'abord, je vais le découper en rondelles, le transformer en prosciutto, en coppa grasse et saturée, en salami mou, ce fils à maman, cet enfant égoïste, capricieux, ce séducteur impénitent, qui embrasse mes potes homos sur la bouche, qui, sous prétexte d'affection, me touche de trop près, guettant ma réaction, allumeur des bacs à sable qui croit ainsi se mettre en danger.

Elio est riche et beau, c'est pour cela qu'il a instantanément attiré ma sympathie. Céleste flagelle sans cesse ma fascination pour le pouvoir, celui que procure la politique ou l'argent. Mais ce n'est pas ma faute si mon père nous a abandonnés à seize ans, mes deux petites sœurs, ma mère et moi, après m'avoir signifié que si je n'étais pas ministre un jour, alors je serais né pour rien.

Elliott ne vaut pas mieux, même si j'admire son parcours et sa détermination. Il a beau être doté d'un QI supérieur à la moyenne, côté intelligence émotionnelle il ne vaut pas un clou : il refuse d'admettre que Céleste est la femme de sa vie, et voilà le résultat.

Il a dû s'en passer, des rendez-vous clandestins, avant que Céleste, vilaine cachottière, ne m'avoue cette liaison déraisonnable. Avec sa droiture, ses grands principes d'un autre siècle, elle culpabilisait de tromper son futur mari, et sans doute honteuse, n'osait pas m'en parler, à moi, son meilleur ami. Au bar à champagne du Ritz, alors que nous procédions à un rigoureux *updating* de nos vies respectives, et qu'elle avait bu quatre coupes, soit deux de trop, elle finit par se lâcher :

– Tout ce qui me manque chez Elio, je le retrouve chez Elliott, tu comprends ?

Je n'étais pas enchanté, mais j'ai compris. Car Céleste est comme ma sœur. Nous partageons notre couleur, notre métissage, cette identité à part, ce sentiment que le monde est trop petit pour nous. Nous sommes blancs et noirs à la fois, nous sommes la somme du monde. C'est magnifique et écrasant.

Ma seule différence avec Céleste, c'est qu'elle est une aristocrate du cœur, qui ne croit qu'en la justice. C'est pour cela que, contrairement à moi, elle est incapable de se taper des gens de pouvoir, car le pouvoir est forcément corrompu. Jamais elle ne fricoterait avec des nouveaux Russes, de toute façon, la plupart d'entre eux sont incultes, ni des comédiens millionnaires, parce que leur profil leur importe plus que le sort préoccupant du monde, encore moins des ministres : les caisses noires très peu pour elle.

Tous ceux qui font du mal à Céleste ne récolteront que mon courroux. Je suis en colère parce que le grand cœur de Céleste est gros. Je suis en fureur parce qu'il semble que ce monde appartienne aux goujats, aux snipers et à tous ceux qui bafouent les valeurs qui font de l'homme une créature supérieure à la bête. Je suis à l'envers parce que Céleste a disparu.

J'ai laissé douze messages sur son portable. Douze fois, je n'ai eu droit qu'à la bossa nova chaloupée d'« O gringo » de Bernard Lavilliers, suivie de la voix chaude et sensuelle d'une Céleste qui n'a jamais mesuré le pouvoir qu'elle avait sur les hommes, donc sur sa vie… « Je suis sans doute quelque part en voyage, surtout, n'oubliez pas de laisser un message, je vous rappellerai, dès mon atterrissage… » Céleste était une créature vagabonde, l'amie des jetlags et des valises trolley. S'extraire de terre dans la furie vrombissante d'un quadriréacteur la mettait en joie, j'en parle au passé, je ne dois pas en parler au passé, Céleste est forcément partie quelque part, mais d'habitude elle laisse une adresse. Ou un message invariablement parasité par des tintamarres automobiles, des pétarades de rickshaws, d'impérieux coups de klaxon, des annonces d'aéroport.

– Salut, Fabien, désolée je sais tu vas encore m'engueuler je n'ai pas donné de nouvelles depuis longtemps, j'étais à Manaus pour le festival du film d'aventures, j'ai vu les dauphins roses de l'Amazone, Fitzcarraldo me voilà ! Yo salamaleikoum, brother Fabien, qu'une pluie de moutons bien dodus vienne abreuver ton foyer, je suis sur l'A1 en route pour Niamey, je vais couvrir l'Africa Fashion Week, j'y étais déjà il y a deux ans, c'est un des événements les plus positifs du continent, tu te rends compte, des robes Kenzo ou Saint Laurent parachutées en plein désert, au milieu de nulle part, et dans le public, les gamins des rues, à peine remis de la grande famine, qui s'offrent du rêve gratis et côtoient les épouses de notables toutes d'organza et de broderies voilées. Côté organisation c'est ni fait ni à faire, mais ça finit toujours par marcher et le spectacle est unique, l'Afrique est la seule terre où s'accomplissent des miracles comme au ciel, j'arrive à l'aéroport, je te laisse.

Céleste ne laisse des messages que lorsqu'elle est en mouvement. Son silence augure d'une immobilité qui m'inquiète.

En revanche j'ai reçu un appel d'Elliott, ce sacripant :

– Tu as des nouvelles de Céleste ?

Il était inquiet, ce qui ne m'a pas empêché d'être hargneux.

– Depuis quand sa vie t'intéresse ?

Elliott a pris son ton de grand frère. Quand j'ai besoin d'être rassuré, j'apprécie, mais là, il m'a considérablement irrité.

– Ecoute, je sais que tu désapprouves la manière dont je me suis comporté avec Céleste. Il n'empêche, elle compte toujours pour moi.

A ce stade de la conversation j'ai explosé :

– Merde Elliott, c'est un peu tard pour t'en apercevoir, et tu sais pourquoi tu ne t'en es pas rendu compte plus tôt, pourquoi tu n'as pas voulu voir ? Je vais te le dire, moi, tu es un bounty, Elliott, un esclave dans ta tête. Tes chaînes, tu comptes les arracher quand ? Tu t'obstines à sortir avec des Blanches qui n'auront jamais la clé de ton ventre, mais qui te donneront des enfants beigeasses : c'est ça que tu veux ? Noyer ta négritude dans du sang couleur lait ? Des enfants si proches du blanc qu'ils feront illusion, des enfants qui, tu l'espères, ne subiront pas les discriminations dont tu es victime ? Ouvre les yeux, ils seront peut-être blanc cassé tes enfants, mais ils seront bancals, parce que tu leur auras transmis tout ce que tu as refoulé. Céleste t'a offert la chance d'être un homme dans sa plénitude, et tu l'as rejetée : je ne comprends pas comment tu peux être aussi brillant dans ton métier et ignare dans ta vie affective. Pis, je crois que tu n'as pas d'affect : la seule personne qui a tenté de le débusquer, ton affect, bien coincé derrière tes tripes, tu l'as envoyée paître ! J'espère que tu es content de toi, bravo, beau travail, belle réussite !

C'est sorti, et ça m'a fait un bien fou, même si le résultat a été un grand blanc au téléphone, suivi d'un polaire :

– Je ne t'ai pas demandé une explication de texte. Je veux simplement savoir si tu as des nouvelles de Céleste. Elle est injoignable, mais elle doit bien être quelque part, en reportage, j'imagine.

Je n'étais pas tout à fait calmé.

– Fiche-lui la paix, c'est par pure perversité que tu t'intéresses à son sort. Laisse-la tranquille, où qu'elle soit ! Tu ne sais pas où elle est, je ne sais pas où elle est, et tout ça c'est ta faute !

– Ecoute Fabien, pas la peine d'en rajouter, je suis aussi inquiet que toi..

Là, j'ai décidé de tuer le grand frère.

– Ecoute-moi bien Elliott, tu n'as pas su l'aimer, et je t'en voudrai à jamais pour cela. C'est toi qu'elle aimait, pas son mari d'opérette. C'est toi qu'elle pleure, où qu'elle soit. C'est toi qui n'as pas su la retenir. Je ne sais pas où elle est mais j'ai une méchante intuition, et sache que s'il lui est arrivé quelque chose, je t'en tiendrai pour responsable.

Je connais bien Elliott. Il n'était pas encore mûr pour le remords. En revanche, j'avais frappé de plein fouet son orgueil en le traitant de bounty, il fallait donc qu'il se montre chevaleresque, qu'il sorte grandi de cette conversation. Il répondit donc, toujours aussi froidement.

– Et vas-y que je t'insulte, et vas-y que je me lamente… Choisis ton registre, Fabien. Les deux ensemble, c'est vraiment ridicule. Et puis ta Céleste je vais te la retrouver en deux temps trois mouvements. Commence donc à préparer tes excuses. Salut.

Je ne comptais pas trop sur cette promesse de matamore blessé. Sous un prétexte fallacieux, pour ne pas les alarmer, j'ai contacté les frères de Céleste, et ses amis proches. Aucun ne s'inquiétait outre mesure. Céleste était un impala migrateur, un échassier itinérant, elle trouvait son équilibre dans ces échappées sauvages, elle était ainsi, faite pour ne pas rester en place. Ils la croyaient à Paris, elle était en Mauritanie dans la ville sainte de Chinguetti sur les traces d'un manuscrit ancien rarissime. Pensaient-ils l'avoir localisée à Cortina d'Ampezzo sur une piste rouge tout schuss avec Elio, elle était au Chiapas à la recherche du romantique sous-commandant Marcos. Elle se fourrait parfois dans des guêpiers pas possible pour avoir le sentiment que sa vie valait quelque chose, mais sa bonne étoile la ramenait toujours intacte.

Je voudrais bien être aussi insouciant, mais je ne peux pas. J'ai le pressentiment que cette nouvelle disparition est une fuite en avant. La dernière fois que je l'ai vue, je l'ai trouvée en trop mauvais état pour prendre la route sereinement. Non, cette fois j'ai perçu de la douleur, une lassitude, trop de pleurs. Céleste filait un mauvais coton. Je l'avais traînée dans les soirées mondaines, lui avais présenté une foule de prétendants haut de gamme. Elle n'avait voulu ni du photographe new-yorkais exposé au Moma, ni de Luc Oyono, l'unique Africain siégeant au conseil d'administration d'une entreprise du Cac 40, un Camerounais fraîchement divorcé, joueur de polo et féru de grands crus. Sur le toit du musée des Arts premiers quai Branly, lors du cocktail clôturant une visite privée organisée par un mécène, elle avait observé d'un œil morne les invités qui s'amusaient à communiquer en morse avec leurs amis propriétaires de duplex juste en face, sur les hauteurs de Passy. Elle ne s'était même pas indignée lorsqu'on lui avait présenté un marchand d'armes bonasse qui tentait de la convaincre de rejoindre le business, car c'était un secteur trop masculin, et il en était sûr, les femmes étaient l'avenir du Famas. Céleste était lasse. Elle avait tant maigri. Le voile enchanté de l'illusion amoureuse s'était déchiré trop cruellement pour elle. Elle voulait continuer à faire l'amour pour se persuader d'être encore en vie. En avait-elle seulement envie ? A lui, son unique confident, elle décrivait ces hommes avec qui elle se forçait à coucher pour survivre et qui, après l'amour, gisaient comme une limace sur une feuille humide de batavia. Ces hommes repus, indifférents à sa souffrance. Ces types vigoureux le temps bref du coït, promptement redevenus flasques. « Ils sont pataudss, lâchait-elle avec mépris, ils ne savent même pas ce qu'est la musique. On leur a appris qu'il ne fallait pas laisser sourdre leurs émotions. Ils sont des bouts de bois, des troncs d'arbre à la dérive sur une rivière grosse de pluies tourbeuses. Ils n'ont pas le droit de sombrer. Ils se raccrochent aux branches. Elles sont humides, elles cassent. Ils sont des brindilles. Ils pérorent, pour tenter de dissimuler leur fragilité. Ils sont pitoyables. Je n'aimerais vraiment pas être un homme, parce que si j'en étais un, moi aussi je m'emploierais sans doute à faire souffrir une femme pour me persuader d'être fort, et oublier que je suis faible. »

J'étais le réceptacle de son amertume, l'épaule révoltée qui recueillait son désespoir. Rien ne semblait pouvoir l'édulcorer, ni les textos cochons qu'elle recevait et qui, en temps normal, l'auraient émoustillée, ni l'étourdissement des mondanités littéraires et des plateaux de télévision, ni les regards énamourés par-dessus les ordinateurs dans l'open space du XXIe siècle, le respectable journal d'investigation qui achetait à prix sacrifié ses reportages au long cours.

Seigneur en qui j'ai cessé de croire, faites que Céleste ne soit pas en danger.

Je le sais, vaine est ma supplique, vaste mon impuissance. Hier, dans les bras d'amants inutiles, Céleste faisait l'amour, puis prenait des cachets pour dormir. Hier, Céleste se dissolvait. Aujourd'hui, elle s'est évaporée.

18

Elliott

Elliott fulminait. Nul ne l'avait rabroué de la sorte depuis sa grand-mère Maxence, une chapé-coolie martiniquaise forte en gueule qui l'avait empêché à coups de chicote, d'admonestations et de matoutou de crabe de mal tourner après la mort de son père. Elliott enrageait comme un lion blessé. Les paroles de Fabien avaient élargi cette béance qu'il avait sentie s'ouvrir en lui sur le trottoir de la rue Thérèse, devant les Chandelles. Dieu sait qu'il avait été injurié dans sa vie déjà longue. Mais personne ne l'avait jamais traité de bounty.

Il rengaina son Nokia encore grésillant de reproches, frotta son crâne quasi ras, sur lequel son coiffeur afro de Strasbourg-Saint-Denis n'avait laissé qu'une brosse vive et savamment dégagée près des oreilles. Céleste adorait cette coupe franche du collier. Elle parcourait son visage d'une caresse électrisante, s'ouvrait en un sourire lumineux, murmurait : « Tu es beau comme ça », avant de rassembler ses lèvres en une trajectoire qui finissait invariablement sur la pointe de son gland.

Dehors, une pluie fine perlait les vasistas de son loft mansardé. Le vent mauvais charriait les stridences d'une sirène de police, peut-être d'un convoi ministériel en route pour l'aéroport de Villacoublay, vers les urgentes contingences du pouvoir, à moins que ce ne fût un ministre pressé de rejoindre sa maison de campagne dans le Perche. Elliott ravala son amertume, saisit son combiné fixe et composa le numéro du directeur du *XXIe siècle*, le magazine d'enquêtes et de grands reportages pour lequel pigeait Céleste, aux pages culture ou voyages, à l'occasion. Dans les couloirs de sa rédaction et les dîners en ville, Frédéric Herzel gloserait sans fin sur l'intérêt suspect d'Elliott Marie-Rose pour la plus bandante de ses reporters.

– Bonjour Frédéric, Elliott Marie-Rose à l'appareil.

– Elliott ? Comment vas-tu, excuse-moi mais je suis en réunion là, indiqua Frédéric Herzel à toute berzingue.

Du temps où Elliott était au ministère, jamais Frédéric Herzel, ce courtisan d'alcôves républicaines, n'avait tenté d'écourter aussi grossièrement une conversation téléphonique. Elliott s'en souviendrait lorsqu'il reviendrait aux affaires.

– Juste une question. Je monte une boîte de conseil, j'ai besoin, dans le cadre d'une mission, de joindre urgemment Céleste Adjovi, elle est aux abonnés absents. Tu ne l'aurais pas envoyée par hasard quelque part en Afrique, dans un endroit où les portables ne passent pas bien ?

Frédéric Herzel s'abîma dans un silence gêné. Elliott chercha comment s'y engouffrer. Il ne fallait surtout pas que Herzel lui promette de le rappeler, il ne le ferait jamais, et c'est peut-être une piste qui allait s'évaporer. Il tenta le tout pour le tout.

– Ecoute Frédéric, je ne vais pas te raconter de bobards. Céleste est la fille des meilleurs amis de mes parents. Ils n'ont aucune nouvelle d'elle depuis plusieurs semaines. J'ai temporisé en leur disant qu'elle était sans doute en reportage au bout du monde, ce qui est l'hypothèse la plus probable. J'aimerais juste que tu me confirmes cela.

L'ange repassa. Frédéric Herzel avait soudain tout son temps.

– Ça m'ennuie un peu de te le dire comme ça, mais quand on fait de l'investigation, on est tenus à une certaine… réserve.

Elliott reconnaissait bien là la paranoïa du journaliste fiché par les RG et payant religieusement sa cotisation à Reporters sans Frontières : pétri de déontologie, respectueux de ses sources, garant des derniers arpents d'honnêteté de la planète média, toujours prompt à rappeler que des journalistes paient de leur vie l'accès à la vérité, position qui l'obligeait à être terriblement arc-bouté sur ses principes, quitte à passer pour un type borné. En même temps, la suspicion de Herzel était légitime. La dernière enquête du journal sur les industriels du nucléaire français qui extrayaient à vil prix l'uranium nigérien n'avait fait rire ni Bercy, ni le Quai d'Orsay, ni l'état-major d'Areva.

– Si ça peut te rassurer je te rappelle que je ne travaille plus pour le gouvernement, Frédéric. Dis-moi juste si tu l'as eue récemment.

– Si elle ne te rappelle pas toi, l'ami de la famille, pourquoi me rappellerait-elle, moi ? demanda Herzel. Excuse-moi Elliott, mais tu n'es pas très clair dans cette affaire ; en plus, quelqu'un d'autre a déjà appelé pour me demander où elle était. Céleste a beaucoup d'amis, soudain.

Elliott abattit sa dernière carte.

– Frédéric. Combien de fois t'ai-je tuyauté pour tes papiers ? Je ne te demande pas de me donner ses coordonnées GPS, juste de me dire dans quel coin elle est et si elle va bien. Si tu crains d'être sur écoute, pas de problèmes, dans un quart d'heure je suis en bas de ta rédaction, pas de mouchards, zéro tracas.

Frédéric Herzel soupira.

– OK, on n'est pas à Pyongyang tout de même. De toute façon, je ne sais pas grand-chose. L'année dernière, elle m'a ramené du Bénin deux enquêtes, l'une sur la prolifération des sectes, l'autre sur le vaudou et ses ramifications au sein des sphères politico-économiques. Ça m'a étonné, vu qu'elle couvrait plutôt des trucs légers, festivals, culture, mode, traditions, etc. Du coup, j'ai lu ses articles de près. Intéressants, documentés, spectaculaires en photo, mais pas très originaux. J'attends des mois un peu creux pour les publier. Il fit une pause, et Elliott entendit le craquement d'une allumette, puis le crépitement des feuilles de tabac dans la légendaire pipe de

Frédéric Herzel. Le journaliste reprit : Il y a quelques mois, elle me reparle de ces enquêtes. Elle me dit qu'en farfouillant dans ces milieux étranges, elle a mis le doigt sur quelque chose de potentiellement énorme, et qu'elle a besoin d'un budget conséquent pour y retourner car il se peut, m'annonce-t-elle, qu'elle doive se rendre dans d'autres pays africains pour les besoins de l'enquête. Je lui demande de m'en dire plus, mais elle refuse : tellement énorme qu'elle ne veut pas s'avancer sans avoir réuni un certain nombre d'éléments. Je lui fais remarquer qu'elle est gonflée de vouloir me faire signer un chèque en blanc alors que le journal perd de l'argent et que la presse en général est dans une merde noire, elle râle, s'en va. Quelques jours plus tard, elle me téléphone avec un deal : elle s'est fait inviter au salon du livre de Cotonou, transport et hébergement pendant une semaine, c'est toujours mille cinq cents euros de moins à débourser pour le journal, elle me demande juste une rallonge pour circuler à droite, à gauche, pendant quelque temps. Elle me supplie d'accepter et me décoche au bout du fil son sourire numéro douze. Si si, je l'ai senti, et ça tombe mal, je suis incapable d'y résister, j'ai dit oui, voilà.

– Et ça c'était quand ? questionna Elliott, soudain plein d'espoir.

– Il y a trois mois à peu près. Depuis, je n'ai pas eu de ses nouvelles, mais je ne me suis pas inquiété outre mesure. Albert Londres et Rouletabille n'ont jamais eu de nounou, que je sache.

Certes, mais dans le pétrin, Tintin avait toujours le capitaine Haddock, se dit Elliott en visualisant la barbe fournie de Herzel, et la pipe qu'il ne quittait que sur les plateaux télé et qui accentuait son côté bourru. Cette pensée, conjuguée au soulagement d'avoir au moins une piste, le détendit momentanément. Il hasarda une dernière question :

– Qui d'autre que moi t'a appelé au sujet de Céleste ?

Cette fois, Herzel coupa court à la conversation.

– Tu es trop curieux pour quelqu'un qui n'est pas journaliste. Je dois vraiment retourner en réunion. Salut.

Elliott remercia le capitaine Herzel, raccrocha, se connecta sur le net, et googuelisa « salon du livre Cotonou ».

La manifestation s'était achevée un mois plus tôt. Sur le site officiel, Céleste figurait bien sur la liste des invités. Il retrouva deux interviews d'elle dans des quotidiens béninois, et, plus intéressant encore, une vidéo d'une émission locale à laquelle elle avait participé. Le plateau était des plus sommaire : une table grossièrement vernie, cinq fauteuils en velours marronnasse boursouflés d'atroces arabesques, et, disposé derrière, un public somnolant en rangs d'oignons sur des bancs en chute, de bois assemblées à la hâte. La vedette du jour n'était pas Céleste mais Alexandra Barrère, une ancienne Miss France venue parrainer le concours Miss Bénin. Le présentateur était si stupéfait de sa présence qu'il roulait les yeux autant que les *r* en la présentant, et en oubliait le nom des autres invités. Quand vint le tour de Céleste, il y eut un grand blanc pendant lequel il farfouilla désespérément dans ses fiches. Céleste finit par voler à son secours en se présentant elle-même. Elliott pouffa encore plus en découvrant le gros plan sur Céleste : elle était maquillée comme une voiture volée. Elle portait une ample robe en pagne multicolore qui dissimulait ses formes aérodynamiques. Le détail lui parut étrange : Céleste s'habillait toujours à l'occidentale, sauf pour les grandes occasions. Mais il se fit vite rattraper par la cocasserie de l'ensemble. Ce fut le pompon lorsque, à l'issue d'un travelling saccadé sur le public, la caméra s'arrêta sur un moustachu potelé qui ronflait comme le bienheureux après l'amour. Elliott s'abandonna dans un rire libérateur, oubliant ainsi un temps l'essentiel : dans quelques minutes, il appellerait Air France, réserverait un aller-retour pour Cotonou. Quelques jours seraient nécessaires pour obtenir le visa. D'ici là, il faudrait occuper son esprit, ne pas penser à la folie qu'il était en train de commettre : revenir dans l'Afrique de son enfance, celle de son père trop vite disparu, plus de trente ans après la tragédie qui avait forgé tout son être, pour chercher une aiguille dans une botte de foin. Qui cherchait-il au juste, Céleste ou lui ? Que trouverait-il ? Parti en manque, reviendrait-il en deuil, comme la première fois ? Survivrait-il à cette compression du temps, à ce télescopage du passé et du présent, se perdrait-il dans le torrent des souvenirs enfouis, longtemps contenus par un barrage, et dont les digues exploseraient peut-être dès qu'il se poserait sur le sol africain ? Cotonou, ce n'est pas Bamako, se disait-il pour se rassurer, tout en sachant que c'était faux, et que, sur les flancs du golfe de Guinée comme aux franges du Sahel, c'est la même Afrique, matricielle, puissante, qui l'enserrerait à nouveau dans ses bras, pour le sauver ou le perdre.

Interlude

Qui en voulait à Pete Doherty ? (*Paris Match*)

C'est une légende en marche, tragique et nimbée de mystère, comme seul le show-biz les engendre. Une star décadente, accro aux paradis artificiels, happée en pleine gloire par les sables du Sahara. Une ultime virée en jet privé vers une île pour Robinson de luxe et puis le néant. Dès le lendemain du crash au-dessus du Niger de l'avion affrété par Pete Doherty le 23 avril dernier, les interrogations ont fusé : l'appareil, un Falcon 2000, était quasiment neuf, sorti des usines Dassault six mois plus tôt. La défaillance technique était inenvisageable. Et puis les boîtes noires ont révélé un secret qui ouvrent une autre boîte encore plus complexe, sans fin et sans fond, celle de Pandore : l'avion aurait été saboté. Comment expliquer, sinon, que les moteurs aient lâché en même temps? L'avion était en panne sèche lorsqu'il s'est écrasé, sinon il aurait explosé sous l'effet du choc. La check-list établie à l'aéroport romain de Ciampino indiquait pourtant une quantité de kérosène suffisante pour gagner l'archipel de São Tomé e Príncipe, là où devaient atterrir le roi Pete et ses groupies destroy. A bord, dans le cockpit, l'alarme qui signale un faible niveau de carburant ne s'est jamais déclenchée : les pilotes l'auraient mentionné dans leurs dernières conversations recueillies par une des boîtes noires. Les enquêteurs sont désormais convaincus que l'alarme ou la jauge de carburant ont été trafiquées. Un fait troublant vient accréditer la thèse du sabotage : l'un des deux mécaniciens qui ont inspecté l'appareil avant le décollage a disparu au lendemain du crash. Ses papiers d'identité se sont révélés faux, tout comme sa licence professionnelle. L'homme serait d'origine béninoise, il est inconnu des services de police. Pete Doherty menait une vie dissolue, mais ne frayait pas avec le crime. Pourquoi son avion a-t-il été saboté? Etait-il directement visé? Si cette hypothèse est infirmée, alors restera la piste terroriste. Celle que les enquêteurs redoutent le plus, celle qui ravive le spectre des pires heures de la terreur aérienne : l'explosion en 1989 du DC10 d'UTA, au-dessus du Niger, déjà, et plus près de nous, l'escadron kamikaze qui endeuilla l'Amérique et changea à jamais la face du monde, un jour ensoleillé de septembre 2001.

19

Elio

Avant qu'il ne rencontre Céleste, l'Afrique n'était pour Elio qu'une terre de loqueteux labourée de guerres et de famines. Elle ne pouvait donc pas avoir engendré sa fiancée conquérante et bien nourrie. Quelque chose ne collait pas. Même s'il se targuait d'être ouvert d'esprit, Elio ne parvenait pas à intégrer le fait que Céleste était à moitié africaine. En outre, elle ne portait pas de boubous et n'écoutait pas Youssou Ndour. Il avait donc chassé de son périmètre mental cette *terra incognita*, jusqu'à ce que Céleste lui demande d'aller passer le réveillon de Noël au Togo, dans sa famille. Après quelques protestations prétendument diplomatiques – il n'avait jamais réveillonné sans sa famille –, il avait cédé à ses suppliques. L'expédition comportait quelque avantage : celui d'épater ses amis pour qui Marrakech représentait la quintessence de l'aventure. Elio reviendrait de ses agapes chez les faméliques ceint de la couronne du téméraire explorateur. Oui, Elio était un citoyen du monde éclairé. C'est cela qui l'avait poussé à entreprendre ce voyage, et non les arguments de Céleste, qu'il refusait de prendre en considération, ce qui donna lieu à une énième dispute : Céleste insistait sur l'importance qu'il connût cette part d'elle-même, qu'il embrassât ce pan de sa culture. Elio rétorquait que l'attachement qu'éprouvait Céleste pour son pays était une vue de l'esprit, un résidu nostalgique au fond d'une pipette : la seule différence qu'il voyait entre elle et lui était leur couleur de peau.

La vérité, c'est qu'Elio n'était pas armé pour affronter la différence culturelle.

Dès son arrivée à Lomé, il était tombé malade, et avait incriminé les miasmes tropicaux. En réalité, il couvait une grippe bien avant son voyage. Il avait passé les premiers jours au lit, seul, gisant comme un mollusque sur son drap trempé de sueur. Céleste prenait sa maladie avec une désinvolture qui le rendait dingue. Elle préférait consacrer son temps à la horde de cousins qui se succédaient sur la terrasse de la demeure familiale. Pourtant la plupart ne venaient que pour lui taper de l'argent. Le lendemain de Noël, il ne s'estimait pas totalement rétabli, mais il avait fallu quitter le confort relatif de sa couche : les girafes du parc de la Pendjari, tout au nord du Bénin voisin, n'attendaient pas. La nausée l'avait saisi dès qu'il était monté dans le tortillard qui les mènerait à Parakou. Flottaient dans le compartiment de première des effluves de sueur, de musc, de crasse et de farine de manioc dont le seul souvenir le ferait gerber à l'infini.

Mais le pire restait à venir : une heure avant l'arrivée prévue à Parakou, le train avait brusquement stoppé en pleine brousse.

– Wallaye, déraillement ! s'étaient exclamé quelques passagers.

Elio avait blêmi.

– C'est une plaisanterie, j'espère ?

– Je ne pense pas, malheureusement, avait répondu Céleste, stoïque. Les traverses et les rails n'ont pas été ajustés depuis l'époque coloniale. Mais vu la vitesse à laquelle va le train, les déraillements ne sont pas très graves, juste fâcheux. Quand il n'y a pas de route dans les parages, le train et ses passagers peuvent rester bloqués deux jours, le temps que la dépanneuse arrive, poursuivit-elle tout aussi placidement. Elio s'en était fait la remarque depuis son arrivée à Lomé : Céleste affichait une décontraction à mille lieues du survoltage qui l'habitait dans des contrées plus boréales. Là encore, la perspective d'une station prolongée dans la pampa africaine sans la moindre poignée d'attiéké* à se mettre sous la dent ne faisait pas monter sa tension.

Une longue attente avait commencé. Puis, miracle d'une terre censée être oubliée des dieux, des vendeurs à la sauvette avaient surgi de nulle part, qui proposant des œufs durs, qui des brochettes de zébu sévèrement pimentées, qui des papayes juteuses à souhait. S'il avait abordé cette odyssée africaine avec moins de circonspection, Elio aurait salué la réactivité des populations locales, de bon augure pour l'avenir de ces contrées. Mais il ne supportait pas cette suspension du temps, sous un ciel de surcroît jamais bleu. Ce serait sa fixette tout au long du voyage.

– Pourquoi il y a toujours des nuages ici ? Pourquoi l'air n'est jamais sec ? avait-il demandé le surlendemain de son arrivée à Lomé.

– Parce que nous ne sommes pas loin de l'équateur, chéri. Qui dit climat équatorial dit air plus humide qu'au bord de la Méditerranée, du côté de chez toi.

– Il ne fait donc jamais beau ici ? s'était-il permis sous ce soleil de plomb, à peine voilé de nuages cotonneux.

– Parce que là il ne fait pas beau selon toi ?

– Non, le ciel n'est pas bleu.

Céleste soupirait, et rongeait son frein.

Ce jour-là, échoué dans leur wagon chauffé à blanc, ils avaient finalement eu de la chance. Une route se trouvait à proximité du tronçon de voie sur lequel le train avait déraillé, et des cars de brousse avaient fait un détour pour récupérer les passagers.

– C'est l'aventure ! s'était exclamé Céleste, dans un rire légèrement forcé : elle connaissait son animal. Elio ne partageait pas son allégresse. Ça ne le faisait pas rire de rouler des heures dans un engin tape-cul qui puait le fuel. A l'arrivée à Parakou, sa chemise, blanche au départ, était rouge comme la poussière de latérite qui s'engouffrait par les vitres et lui irritait la gorge. Fâché et nauséeux, il était totalement insensible à la beauté des paysages, à cette suite de collines granitiques qu'il aurait trouvé magnifiques de majesté s'il avait voyagé dans le Nevada ou toute autre contrée moins étrangère.

Et puis il y avait eu la scène du retour de l'enfant prodigue au village. Céleste avait débarqué avec des gros « sac de Maliens ». C'est ainsi qu'elle avait rebaptisé ces volumineux cabas à carreaux en toile rêche qu'on achetait pour une poignée d'euros à Château-Rouge, la petite Afrique de Paris, et que les immigrés remplissaient de trésors de la consommation moderne achetés à la sueur de leur front de balayeur pour revenir au village, après des années de sacrifice et de solitude dans un foyer Sonacotra, entretenir l'illusion qu'ils vivaient comme des pachas là-haut, au pays des blancs-cocagne. Céleste, elle, les remplissait de vêtements de seconde main qu'elle distribuait au terme d'un savant partage. Elio était convaincu que ce lien matériel était le seul qui l'unissait à cette branche indigente de sa famille. Il se souvenait avec un écœurement attristé des quelques moments passés chez un cousin, dans une case de torchis qui s'affaissait dangereusement, victime des pluies équatoriales. Ils s'étaient assis sur un banc dans l'unique pièce. Céleste avait demandé à Bertin et son épouse comment ils allaient. Ils avaient déroulé une longue litanie de plaintes, car comment pouvaient-ils aller quelque part, sans même parler d'aller bien, alors que le coton qu'ils cultivaient ne valait plus rien, depuis que les Américains payaient leurs paysans pour que leur coton fût moins cher que celui des

Africains ? Pendant ce temps, leurs jumeaux de quatre ans gisaient sur le sol en terre battue, muets et atones, incapables de marcher, sans doute frappés de maladie génétique. Leur regard triste semblait sonder l'infini. En Europe, leurs parents auraient consulté les meilleurs spécialistes. On aurait mis un nom sur leur maladie. A force de patience et d'abnégation, une orthophoniste serait parvenue à leur arracher des bribes de mots. Qui sait, avec un bon kiné, ils auraient pu apprendre à se déplacer sur des béquilles. Pour saluer leur courage, on les aurait conviés à la grande soirée du Téléthon, et, dans leurs petits fauteuils roulants, ils auraient assisté à la parade des pompiers et au lâcher de ballons, le regard empli de paillettes et d'espoir. Que dire face à cette étendue de malheur que Bertin et son épouse affrontaient avec une dignité qu'Elio eût sans doute trouvée exemplaire, s'il n'avait été aveuglé par ce vil voile de compassion judéo-chrétienne dénommé pitié ? Que dire, lorsqu'on s'est affranchi de cette immaturité qui pousse à se révolter pour des causes perdues d'avance ? Rien. En effet, Céleste n'avait rien dit. Un long silence s'était installé, qu'Elio avait pris pour de la gêne, une incapacité à communiquer, une différence culturelle trop grande. Il en avait voulu à Céleste, lui avait reproché cette distance. Elle s'était rebiffée.

– Pourquoi tu m'accables ? lui avait-elle craché. Tu crois que ce fossé entre leur existence et la mienne ne me chagrine pas ? Tu crois que je peux y faire quelque chose ? D'accord, nos préoccupations, notre quotidien sont à mille lieues les uns des autres. Mais dans le silence, nous partageons des choses essentielles, le sentiment d'appartenance, d'être réunis tant bien que mal sur la terre de nos ancêtres, d'obéir ainsi à l'ordre des choses, et l'ordre des choses est rassurant..

Avec le ciel qui n'était jamais bleu, l'autre problème d'Elio était bien la famille de Céleste, qu'il jugeait nombreuse et indiscrète. Là encore, elle lui avait rabattu le caquet.

– Elle est belle la tienne de famille ! Une sœur qu'on traite injustement comme une paria, des cousins rentiers qui ne font rien de leurs dix doigts, et une grand-tante millionnaire qui va mourir sans héritier direct, à qui on rend donc visite deux fois par an, avec des petits gâteaux mous et sucrés, afin qu'elle n'ait pas l'idée de léguer sa fortune à ses quinze chats. Je préfère une smala envahissante à une famille rabougrie.

Elio n'avait pas recouvré l'énergie nécessaire pour se disputer. L'humidité le lessivait, la cuisine locale le dégoûtait, le tchouk, la bière de sorgho qu'on lui avait offert au village pour la « bonne arrivée » lui avait fait cracher ses boyaux. Ce mal-être suspect avait fait sortir Céleste de ses gonds.

– Tu n'as pas honte de te traîner comme une savate parce que tu as un vague mal au ventre, alors qu'autour de toi les gens ont les pieds lacérés par la caillasse des chemins qu'ils parcourent à pied, kilomètre après kilomètre, que les femmes accouchent accroupies dans leur champ, entre deux semis de maïs, qu'à la saison des pluies les enfants grelottent d'humidité dans leurs cases de caillebotis ouvertes à tous les microbes, le tout sans se plaindre ? Merde Elio, oublie un peu ton nombril et adapte-toi un minimum !

Elio avait proféré un gémissement agacé.

– C'est mesquin de m'attaquer ainsi alors que je suis en position de faiblesse, mais crois-moi, à Rome, on reparlera de tout ça.

En vérité, ce voyage lui avait montré les limites de sa souplesse intellectuelle. Son estime de soi s'en était trouvée brutalement rabaissée. Et pour cela, Elio en avait voulu à Céleste. De retour à Rome, il avait longtemps boudé.

Aujourd'hui, cruelle ironie du sort, tous les chemins qu'il devait emprunter pour sa rédemption le menaient à l'Afrique. C'est sur les lieux où sa sœur qu'il n'avait pas voulu entendre avait péri qu'il apaiserait sa culpabilité. C'est là-bas, sur les cendres d'Olimpia, qu'il renaîtrait en homme neuf, débarrassé de ses préjugés, de son identité factice. Aujourd'hui, il était Elio Della Valle, frère contrit d'une métisse morte, mari repenti d'une Afropéenne dont les bras lui rappelleraient la chaleur d'une sœur. Olimpia survivait en Céleste. Freud hurlerait au grossier transfert, mais malgré ses onze ans d'analyse, Elio s'en fichait royalement. C'était presque une révélation mystique. Demain, et tous les jours qui suivraient, il avait besoin de Céleste. Il avait tenté de la joindre à Paris, sans succès. Elle était aux abonnés absents.

Qu'elle ne veuille pas lui parler, c'était compréhensible, mais qu'elle ne se soit pas manifestée à la mort d'Olimpia, cela ne lui ressemblait pas. Trop lâche pour contacter sa famille, Elio avait tenté de la joindre *via* ses amis. Il avait esquissé un timide mea culpa, mais n'avait récolté que reproches et mépris. Nul ne savait où était Céleste. Elio n'était pas inquiet outre mesure. Il connaissait sa femme. Lorsqu'elle n'allait pas bien, elle se réfugiait quelque part en Afrique.

De toute son existence, Elio n'était sorti de son immobilisme que pour épouser Céleste. Mais il s'était laissé porter. Cette fois-ci, même déboussolé, il initiait le mouvement. Il laissait derrière lui la trahison d'une mère, la superficialité d'une maîtresse dont, soudain, la longueur en bouche s'estompait. Enfin lucide, Elio congédia Carolina d'un « Nos chemins s'éloignent ». C'était aussi anthologique que le « J'ai décidé de changer de direction de vie » qu'il avait réservé à Céleste. Jetée comme une vieille chaussette Kindy, Carolina se vengea en dévoilant le secret de la famille Della Valle à qui voulait l'entendre. Elio dut changer de numéro de portable : sa boîte vocale était saturée de messages parfois mal intentionnés. Maria Grazia s'exila aux thermes de Saturnia pour échapper un temps à l'opprobre parioline. Le temps était à l'orage et à la fuite. Vite, quitter un continent qui soudain semblait le repousser. Prendre pied sur une terre, pour laquelle il éprouvait, bien tapie dans les replis de son inconscient, une solide répugnance. Une terre qui désormais était un peu la sienne.

TROISIÈME PARTIE

RENAISSANCES

Légendes urbaines africaines

Il porte un costume trois-pièces dans lequel il sue à seaux, mais il faut bien cela pour inspirer le respect : quel grand type oserait porter un ensemble à manches courtes en Tergal caca d'oie tout rapiécé ? Il est courtois, affable, vous frôle dans un bar, vous gratifie d'un sourire bienveillant. Offre même une bière, le cas échéant. Quelle aubaine ! Ses interlocuteurs, toujours masculins, se disent que dans ce pays pourri où l'on croupit sans aucun espoir d'avoir un jour un travail, l'eau, l'électricité, maudits délestages, et où des mots comme morale et valeurs sont sortis des dictionnaires, il y a encore des gens bien. Ils échangent quelques insolites avec leur bienfaiteur du jour. Puis le dandy généreux prend congé et s'évanouit dans la poussière. Il n'a pas retiré son chapeau pour saluer. Curieux, pour un gentleman.

La dernière gorgée de bière gratis avalée, l'heureux obligé du seigneur des bars, encore tout enchanté, vérifie machinalement que ses attributs sont en place – un homme reste un homme –, et là, c'est le drame.

La bosse a disparu.

On m'a volé mon bangala ! ! gémit l'exproprié.

Quelques rires goguenards lui répondent.

Voyez-moi ce djo, il est kaputt ! *

Le mâle lésé s'insurge :

Est-ce que je mens ? Venez toucher vous-mêmes, il n'y a plus rien !

Les femmes raillent à n'en plus finir.

Vois-moi ce faux type, il dit ça pour qu'on le tâte njoh.*

Vieux vicelard, ajoute un soûlard.

Pour prouver sa bonne foi, l'émasculé déboutonne sa braguette. Et là, foi de pilier de bar, c'est le trou noir.

Les buveurs s'exclament en chœur :

Kaye Wallaye Hamdoulillah !

Gars, c'est fort sur lui, il ne peut même plus taper ahoko !*

La même scène se reproduira chez Tonton Bar, puis à Escalier Bar, puis à la Vie est courte Bar. Le gentleman au feutre mou sera également aperçu au bien nommé Carrefour de la joie qui concentre une belle brochette de troquets et autres lieux de plaisirs, et au dancing Coco chérie où les fonctionnaires dégraissés oublient leur infortune contre les fesses de péripatéticiennes bon marché, lesquelles leur transmettront une fois sur deux la maladie qui vous suce de l'inté-

rieur mais dont chacun s'obstine à ne pas prononcer le nom.

Demain ses forfaits seront dans les journaux fâchés avec la déontologie, ceux dont les pages obscurcissent les doigts et le raisonnement.

En attendant, ce soir, dans sa tanière fauve, sa journée de rapt de verges accomplie, le justicier grimé tombe le masque. Du geste sec de l'esthéticienne chevronnée, il retire sa moustache, puis son bouc, comme une bandelette de cire. Se démaquille à l'huile d'olive pour se débarrasser de ce fond de teint bistre, si éloigné de sa carnation naturelle qui l'aurait sans doute confondu. Enfin, il ôte son chapeau mou, libérant de longues tresses blondes qui exultent de revoir la lumière. Sous sa chemise amidonnée, la Belle au bois dormant arrache les bandelettes qui compriment sa poitrine. Petite oie blanche qui pensait que sa douceur la protégerait de la brutalité des hommes. Un trou reste un trou. Le Djinn de Koulikoro s'en est allé explorer d'autres forages. C'est ainsi. Le désintégrateur de bangalas est une femme qui crie vengeance. Mais la vengeance est un plat qui a la saveur du savon. La transcendance est plus constructive. Un jour, dans la solitude de l'épouse bafouée, la Belle au bois dormant enfantera, prouvant ainsi à la face du monde la supériorité féminine. Et la force maternelle vaincra. Qui a dit qu'une reine avait besoin d'un homme à ses côtés pour régner ? Même dans Point de vue Images du monde *on se demande à quoi servent les princes consorts. Pendant que le Djinn de Koulikoro courait les chattes à Porto Cervo, Gstaad et Punta del Este, la Belle au bois dormant ramena la paix dans le Mandé. Et légua à sa fille, Makéda, splendide princesse métisse, un pays prospère et heureux.*

Céleste Adjovi, *Légendes urbaines africaines*.

20

Elliott

Il était trop tard pour faire machine arrière. Le personnel navigant commercial avait refermé la lourde porte et armé les toboggans. L'avion quittait déjà son point de contact. Bientôt, Elliott serait tout là-haut, arraché à jamais au terreau émotionnel à peu près sûr qu'il croyait avoir constitué ici-bas. En route pour l'inconnu, il se félicita d'avoir choisi la classe affaires. Elle lui offrait un sas de luxe, avec ses alvéoles réconfortantes dans lesquelles les migrants haute contribution pouvaient se lover en position fœtale.

Il occupait le fauteuil 4K. Le siège télécommandé, la fonction massage des lombaires, les quatre films japonais au choix dans la vidéo en demande, l'eau de toilette au thé matcha dans la trousse de confort, rien ne manquait à son agrément. L'hôtesse, foulard en soie rouge et chignon altier, semblait tout droit sortie d'une réclame pour un Paris-New York en Constellation, et n'était pas du genre à vaciller dans les trous d'air. Loin, très loin, à l'arrière de l'appareil, dans la classe de l'indifférence, de remuants clandestins menottés menaient leur dernier combat pour éviter l'expulsion. Avec la serviette parfumée de bienvenue, Elliott épongea les gouttes de sueur qui perlaient sur son front, puis badina avec le chef de cabine pour tenter de masquer les cris de ces malheureux qui, souvent, avaient payé des impôts en France, et que des policiers au faciès patibulaire reconduisaient à la frontière en guise de remerciement. Son vernis cynique se craquela, et il eut vite mauvaise conscience d'être à l'abri. Les passagers de la classe économique s'agitaient. Mal leur en prit : certains d'entre eux écoperaient d'une condamnation pour entrave à la circulation d'un aéronef. Les clandestins insultaient la France entière, ce qui n'augmentait pas leur capital sympathie auprès des policiers. De toute façon, il était trop tard, eussent-ils loué les Capétiens, les Valois, les Orléans, les Sarkozy et le rôle positif de la colonisation. Elliot avait reçu une éducation de gauche, aussi se sentait-il de plus en plus mal à l'aise, mais il savait qu'il ne servirait à rien de protester. S'il s'insurgeait il serait expulsé de l'avion direction le tribunal de Bobigny, le même qui voyait défiler les zyvas. Il entrevoyait déjà le scandale, la carrière déjà pas au top carrément compromise, alors que, sans nul doute, le clandestin béninois, lui, serait retourné planter ses arachides, aurait disparu, régurgité par la cohorte de mal nourris, de miséreux du tiers-monde, de ceux qui ne rentrent même plus dans les statistiques, et mènent une vie de cancrelat. Elliott, te voilà collabo, songeait-il. Ce constat lui laissait un goût amer dans la gorge que la coupe de champagne d'accueil ne parvenait pas à dissiper.

Les expulsés finirent par se taire. Avaient-ils été assommés ? Drogués ? Éliminés ? Elliott préféra ne pas poser la question. L'avion put enfin décoller. Les oiseaux de feu du troisième millénaire étaient bien élevés. Loin de la déflagration métallique que provoquaient les premiers Jumbo Jets en prenant leur envol, les A 340 dernière génération s'arrachaient du sol dans un feulement courtois. Elliott adorait ces excursions dans l'ouate de la stratosphère. Il avait l'impression de s'extraire de la médiocrité terrestre et de l'inéluctable travail de sape du temps.

Il fallut bien redescendre sur terre. L'avion se posa en plein orage. Il patienta vingt bonnes minutes sur son aire de stationnement, le temps pour les passagers de se remettre de leurs émotions et, pour les employés de l'aéroport de Cotonou, de tenter de déployer la passerelle. Dans l'avion, tous s'impatientaient, à commencer par le commandant de bord : il avait rendez-vous au bar du Bénin Marina Hôtel avec Eugénie, sa cocotte béninoise. Il passerait la nuit avec elle. Le lendemain, lorsqu'il verrait les yeux de sa maîtresse briller devant le pantagruélique buffet du petit déjeuner, il se sentirait moins coupable de tromper sa femme : après tout, c'était sa contribution à l'aide aux pays en développement.

Lorsqu'il quitta l'appareil, la mine fripée par l'excessive climatisation à bord, Elliot se sentit comme aspiré dans un tunnel d'humidité. La moiteur de l'air de Cotonou était insupportable. Au loin, par-delà la clôture en barbelé qui séparait le tarmac de la ville, il apercevait dans le soleil couchant des grappes de gueux venus admirer le spectacle du grand phénix blanc qui ne les amènerait jamais au paradis France, même logés dans le train d'atterrissage. A peine avait-il parcouru dix mètres qu'Elliott était déjà en nage. A ce malaise purement dû au climat poisseux de ces contrées équatoriales s'ajoutait l'immense commotion que provoquait ce retour en Afrique, plus de trente ans après le « sauve-qui-peut » de son enfance, lorsqu'il avait quitté Bamako, les yeux encore rougis des larmes versées à la mort de son père.

Sa valise fermement arrimée à sa main, il chercha des yeux la navette de l'hôtel. Une bière fraîche, un room-service, et au lit : il n'était pas d'humeur aventureuse, trop d'émotions. Ce n'est pas ce soir qu'il explorerait les gargotes de Cotonou et irait au dancing regarder chalouper les filles-panthères. Il lui fallait un hôtel répondant aux normes du confort occidental, impersonnel à souhait, un ultime refuge avant le grand saut.

Et pas question de laisser son esprit vagabonder dans les limbes du souvenir : il avait rassemblé à Paris tous les éléments pour passer immédiatement à l'action. L'organisatrice du salon du livre de Cotonou avait été d'une aide précieuse. Sophie Affo se souvenait avoir vu Céleste plusieurs fois avec une maquilleuse qu'elle avait rencontrée dans les studios de l'ORTB, la télévision publique béninoise. Elle s'appelait Marie-Pascale et était venue chercher Céleste un soir à la fin d'une séance dédicace pour l'emmener dîner. Elle l'avait également accompagnée lors d'un débat public que le salon avait organisé à Ouidah, l'ancien port négrier de la région. Marie-Pascale saurait sûrement le renseigner : rien de ce qui se passait à Cotonou n'échappait à ses oreilles.

Elliott la rencontra dès le lendemain, et ne fut pas déçu : la vie ne valait pas la peine d'être vécue tant que l'on n'avait pas rencontré Marie-Pascale, la pétroleuse vaudou. Marie-Pascale venait de Ouidah, le berceau de cette religion qui, des siècles plus tard, ferait trembler les vivants et les morts en Haïti. Les dieux de Ouidah n'ont pas l'esprit tranquille. Ils ne se remettent pas d'avoir assisté, impuissants, à la saignée d'un continent. De ne pas avoir su changer en sable les chaînes des esclaves qui embarquèrent de ce fort portugais vers le monde meurtri dont on ne revient jamais. La fureur est leur moteur. Autant dire qu'il ne fallait pas chercher Marie-Pascale.

Ni même tenter de la carotter. En cela, elle devançait les champions.

Marie-Pascale, maquilleuse à l'ORTB, était un pied de nez à la maigritude mainstream, une taloche à la face de tous ces journaux qui exhibent des créatures anémiques, une galoche à la gourmandise, un loukoum épicé. Marie-Pascale le caméléon, étendard de l'élégance transcontinentale. Elle se changeait trois fois par jour. Le matin, après l'heure passée à se frictionner au gant de raphia, à s'oindre de beurre de karité spécial peau douce plus douce qu'une cuillerée de crème de corossol sous la langue, à poser sa perruque importée d'Atlanta, à ajuster ses faux cils, à sécuriser ses faux ongles par une colle forte, à laquer le tout d'un vernis à 500 francs CFA fabriqué dans des vapeurs toxiques par une ouvrière chinoise séquestrée dans un dortoir putride, Marie-Pascale enfilait sa première tenue : un tailleur dûment chapeauté pour aller à l'église, bien qu'elle ne crût pas une seule seconde en ce Dieu faiblard qui tendait la joue gauche lorsqu'on le giflait au lieu de boxer correctement son adversaire jusqu'à ce que mort s'ensuive. Marie-Pascale allait à l'église car elle était une dame respectable, et que c'était bon pour ses relations publiques.

De retour de Notre-Dame de Cotonou, elle troquait son tailleur contre un splendide ensemble en pagne dessiné par ses soins et, toujours superbement parée, faisait son apparition sur les plateaux de tournage, systématiquement en retard. Elle invoquait des excuses abracadabrantesques (ma Toyota a vomi du Kpayo sur l'avenue Nkrumah et a rendu l'âme dans d'atroces souffrances; ma belle-sœur est possédée, j'ai dû la conduire chez un féticheur; j'étais allée acheter du poisson sur la lagune de Ganvié et la pirogue a chaviré, j'ai cru mourir), et se fâchait si l'on mettait en doute sa parole. La vérité, c'est qu'elle s'était rendue au marché pour approvisionner la gargote qu'elle possédait à Patte d'oie, car Marie-Pascale ne mettait pas tous ses œufs dans le même panier.

Soufflant et suant, elle maquillait présentateurs et invités au pas de charge, tout en parlementant au téléphone pour dédouaner gratis un stock d'électroménager acheté il y a peu à Dubaï et qu'elle écoulerait en une semaine. Le maquillage terminé, elle était prise de malaises et allait s'étendre dans sa voiture. Dès que l'équipe avait le dos tourné, elle ressuscitait, démarrait au quart de tour et s'en allait dispenser ordres et jurons dans son salon de coiffure. Marie-Pascale, en femme d'affaires avisée, diversifiait ses investissements.

C'est dans son antre ès bigoudis que Marie-Pascale avait convoqué Elliott. Un ventilateur anémié crachotait des acariens bien gras. L'air exhalait la kératine brûlée. Sur des étagères en bois, entre deux toiles d'araignées, des flacons de Clearazone attendaient les candidates au décapage de peau. Quelques clientes semi-dégarnies par d'intempestifs défrisages à la soude attendaient sagement que Marie-Pascale ait fini d'engueuler ses employées.

– Essayez de recommencer à vendre mes shampoings à la moelle de bœuf en route, et je vous envoie balayer la poussière de l'enfer, vous comprenez ? Si je ne vous avais pas ouvert ma porte, espèces de hyènes édentées, vous seriez en train de vendre vos fesses au marché ! Filles ingrates, suppôts de Satan ! Les filles-ci vont tuer mon cœur ! gémit-elle avec emphase en se laissant choir sur un fauteuil en skaï éventré dont s'échappaient des vomissures de mousse moisie.

Elliot toussa pour attirer l'attention.

Malgré son affliction, Marie-Pascale repéra instantanément l'élégant cavalier brodé sur la poche de sa chemise Ralph Lauren et la Toyota Carina aux vitres fumées garées devant son « Spa beauté, volupté et relaxation », comme elle aimait rebaptiser son boui-boui capillaire. Voilà pourquoi elle ne le prit pas pour un parasite, un dragueur des salons de coiffure, et interrompit ses lamentations pour lui adresser un sourire mielleux, veillant en outre à cesser de rouler les *r*.

– Bonjour Excellence, que puis-je faire pour votre bon plaisir ?

Car Marie-Pascale savait se montrer moins revêche, à l'occasion.

Etait-ce la chaleur, cette moiteur shampouinée qui ramollit les esprits dans les salons de coiffure, faisant ainsi les beaux jours de la presse à scandale ? Les résistances d'Elliott avaient fini par fondre. Il se sentit d'emblée en connivence avec cette forte tête, fût-elle obséquieuse et calculatrice. Il lui raconta tout, sans aucune pudeur, sans craindre les oreilles bioniques des clientes qui se faisaient tresser, ni celles des employées vengeresses. Cet amour pour Céleste qui l'avait fait trembler, l'éblouissement dans son corps chaud, la disparition de sa bien-aimée, cette quête éperdue qui, désormais, gouvernait son existence et constituait sa seule raison d'être avant qu'il ne finisse rongé par les vers de terre. Les rebonds du corps de Marie-Pascale, qu'elle ne tentait aucunement de masquer sous son pagne ajusté, l'avaient mis à l'aise. Au fond, leur physique était semblable, qui sait, peut-être étaient-ils des cousins très éloignés, peut-être ses ancêtres à elle avaient réussi à s'affranchir et revenir au Bénin, devenant de respectables agudas*, tandis que les siens étaient restés dans l'autre monde, au bout de la mer et, du Brésil, avaient échoué à la faveur d'un marchandage tropical aux Antilles. Oui, il avait ce curieux sentiment que Marie-Pascale faisait partie de sa famille.

Enfin, de la branche rapace.

– Toi, tu es riche : tu as un gros ventre, croassa-t-elle en se mirant dans l'étui de sa poudre compacte *made in* Guangzhou. Tu me donnes quoi si je t'aide à retrouver ta chérie coco jolie ? Mon ami, rien n'est gratuit ici-bas, sinon Dieu n'aurait pas inventé l'argent. Annonce !

Elliot s'exécuta. Une substantielle quantité de billets crasseux changèrent de mains.

Tout en glissant la liasse dans les replis intimes de sa généreuse poitrine, Marie-Pascale concéda, dans un long soupir consterné :

– Ah... Céleste !

S'ensuivit le silence des agneaux.

Puis elle reprit en avançant lentement sa lèvre inférieure vers le puits virtuel du souvenir :

– Vraiment, une jolie fille : on voit que Dieu a pris son temps pour la fabriquer. Il devait être tellement content de son chef-d'œuvre qu'il n'a plus rien fait depuis, chômeur pour l'éternité, et voila le résultat : des faux types se défigurent dans la guerre du matin au soir. Puisque maintenant c'est la démocratie, on devrait aussi avoir le droit de choisir ceux qui règnent au ciel, et chasser les dieux paresseux comme celui qui nous gouverne.

Visiblement, Marie-Pascale goûtait autant la métaphysique que la technique de pose du fard à paupière irisé. Mais Elliott avait payé son écot, et sa patience avait des limites. Marie-Pascale le comprit, fit taire son portable et la stridente Macarena qui s'en échappait.

– J'ai rencontré Céleste l'année passée, commença-t-elle. C'était pendant la Coupe du monde. D'ailleurs, elle suivait beaucoup les matchs. Ça m'étonnait, les filles ne s'intéressent pas au football, mais aux footballeurs. A l'époque donc, je l'ai accompagnée à Ouidah, où elle devait faire une séance photo pour *Afrique Magazine*. Céleste était pressée de rentrer à Cotonou. Non que la présence d'un redoutable sorcier derrière chaque porte de la ville l'indisposât, précisa Marie-Pascale pour signifier qu'elle maîtrisait la grammaire française, mais parce qu'elle ne voulait pas louper la finale de la Coupe du monde, France contre Italie, le duel des frères et des beaux-frères, saignant ! Céleste disait qu'en temps normal elle n'aurait pas supporté ses concitoyens, ces coqs qui chantent victoire avant l'aube puis se prennent trois buts. Mais une victoire de la partie adverse aurait réjoui son cancrelat de mari, avec qui elle venait de se disputer lourdement. Depuis elle m'a appris qu'il venait de la quitter pour je ne sais quelle bordelle, que Dieu envoie tous les furoncles du monde sur son bangala ! s'emporta-t-elle soudain. En tout cas, ce jour-là, l'affreux mari ne méritait pas de connaître l'extase footballistique : les mangeurs de spaghettis devaient perdre coûte que coûte. Céleste avait dit. Nous sommes rentrées à temps à Cotonou, je lui ai proposé de venir suivre le match avec moi au Bao Bao, le patron avait sorti l'écran géant, ambiance garantie. Elle a insisté pour faire un détour par son hôtel enfiler la paire de sandalettes roses qu'elle portait le jour où les coquelets bleus avaient gagné les quarts de finale, puis les demi-finales contre le Portugal. C'était son talisman, quoi. C'est bizarre, pourtant cette fille est cartésienne comme Descartes et tous vos savants qui n'ont rien compris. Mais les grigris de Céleste n'ont pas suffi. Les Italiens ont gagné, voilà.

Elliott n'était pas d'humeur aux digressions footballistiques, aussi la pressa-t-il d'en venir aux faits. Où est-elle passée cette fois-ci, après le salon du livre ? lâcha-t-il, vaguement excédé.

Marie-Pascale avait alors levé en un arc suspicieux son faux sourcil dégoulinant de khôl charbonneux. Une goutte sombre se forma sous l'arcade gauche.

– Vous êtes sûr que vous lui voulez du bien ? Céleste est comme ma fille. Vous dites que vous l'aimez, pourquoi je vous croirais ? Depuis quand on perd comme ça la trace des gens qu'on aime ? Vous la cherchez pourquoi exactement ? fit-elle en détachant distinctement les quatre syllabes du dernier mot proféré.

Les employées du salon éteignirent les casques de coiffure pour mieux écouter la conversation, avec l'approbation gourmande des clientes. Marie-Pascale les rabroua.

– C'est quoi ? Vous vous croyez au cinéma ? Rallumez les casques, et vous, sous les bigoudis, obtempérez !

Elliott en avait soudain plein le dos de cette rombière que, l'instant d'avant, il était prêt à accepter dans son cercle familial élargi. Il aimait les gens carrés, comme lui. Grâce à sa capacité d'analyse, un problème n'en restait pas un bien longtemps. Mais là, tous ses repères étaient restés à la porte du salon de coiffure, voire dans l'avion qui l'avait amené. Il espérait que la couleur qu'il partageait avec Marie-Pascale aurait créé une complicité, un élan solidaire. Naïf et égaré dans un jeu de quilles, voilà ce qu'il était aujourd'hui. Les manigances de Marie-Pascale l'avaient déjà bien agacé, l'étendue de sa propre faiblesse acheva de le mettre en colère.

– Ecoutez, siffla-t-il entre ses dents pour ne pas rameuter tout le salon, je suis en descente de vaccin contre la fièvre jaune, je n'ai pas foutu le pied en Afrique depuis plus de trente ans, les moustiques me cisaillent les veines, alors si je suis ici, ce n'est pas pour que vous me baladiez. Soit vous m'aidez à découvrir où elle a bien pu se fourrer, soit j'envoie la police perquisitionner votre salon qui emploie au black des filles qui n'ont de coiffeuses que le nom. Et j'oubliais, votre visa pour Paris, vous pouvez vous asseoir dessus. J'ai assez de relations pour vous faire black-lister vous et votre descendance sur douze générations.

Marie-Pascale tenta une volte-face énervée pour éconduire l'intrus ; mais dans le mouvement, le talon de sa mule fuchsia se brisa ; elle y vit un mauvais présage. Soucieuse de préserver son maquis, sa gargote du cheveu, son cumul des mandats, elle se traîna, tel un échassier blessé, jusqu'à sa caisse.

– Voilà bien les hommes, à menacer les faibles femmes, geignit-elle. Cinquante mille CFA de plus et je vous dis où elle est partie.

De guerre lasse, Elliott s'exécuta. Après tout, la somme n'atteignait même pas son salaire horaire, lorsqu'il travaillait dans le privé. Certes, il ne travaillait plus dans le privé, il était même chômeur. D'ailleurs, Céleste voudrait-elle encore de lui ?

– Je sais où elle est partie, je ne sais pas où elle est arrivée, lâcha Marie-Pascale en s'échouant de nouveau dans son fauteuil tel un dugong caparaçonné de wax hollandais.

Cette joute cotonoise commençait à le fatiguer. Pourtant, maintes fois, Céleste lui avait parlé des palabres africaines, interminables en toutes circonstances. La plus agaçante et jubilatoire restant le rituel de la demande en mariage dans la tribu de Céleste. Elle lui en avait expliqué toutes les subtilités un soir après l'amour.

– Lorsque la famille du fiancé vient chez la fille convoitée pour dévoiler ses intentions, elle n'est pas là. L'oncle le plus âgé mène la danse. Il prend un air accablé, expliquant que la promise est en Chine. Il faut donc la rapatrier en avion, ce qui coûte une certaine somme. La famille du fiancé comprend alors qu'elle doit poser quelques billets sur la table. Là-dessus, l'oncle ajoute qu'après un si long voyage elle doit aller se reposer en bord de mer afin d'être présentable aux yeux de son fiancé. Viennent alors s'ajouter quelques milliers de francs CFA pour régler la thalasso de la promise. Est-ce qu'elle peut se montrer à son futur époux avec une vieille robe ? s'exclame alors le doyen que cette perspective déshonorante remplit d'effroi. La famille du fiancé puise encore une fois dans ses réserves de quoi faire coudre chez le tailleur un bel ensemble. Elle ne peut pas apparaître le cheveu crépu ! s'indigne alors l'ancêtre. Le pactole sur la table se chiffre déjà à quelques dizaines de milliers de francs CFA, de quoi acheter un porcelet bien gras. Et les doléances peuvent ainsi durer des heures. Pendant ce temps, dans la pièce d'à côté, tremblante de sueur, la promise ne rate pas une miette du marchandage. Voilà comment se passent les demandes en mariage chez nous, avait conclu Céleste. Il faut avoir le portefeuille un peu garni, le cœur bien accroché, et beaucoup de temps devant soi.

Mais pour l'heure, l'aplomb de Marie-Pascale soufflait Elliott. Il se surprit à espérer qu'elle ait un mari qui la tabasse, car c'est tout ce qu'elle méritait.

– Vous savez où elle est partie mais pas où elle est arrivée ? C'est une devinette locale ou vous vous fichez vraiment de moi ? Parce que je viens de France, vous avez décidé de me carotter, comme si j'étais blanc ? Vous ne voyez pas que je suis noir ? Maintenant ça suffit, tu me dis où elle est !

Une des coiffeuses se mit à pousser des cris d'orfraie. Les autres gloussèrent timidement, trop heureuse que leur tyrannique patronne se fasse enguirlander.

Marie-Pascale interpréta le coup de chaud de son adversaire comme un signe de faiblesse et reprit du poil de la bête :

– Vous êtes qui pour me tutoyer d'abord ? Est-ce que le même sein nous a nourris ? Quel Noir même, vous êtes décoloré comme si vous vous laviez à l'eau de Javel. Wallaye, je ne sais pas ce que Céleste est allé chercher chez vous. Vous raisonnez comme un Blanc. Je l'ai vue partir, effectivement, chez un maître vaudou de Ouidah. Depuis, je ne l'ai pas revue. Je ne sais donc pas où elle est arrivée. Vous ignorez à qui vous avez affaire, vraiment, vous arrivez avec vos costumes et vos euros qui vous font croire que le monde est à vous, prêt à écarter ses jambes. Mais ce monde que vous voulez dominer est comme une chiure de termite à côté de ceux des hougan*. Ils ont le pouvoir de vous faire voyager dans des mondes parallèles. Des endroits où je ne suis jamais allée. C'est aussi simple que ça. Céleste n'a pas disparu. Elle est quelque part avec eux.

Il eut vraiment envie de la gifler. Mais il comprit aussi qu'il n'en tirerait rien d'autre, et prononça alors sa dernière requête : qu'elle le conduise chez ce sorcier qui semblait être la dernière personne à avoir vu Céleste dans le monde auquel lui, Elliott, appartenait : un monde en deux dimensions, clos et verrouillé de partout, bien rassurant, la terre sous ses pieds, la couche d'ozone en baldaquin.

21

Elio

Ainsi donc, Olimpia était revenue mourir chez elle, et cet infini caillouteux, hostile et nu qu'Elio survolait à présent était un peu le sien. Olimpia, fille élue d'une terre promise, devenue rejetonne bâtarde d'une terre damnée. La belle affaire. Il remit son masque et rumina son funeste sort, celui de sa sœur, de sa famille. Un fluide glacial l'envahit lorsque le train d'atterrissage sortit. Il songea à celui du jet privé d'Olimpia, qui n'avait peut-être jamais quitté sa gangue de métal, et imagina l'étendue désolée qu'il contemplait se rapprocher encore plus vite, une accélération fatale. Il n'eut que le temps de happer le sac en papier glissé dans la pochette devant son siège. Toute la douleur et le dégoût accumulés pendant ces semaines cataclysmiques s'y déversèrent.

Son voisin, un Nigérien agrippé à son chapelet, ignora ses tourments gastriques, absorbé dans sa prière, les yeux mi-clos. L'essentiel était d'arriver à bon port, chacun évacuait son anxiété comme il le pouvait. Lorsque l'avion toucha le sol, sa prière exaucée, il se préoccupa enfin d'Elio.

– Monsieur, la santé ne va pas fort, on dirait. Vous voulez que j'appelle l'hôtesse ?

– Non merci, ça ira, répondit Elio en s'essuyant les commissures des lèvres. Il fouilla dans sa sacoche Paul Smith à la recherche des lingettes désinfectantes et des pastilles Ricola qui lui assureraient malgré tout une entrée digne dans sa nouvelle vie de frère de négresse et d'ex-mari repenti.

– C'est la première fois que vous venez au Niger ? s'enquit le voisin que le retour chez lui avait rendu volubile : pendant tout le vol il s'était tenu coi, tantôt méditant, tantôt somnolant. Le voilà qui frétillait comme un bébé capitaine dans le lit de la rivière Bani.

– Oui, s'efforça d'articuler Elio, qui n'était pas d'humeur sociable.

– Bonne arrivée, je vous souhaite un très bon séjour chez nous, glissa le voisin dans un sourire exponentiel.

C'est cela, songea Elio en remerciant du bout des lèvres. Il avait rendez-vous avec une morte avec qui il était brouillé et une disparue qu'il avait rembarrée, les conditions n'étaient donc pas exactement réunies pour un séjour palpitant.

Lorsque la porte de l'appareil s'ouvrit, il s'était au moins préparé psychologiquement à l'effet hammam, aux retrouvailles avec cette exécrable mélasse qui s'était abattue sur ses épaules lors de son voyage à Lomé. A sa grande surprise, les 39 °C degrés annoncés par le commandant de bord étaient supportables, car l'air était sec comme à Eboli, le bled de l'Italie méridionale et aride où s'est arrêté le Christ, et le ciel, ô félicité, résolument bleu. Pas une pustule nuageuse, pas un bubon laiteux, immensément bleu, pour le repos de son âme.

Elio se sentit tout de suite mieux. Et puis l'attendaient au pied de l'avion un attaché affable de l'ambassade d'Italie et des hôtesses enrubannées de pagne qui l'installèrent dans un salon d'honneur plus réfrigéré que le mausolée de Lénine, le temps d'accomplir à sa place les épuisantes formalités, de mettre la main sur sa valise, de dédouaner la gerbe que les amis d'Olimpia lui avait confiée, et qu'il devait déposer sur les lieux présumés du crash. *Evivva la Farnesina* * ! Ses contacts au ministère des Affaires étrangères italien s'étaient révélés précieux. Le consul en poste au Niger et lui avaient un très bon ami en commun. Pierangelo Fassetti l'accueillit dans sa résidence, lui épargnant ainsi le grand saut sans filet dans l'Afrique inconnue, lui offrant un cordon sanitaire, un sas confortable entre sa vie ouatée de Rome, et les vicissitudes qui l'attendaient ici. Au dîner, il y eut même de la burrata di Andria expédiée par la valise diplomatique. « Elle était encore dans son moule dans une ferme du Gargano il y a trois jours ! » se rengorgea il signor Fassetti, pendant que Madame s'excusait de la cuisson approximative des penne : « Les cuisiniers nigériens ne comprennent pas la signification de *al dente, che si puo fare* ? ».

– Le pays est remis de la grande famine ? demanda Elio entre deux lampées de Brunello di Montalcino

– La famine est chronique ici, expliqua Pierangelo Fassetti, même si le Président s'obstine à le nier et à expulser tout journaliste qui profère ce gros mot plutôt que d'évoquer pudiquement « la crise alimentaire ». Au lieu de nourrir les gens, le gouvernement préfère investir dans l'extraction d'uranium. Le moindre sac de mil est la proie des spéculateurs, à cause d'une politique commerciale qui marche sur la tête. Ce pays est un bordel. Je t'assure, poursuivit-il, on nous dit qu'on ne s'occupe pas assez de l'Afrique, qu'on ne consacre qu'une part infime de notre budget à l'aide au développement, mais moi je ne réponds qu'une chose : aide-toi et le ciel t'aidera. Qu'ils commencent à faire le ménage dans leurs gouvernements corrompus, à envoyer leurs filles à l'école et pas seulement les garçons, et à libérer leurs esclaves.

Stupéfait, Elio écarquilla les yeux.

– Leurs esclaves ? C'est quoi ce délire ?

– Eh oui, personne ne le sait chez nous, mais il y en a des dizaines de milliers ici. Une survivance du passé qui en arrange plus d'un. Ça va des concubines bonnes à tout faire aux gardiens de troupeaux qui triment gratuitement. Sous la pression internationale, les autorités ont été obligées de délivrer des certificats d'affranchissement avec lesquels les propriétaires d'esclaves se torchent. Mais, bien sûr, quand on interroge le Président, l'esclavage, c'est comme la famine, ça n'existe pas. Je t'assure, c'est le Moyen Âge ici, soupira Fassetti.

Plus tard, alors qu'ils sirotaient un limoncello sur la terrasse, face à la piscine phosphorescente, le consul entra enfin dans le vif su sujet.

– Tu sais, ce n'est pas une mince affaire dans laquelle tu t'embarques. Heureusement, dans ce pays, tout se sait et tout s'achète. Parlons d'abord de ta sœur. Son avion s'est écrasé au sud de Maradi, à dix ou douze heures de route d'ici. Demain, tu te reposes. Après-demain, tu partiras avec une voiture de l'ambassade, Hamidou, le chauffeur, et Harouna, mon « Monsieur débrouille », le genre de type providentiel qui te démerde n'importe quelle situation, pourvu que tu le paies bien. A Maradi, vous prendrez une escorte militaire. Dans ces zones frontalières, il y a des coupeurs de route. Ça n'a pas été simple de trouver quelqu'un qui nous mène à l'endroit exact de l'accident. Les types vous attendent à Maradi. C'est une sacrée expédition, Elio, je t'ai fait le détail des dépenses déjà engagées.

Elio parut soudain inquiet.

– Merci Pierangelo, Je paierai tout ce qu'il faudra. Mais tu ne m'avais pas parlé de l'escorte militaire, c'est vraiment dangereux dans le coin ?

– Ne te mets pas la rate au court-bouillon, disons que c'est en vertu du principe de précaution. Venons-en à ton ex-femme. Comme je te l'ai dit, tout se sait ici. Ça n'a pas été compliqué d'établir qu'elle était au Niger récemment. Il a suffi de passer un coup de fil à nos homologues de l'ambassade de France. Elle est fichée, comme tous les journalistes. Elle a débarqué à

Niamey il y a trois semaines environ, les services de l'immigration de l'aéroport ont enregistré son arrivée. En revanche, nulle trace de son départ. Attention, pas de quoi paniquer pour autant, souligna-t-il. Elle est peut-être encore sur le territoire nigérien. Entre la rébellion touareg, l'esclavage, la route des clandestins, celle qui passe par Agadez, et les fous d'Allah affiliés à Al-Qaida qui enlèvent les touristes en vadrouille dans le Sahara, il y a matière à des enquêtes pas piquées des vers. J'espère juste qu'elle n'est pas allée se fourrer dans ce genre de merdier.

Le consul chassa du revers de la main un papillon bleu nuit qui s'était aventuré sur la table basse, et reprit :

– L'autre hypothèse, c'est qu'elle ait quitté le territoire par la route. Les frontières terrestres sont poreuses dans ces pays. Là, il y a deux options : soit elle est allée au Nigeria, mais franchement, avec tout ces Etats du nord qui pratiquent la charia, il ne fait pas bon se balader toute seule dans ces coins quand on est une femme, soit elle est partie au Burkina. En tout cas, j'ai lancé plusieurs pistes.

Elio passa la journée du lendemain dans le cocon de la résidence, au bord de la piscine. Il n'avait pas envie d'affronter l'extérieur. Ce qu'il avait entrevu de Niamey la veille à la tombée du jour ne lui avait pas donné envie de pousser l'exploration. Les maisons rectangulaires s'alignaient comme des boîtes à chaussures dans l'arrière-boutique d'un magasin poussiéreux. Des Peuls efflanqués traînaient une langueur qu'il n'avait côtoyé ni à Lomé, ni lors du périple avec Céleste qui l'avait mené au Bénin. Dans la capitale nigérienne, il n'avait pas humé cette énergie que les gens déployaient pour sortir de leur existence précaire. Les stigmates de la disette, sans doute. Seul l'avait aimanté le Niger perlé d'îlots émeraude entre lesquels glissaient dans un souffle de rame quelques pirogues effilées. L'effort intellectuel qu'il avait fourni pour accomplir ce voyage le rendait soudain las. Lors de son premier voyage en Afrique, il était arrivé bardé de préjugés et de certitudes. Cette fois, il abordait ce continent nu et apeuré. Il repensa à ce que lui disait Céleste sur le métissage : une chance inouïe, le don de s'adapter partout, et s'adapter était une question de survie mentale. Le métissage, avait-elle ajouté les yeux brillants, c'est aussi une identité qui se construit de jour en jour, parfois dans la douleur. En Afrique, nous sommes considérés comme Blancs, en Europe comme Noirs. Les métis sont chez eux nulle part, alors ils se transcendent en faisant en sorte d'être partout chez eux. Elio avait beau avoir une sœur métisse, il ne se sentait pas encore chez lui au Niger. Mais il barbotait dans la douleur. C'était un bon début.

Le surlendemain, point de grasse matinée comme il en avait l'habitude. L'Africain, il l'apprendrait vite, se levait tôt, surtout lorsqu'il devait avaler sept cents kilomètres sur une route semée d'embûches, à commencer par les troupeaux de moutons qui traversaient n'importe où. Plus on s'ébrouait dès potron-minet, moins on courait le risque de se faire surprendre par la nuit, en panne, livré aux chacals, aux mauvais génies ou aux brigands. Malgré les grappes de gamins hâves qui s'accrochaient à la voiture au moindre arrêt, ils mirent peu de temps à quitter Niamey, cette capitale qui n'était somme toute qu'un gros village extirpé du sable. Sous leurs voiles de gaze multicolores, des femmes belles comme l'Iman de Bowie déployaient des regards qui ne croyaient plus en des jours meilleurs. Elio se sentit coupable d'être bien portant, de dominer de son insolente santé, protégé des brûlures du soleil par les vitres fumées du 4 × 4 climatisé, cet océan de plus grand-chose.

Un paysage monotone, âpre et ocre, défilait sous ses yeux. Les premières pluies de juin avaient saupoudré çà et là quelques bouquets de verdure. Ailleurs, quelques buissons rabougris, épuisés par la sécheresse, semblaient rendre les armes, bouloches épineuses que bientôt le sable effacerait. Dans les villages, les greniers en banco montés sur pilotis patientaient, sans doute presque vides. Ce n'est qu'à la récolte d'octobre que l'on saurait si le sursis était prolongé. D'ici là on scruterait le ciel, d'où viendraient les pluies ou les criquets, le salut ou l'apocalypse.

Ils s'arrêtèrent pour la pause-déjeuner dans une gargote de Dogondoutchi, cité ombragée tapie au pied d'imposants pitons rocheux. Craignant pour l'estomac délicat d'Elio, la signora Fassetti avait fait confectionner des sandwichs jambon-mozzarella qu'Elio voulut arroser d'une bière fraîche.

– Flag ou conjoncture ? s'enquit le serveur au visage taillé à la serpe, comme les sicaires de l'empereur Kankan Moussa.

– Conjonc quoi ? fit Elio, perplexe. Etait-ce un nom de code pour désigner ces breuvages alcoolisés dans une contrée fortement islamisée où la consommation d'alcool était réprouvée ?

Harouna, « Monsieur débrouille », qui, tout comme Elio, s'était montré peu disert pendant le trajet, se fendit d'un sourire réjoui, ce qui équivalait, chez les Haoussas, ethnie au tempérament mesuré dont il faisait partie, à un grand éclat de rire.

– C'est une qualité de bière. On l'appelle comme ça parce que la bouteille est plus petite donc très moins chère. Quand c'est la conjoncture, la crise quoi, on ne peut pas payer la Flag qui est plus grande, alors on boit la conjoncture.

Harouna devint tout à fait volubile après avoir joué un petit tour à Elio : il lui offrit une noix de kola, amère et dégueulasse, forcément. Elio ne put s'empêcher de la cracher.

Il faut manger, toi aussi ! protesta Harouna, tu sais que ça rend vigoureux ! Ta femme sera très contente ! Tu as une femme, n'est ce pas ?

Elio, les papilles encore traumatisées par la kola, en profita pour embrayer sur Céleste, sans préciser les liens distendus qui les unissaient. Après tout, si Harouna était le roi du dépatouillage, il serait peut-être capable de la retrouver, dans ce pays où tout semblait se savoir, même s'il était quatre fois plus grand que l'Italie.

Harouna se lâcha carrément :

Tu la cherches pourquoi d'abord ? Elle n'avait qu'à ne pas partir ! Les vraies femmes restent auprès de leur mari. Oublie-la, au moins pour quelque temps. Il y a plein de femmes ici, il suffit de se baisser pour les ramasser.

Elio le fusilla du regard. Harouna reprit son sérieux, réfléchit un instant puis reprit :

– Si cette femme est si importante pour toi, alors on va la retrouver. Je vais te dire pourquoi. La plus grande partie de ce pays, c'est le désert. Elle serait allée chercher quoi là-bas ? Après, il y a les villages. Les villageois vont en ville régulièrement, et des villes ici, il n'y en a pas beaucoup. Niamey, Agadez, Maradi, Zinder. N'est-ce pas nous allons à Maradi ? J'ai beaucoup de connaissances là-bas ! Et puis on repère vite les étrangers, surtout les femmes. On va trouver.

Ils arrivèrent à Maradi à la tombée de la nuit. Les néons souffreteux des boutiques éclairaient quelques rues blafardes. Ailleurs, on distinguait des silhouettes rassemblées en grappes autour de lampes à pétrole. Elio s'était psychologiquement préparé à passer la nuit dans une case sommaire à la merci des scorpions. Il fut surpris de découvrir l'hôtel Guest House, un édifice récent sans grand charme mais doté de chambres climatisées et de douches au pommeau rouillé dont s'échappait néanmoins un miraculeux filet d'eau. Une pancarte fluo plantée devant l'hôtel telle une tapineuse trop fardée annonçait même fièrement une télévision satellitaire. L'information n'était pas mensongère, mais pour l'heure, le poste gisait dans un coin du hall, semi-désossé. Quelques jeunes gens s'échinaient à le ressusciter, armés d'une pince à outils et de leur bonne volonté.

Harouna emmena Elio dîner chez des amis qui tenaient un restaurant. La carte était conceptuelle : la maison ne servait que du mouton, sans doute capturé au lasso dans un village des environs une fois la commande passée, puisque les brochettes se profilèrent une bonne heure plus tard. Pendant ce temps, Elio comptait les margouillats sur le mur lézardé : Harouna l'avait laissé en plan pour aller jacasser de table en table. Il était mal à l'aise. Ce soir, dans cet endroit, sa présence semblait une incongruité. Il serait bien resté dans sa chambre d'hôtel climatisée qui, malgré son carrelage bon marché, ces maudites *piastrelle* qu'il appelait ainsi, à l'italienne, même lorsqu'il parlait français, lui paraissait être le comble du luxe, signe que ce voyage commençait à bousculer ses principes. Mais la faim l'avait trop tenaillé, il n'y avait pas de room-service, son stock de barres céréales était en miettes et, de toute façon, il fallait bien finir par plonger, se mêler à la populace. On n'était plus au temps des commandants de cercle. Malgré tout, il regretta d'avoir négligé le restaurant de l'hôtel et ses tables vides. Ici, il était le seul Blanc, l'étranger, l'europorteur, le rejeton de colon, le titulaire d'une couleur fantasmée, haïe ou enviée. A défaut d'avoir un don pour devenir l'homme invisible, il se serait contenté d'être l'homme incolore.

Harouna refit son apparition à table en même temps que les brochettes, le sourire du triomphe en bandoulière.

– N'est-ce pas ce que je t'avais dit ? Ta dame est passée à Maradi.

Elio en oublia la faim qui lui tordait l'estomac.

– Tu es sûr ? Comment est-ce possible ?

– La magie de l'Afrique, mon ami. Ici on n'a pas besoin de tous vos satellites pour trouver quelqu'un. Elle était au mariage d'une femme sur la route de Mayahi. On l'a beaucoup vue aussi au marché parler avec des vendeurs de médicaments. Demain, on va à la frontière saluer la mémoire de ta sœur, mais après-demain si tu veux, on peut aller voir la mariée. Elle s'appelle Hadizatou, elle saura sûrement des choses sur ton épouse.

Plus tard, dans sa chambre austère, il engagea un long corps à corps avec ses démons. Le sommeil ne viendrait pas. Normal. Demain, il avait un dernier rendez-vous avec sa sœur malaimée. Après-demain, il se rapprocherait de Céleste. Méfiant envers la religion catholique, Elio n'aurait jamais admis qu'il cherchait la rédemption. Et que ce périple dans une Afrique qu'il jugeait si hostile était son calvaire. C'est à ce prix qu'il prendrait enfin conscience de l'amour que lui avait offert Céleste, et de la tâche qui lui incombait désormais : être à la hauteur de cette offrande, enfin. Avec elle, faire prospérer ce métissage, cette seule vision optimiste de l'avenir, en hommage à Olimpia, l'ange qui veillerait sur leur destinée commune.

Oui, c'était bien un pèlerinage qu'il accomplissait ce jour, dans la fournaise nue du Sud-Niger, une immensité dans laquelle il se sentait immensément seul. Le décalage entre la vie d'Olimpia et sa mort était obscène ou grandiose, au choix. Olimpia, papillon des sunlights, égérie des foules en fête, nymphe pervertie de l'extrême, s'était figée à jamais dans cette minéralité froide et austère, où la solitude était la seule compagne de ceux qui s'y aventuraient. En même temps, elle se serait peut-être sentie en paix, ici, chez elle. Elle aussi avait besoin d'une rédemption.

Un bout de tôle rouillée calcinée signala la fin de leur périple. S'il n'avait été terrassé par la douleur, Elio aurait pu gloser à l'infini sur la capacité des peuples du désert à retrouver une aiguille dans une botte de foin, à se repérer sur la caillasse comme s'ils évoluaient sur le *racordo anulare* jalonné de panneaux indicateurs.

Il y aurait eu quelque chose de biblique dans la scène, si Elio l'avait vécue en Technicolor. Mais il la vivait vraiment, de toute son âme meurtrie. Peut-être qu'elle n'était pas morte pour rien, peut-être qu'il renaissait là, nu dans le désert, *Born again but not christian*. Un Homme était neuf, un nouveau-né adulte qui poussait son cri de douleur et déposait une gerbe que le sable finirait par engloutir.

Harouna interrompit son recueillement en le coiffant d'une chéchia.

Monsieur, le soleil tape encore dur, il faut vous couvrir, murmura-t-il avec la tendresse d'une mère.

Merci Harouna, répondit Elio, ému par ce moment de fraternité.

Oui, Olimpia aurait été bien ici. Comment aurait-elle réagi si elle n'était pas morte avec son secret ? Curieusement, c'est là, sous le dard du tropique du Cancer, qu'Elio se posait la question pour la première fois. Connaître la vérité aurait sans doute apaisé son tumulte. Sa faille venait sans doute de ce secret, songea-t-il. Olimpia. Céleste. Belles-sœurs un temps, sœurs de couleur à jamais. Il comprit pourquoi Olimpia avait aimé Céleste dès le premier coup d'œil.

Le soleil perdait de sa superbe. Il fallait repartir. Tous restèrent muets pendant le trajet du retour, partageant en silence le deuil d'Elio.

Ils approchaient de Maradi lorsque le téléphone du chauffeur stridula, marquant un retour à la civilisation. Quoiqu'en dise Harouna, en Afrique aussi les satellites servaient à quelque chose.

– Qui a cherché à me biper fatigué comme ça tout le jour ? s'étonna Hamidou avant de composer un numéro.

Une ravine se creusa entra ses yeux, et il freina brusquement, obligeant le taxi-brousse qui le talonnait à piler sec, et à se délester de quelques sacs de sorgho mal arrimés sur son toit. Le chauffeur, furieux, bondit hors de son véhicule en vociférant

– Tu es fâché contre qui pour tuer des gens qui ne t'ont rien fait ?

– Demande ça plutôt au gars qui a fait exploser l'ambassade de France ! rétorqua Hamidou avec un à-propos inattendu compte tenu des circonstances.

– L'ambassade de France à Niamey ? demanda le chauffeur du taxi-brousse que l'envergure de la nouvelle avait calmé.

Hamidou, oubliant son passager, se répandit dans un flot angoissé en haoussa. Elio ne comprenait rien et perdait patience. Harouna, après avoir murmuré une prière qui ne rassura guère Elio, traduisit sommairement.

– Le patron a sauté dans une bombe !

Elio devint plus blanc que blanc.

– Qu'est-ce que tu racontes, Harouna ?

– Un gars est entré avec une bombe dans son pantalon à une fête de l'ambassade de France. Le signor Fassetti y était. Tout a explosé. Il y a des morts à la pelle. Le consul est à l'hôpital, on ne sait pas s'il est même encore en vie. Wallaye, gémit-il, il y a déjà eu les coups d'Etat dans ce pays, les putschs militaires, le bruit des fusils, les balles qui sifflent de partout, tout ça on connaît. Mais un gars qui se fait exploser, qui plus est chez les Blancs, c'est du jamais vu, Dieu nous protège de son éternelle miséricorde !

Le portable italien d'Elio ne fonctionnait pas. Il voulut emprunter celui d'Harouna ou d'Hamidou pour téléphoner à l'épouse du consul. « On a fini les unités », répondirent-ils en chœur. Même en plein éclat kamikaze, ils ne perdaient pas le nord. Il faudrait acheter des recharges téléphoniques, sans oublier de payer le guide et l'escorte armée qui les avait conduits sur le lieu du crash.

De retour à l'hôtel, Elio tenta sans succès de joindre la signora Fassetti, et, franchement terrorisé, s'accrocha à la télé que les McGyver locaux avaient réussi à réparer. La seule chaîne européenne disponible, France24, n'avait pas encore les images du drame, mais parlait « du premier attentat suicide » en Afrique de l'Ouest, neuf ans après la double attaque à la voiture piégée qui avait visé les ambassades américaines au Kenya et en Tanzanie. Les observateurs voyaient déjà la main d'Al-Qaida. Les grands méchants du troisième millénaire n'officiaient-ils pas dans le no man's land saharien entre le Niger, le Mali, l'Algérie et la Libye ? Sur la chaîne nationale, aucune image non plus. Ces messieurs les censeurs avaient dû frapper : faire l'étalage d'un tel désordre pourrait inciter la population à se rebeller contre les rapaces nourris aux prébendes qui les gouvernaient. Demain, la main sur le Coran, le Président affirmerait qu'il n'y avait pas eu d'attentat, qu'une bonbonne de gaz avait explosé dans les cuisines de l'ambassade de France – un malheureux accident, quoi ! – et que quiconque prétendait le contraire se rendait complice d'une manœuvre de déstabilisation menée par l'ancienne puissance coloniale, portait ainsi atteinte à la sûreté de l'Etat, et, en conséquence, courait le risque de croupir en prison pour le restant de ses jours. Pendant que Hamidou essayait d'avoir des nouvelles fraîches du patron et de la patronne qui, elle, fort heureusement, n'était pas au cocktail Molotov, Elio se fit conduire dans un cybercafé pour tenter d'en savoir plus : si la troisième guerre mondiale commençait au Niger, ce qui n'était pas totalement improbable – la première n'avait-elle pas débuté par l'assassinat d'un obscur roitelet dans une ville de troisième zone ? –, il ne serait jamais trop tard pour se mettre à l'abri. Les cinq minutes de cyber-moulinets nécessaires pour se connecter sur la page d'accueil de Yahoo le dissuadèrent de pousser plus loin ses recherches.

Elio finit par joindre la signora Fassetti au téléphone. Pierangelo était évacué sanitaire, il partait dès ce soir pour Rome par le vol Air France *via* Paris, il avait une fracture à la hanche, quelques éclats de verre fichés çà et là, mais il s'en tirerait. Elle-même avait fait des pieds et des mains pour l'accompagner, elle ne voulait pas rester toute seule dans ce pays de sauvages, elle avait toujours dit que ça dégénérerait, mais l'avion du soir avait été pris d'assaut par des expatriés plus paranoïaques qu'elle. La liste d'attente elle-même était complète.

– Elio, tu dois rentrer immédiatement à Niamey, c'est dangereux de circuler dans le pays avec la couleur que tu as, je te le dis, ils en veulent aux Blancs. Vingt-cinq morts, tu te rends compte ? J'en connaissais les trois quarts, gémit-elle. La malaria m'a sauvée, si je n'avais pas eu 39 de fièvre, je serais allée au cocktail et j'y serais peut-être passée, moi !

– Allons, Costanza, tout ira bien, fit Elio pour la rassurer, même s'il ne l'était pas du tout. Je comprends parfaitement que tu sois choquée, mais tu n'es pas en danger, les attentats, de manière générale, sont irraisonnés. Je ne pense pas qu'il s'agisse d'un acte raciste.

– Pourquoi sont-ils allés choisir un endroit où il y avait une très forte concentration d'Européens, alors ? bêla-t-elle. Une réception en l'honneur de Médecins sans Frontières, pour récompenser leur action au Niger, notamment pendant la grande famine de 2005. Tous les diplomates étaient là. Non, je t'assure, j'ai toujours senti une violence latente, dans ce pays qui a l'air de dormir. Je rejoins Pierangelo dès demain, il y a un vol d'Air Sénégal pour Dakar, et de là je remonte directement à Rome. Elio, je t'en conjure, rentre demain à Niamey et quitte le pays. Si ta femme est encore dans les parages, crois-moi, elle va faire la même chose que toi.

– Sûrement pas, justement, elle est reporter, rappela-t-il.

Il remercia Costanza pour son accueil, promit de prendre des nouvelles de Pierangelo, et raccrocha.

La conversation souleva tout de même un dilemme : fallait-il rentrer à Niamey ou rester à Maradi le lendemain pour suivre la piste de la mariée ? Si Céleste était au Niger, ailleurs que dans la capitale, elle aurait sans doute le réflexe d'y retourner pour mener l'enquête. En même temps, si elle était au fin fond d'un village coupé du monde, la nouvelle de l'attentat ne l'atteindrait pas. Chercher Céleste, livré à lui-même, dans une ville sur les dents lui parut soudain risqué. Ici au moins, il avait une piste à remonter, et « Monsieur débrouille » pour l'accompagner.

Le lendemain, matin, lorsqu'il émergea, le programme avait changé. « Nous n'avons pas besoin d'aller dans le village d'Hadizatou, la femme qui avait invité ton épouse à son mariage, l'informa Harouna. C'est elle qui vient à Maradi pour l'élection de Miss Djerma ce soir au restaurant Kadesh. L'année dernière, elle avait participé, elle avait été deuxième dauphine, cette année elle vient voir le spectacle. On la rejoint ce soir, elle va tout te raconter sur ta dame. »

Le buffet chez Kadesh valait à lui seul la peine d'être conté. Le spectre de la famine s'arrêtait au seuil du restaurant. Sur des tables habillées de rayonne et disposées en U, s'alignaient d'imposants plateaux en fer-blanc qui dégoulinaient de croupions braisés et de sauces aux parfums délicats. Les pyramides de riz concurrençaient les cascades de bananes plantain. Les convives dévoraient dans tous les recoins, dans des assiettes individuelles ou autour de grands plats communs, le tour de main dégourdi pour arracher les meilleurs morceaux de chair, les lèvres aussi luisantes que le basin lustré des riches parures de tête. Le Niger aussi faisait bombance. S'il eût été encore vivant, Marco Ferreri aurait pu immortaliser la scène pour un remake de *La Grande Bouffe*.

– Voilà Hadizatou, là-bas, près de l'enceinte, à la table qui est tout à gauche de la scène, fit Harouna, hésitant ostensiblement entre l'envie de poursuivre sa mission et celle de se jeter sur le buffet.

Une jeune femme trônait au centre de la table, seule. Superbement drapée dans des voiles de coton blanc brodés de fleurs roses, elle se gobergeait avec entrain. Elle conservait néanmoins le doigté suffisant pour que nulle goutte de sauce rouge ne tombe sur sa tenue immaculée. Elle pesait au bas mot cent vingt kilos. Pas vraiment le gabarit d'une Miss.

– Là-bas, en blanc et rose ? Tu es sûr que c'est elle ? demanda Elio, fort intrigué.

– La vue ne m'a pas encore quitté, mon ami, répondit Harouna, catégorique.

– Elle n'est pas un peu enveloppée pour faire des concours de Miss ? reprit Elio, toujours dubitatif.

– Chez vous en Europe, les hommes aiment les noyaux, ici nous préférons la pulpe ! assena Harouna en l'entraînant vers la table d'Hadizatou.

Sur la scène ornée de kakémonos aux couleurs d'une marque de téléphonie mobile, le présentateur fit son apparition.

– Mesdames et messieurs, bienvenue au grand gala Miss Djerma 2007 que j'ai l'immense honneur d'animer. Ce soir, nous célébrons la femme nigérienne, la femme africaine dans toute sa splendeur, une femme prospère, une femme nombreuse, déesse de la richesse et de la fertilité. Mesdames, messieurs, applaudissez pour toutes les femmes nigériennes !

Les convives s'exécutèrent poliment, avec mesure. L'alcool ne coulait pas à flots dans ces contrées que certains voulaient soumettre à la charia, et la sobriété n'encourageait pas les débordements enthousiastes. On avait quand même discrètement servi quelques Coca Aladji, appellation locale du whisky-Coca : l'ensemble, commodément, conservait la couleur du Coca, les apparences étaient sauves pour les Aladji que leur pèlerinage à La Mecque n'avait pas détournés de leur penchant pour la bouteille.

Hadizatou, elle, n'avait pas besoin de substances réprouvées pour être à son aise. L'Everest, le Kilimandjaro, l'Aconcagua et le mont Blanc étaient réunis dans un seul continent : son assiette. A contempler sa mine réjouie, on devinait qu'elle était proche de l'orgasme gustatif.

– Bonsoir, Hadizatou, voilà le monsieur qui cherche la dame que tu as rencontrée.

Le visage d'Hadizatou devint grave, un instant. Un os de poulet dans la main, elle toisa le poussin que Harouna lui présentait. Quel freluquet ! Puis ses traits se détendirent en un large sourire, et elle intima à Harouna l'ordre d'aller chercher une chaise et une assiette bien remplie pour l'étranger.

– Bonne arrivée, lui souhaita-t-elle avant d'imposer le silence, l'index sur sa lèvre gloutonne.

– Mange beaucoup, jouis du spectacle, nous parlerons après !

Elio serait bien entré tout de suite dans le vif du sujet, mais il commençait à assimiler la première leçon que son voyage lui avait enseignée : patience est mère de toutes les vertus, surtout en Afrique. Comme tout le monde, il bâilla donc pendant le préambule du préfet, et découvrit avec gourmandise les douze candidates au titre de Miss Djerma. Elles devaient peser plus d'une tonne au total, ces plantureuses donzelles enrubannées dans des cataractes d'organza et de broderies. Certaines étaient pourtant belles, goûteuses comme un fruit gorgé de soleil, veloutées comme un Botero. Toutes arboraient des traits d'une grande finesse, mais leur teint était parfois en berne, victime d'une mauvaise alimentation ou d'un maquillage épouvantable.

Chaque candidate déclinait son identité, puis se répandait en minauderies. En aspirantes Miss très pro, toutes revendiquaient un combat citoyen, une cause humanitaire, un supplément d'âme. La candidate numéro 7 faisait ainsi partie d'une association de femmes qui faisait de la prévention sanitaire. Elles effectuaient des tournées dans les villages pour sensibiliser les populations aux règles d'hygiène de base. « Par exemple, eut-elle l'infortune de préciser, nous disons aux gens de ne pas chier au hasard. » Sans égard pour son engagement sincère, les spectateurs, enfin décoincés, s'esclaffèrent copieusement. Leurs chairs tremblaient de concert, c'était la ola des estomacs, le bal des railleurs. Incomprise et mortifiée, la malheureuse hâta son pas pesant pour disparaître dans les coulisses le plus vite possible.

Il était 23 heures passées. Les Miss avaient défilé dans cinq tenues différentes, quatre chanteurs s'étaient succédé, autant de groupes de danse traditionnelle. Captivée, Hadizatou n'avait toujours pas prêté la moindre attention à Elio. Il était crevé, avait épuisé tous les exercices respiratoires qui accompagnaient la leçon numéro 1. Enfin le show marqua une pause, et elle se tourna vers lui.

– Vous cherchez Céleste pourquoi au juste ?

Elio était trop las pour mentir. Il avoua ses liens avec elle, au risque de s'attirer un foudroyant sermon. Heureusement pour lui, après avoir ostensiblement froncé les sourcils en signe de grande désapprobation, la jeune mariée ne retint que la fin de l'histoire et l'acte de contrition d'Elio.

– Céleste. Votre femme a vraiment un très joli nom ! commença-t-elle. Elle est venue à mon mariage. On lui avait dit que chez nous, les Djerma, on aime les femmes bien grosses, et c'est vrai. Chez vous, les filles qu'on voit à la télé, elles sont trop chétives. Céleste nous a photographiées, elle voulait savoir pourquoi on veut toutes avoir le bobaraba* bombé comme des calebasses et comment on fait pour prendre du poids très rapidement. Moi, je lui ai dit que ce sont les hommes qui nous aiment comme ça. Si, à vingt ans, une femme n'est pas fessue comme il faut, avec une poitrine bien saillante aussi, elle ne trouvera pas de mari, on dira qu'elle ne peut pas porter d'enfants et encore moins les allaiter. Alors chacune a sa recette pour grossir vite et bien. Les filles que vous voyez défiler ici, elles ont avalé des marmites entières de bouillie de mil pendant plusieurs jours, en buvant beaucoup pour bien gonfler.

Elle s'interrompit car le spectacle reprenait. Le palmarès allait être dévoilé. En guise de mise en bouche, on remettait le prix du plus gros bras. Chaque candidate devait enfiler un épais bracelet de bronze. La gagnante était celle dont le bracelet restait bloqué au plus près du poignet. Les youyous fusèrent lorsque que fut proclamée Miss Gros Bras la candidate numéro 7, l'experte en hygiène, qui bénéficiait ainsi d'un heureux revirement du sort.

– C'est quand même une bonne chose de la récompenser, commenta Hadizatou. C'est une fille intelligente et qui œuvre pour le bien public. Mais elle n'aurait pas pu être Miss Djerma, elle est un peu vilaine de face.

Malgré la fatigue, Elio finit par se lover dans la douce chaleur de cette soirée. Il serait temps demain de passer à la leçon numéro 2 : la relativité. Relativité des diktats de beauté. De l'ethnocentrisme occidental. D'ici là, il fallait tout de même se reconcentrer sur son objectif. Il réorienta la conversation sur le sujet de tous ses désirs.

– Qu'est-ce que Céleste voulait savoir d'autre ?

– Je lui ai donc dit que moi, quand je veux faire un régime pour grossir, je mange du foie, des bananes et des tartines de pâte d'arachide. Mais je ne prends pas les médicaments qu'on trouve au marché ici à Maradi. J'ai vu des femmes acheter des comprimés et mourir après, on dit que l'intestin se déchire ou quoi. Et celles qui n'ont pas d'argent, elle vont acheter la nourriture qu'on donne aux animaux, wallaye, ça ce n'est pas bon, elles peuvent aussi mourir. C'est tout cela que Céleste voulait savoir. Je lui ai aussi parlé des Waririke et des Efik au Nigeria. Chez eux, avant le mariage, on enferme les filles pendant six mois dans une case et elles ne font que manger, elles sont comme la reine des termites.

Elio oscillait entre l'écœurement et la fascination. Il imaginait des estomacs démesurés, des chairs flapies, des bourrelets felliniens. Il entrevoyait aussi dans ces pratiques un sado-masochisme très pasolinien. Cette débauche alimentaire le renvoya à l'un de ses pires souvenirs d'enfance. C'était l'année de ses huit ans, à Forte dei Marmi. Un jour, ses parents avaient acheté pour un déjeuner rapide sur la plage deux pizzas al taglio, l'une au jambon cru, l'autre aux champignons. Il avait voulu engloutir toutes les parts de la pizza au jambon sous prétexte qu'il n'aimait pas les champignons, les autres n'avaient qu'à se contenter de ses rogatons. Décidée à punir ce délit d'égoïsme, trait de caractère qui, pourtant, ne cesserait de s'affirmer chez lui, sa mère le força à tout manger, puis, en roulant des gros yeux, lui dit qu'il allait éclater. Il avait été traumatisé. Pour sûr, son ventre allait exploser, et s'en échapperaient des filaments de mozzarella mêlés aux villosités de son intestin grêle. Pendant une semaine, il avait fait des cauchemars dans lesquels il était pris en sandwich entre deux tranches de *focaccia* et se débattait pour échapper à l'immense mâchoire d'un ogre qui avait la même tête que lui. Voilà ce que l'évocation de ce gavage prénuptial lui inspirait. Sans compter qu'il ne comprenait pas qu'on puisse bâfrer autant alors que, tout près, des gamins erraient le ventre vide. D'un point de vue journalistique, c'était en effet intéressant, Céleste avait dû se délecter. Mais tout cela ne lui disait pas où elle était passée.

– Vous l'avez vue il y a combien de temps exactement, Céleste ?

– Attends d'abord ! ordonna Hadizatou. Tu ne vois pas qu'on va annoncer la gagnante ?

– Miss Djerma 2007 est la candidate numéro 12 ! tonitrua l'animateur en nage dans son costume trois-pièces.

L'heureuse élue souriait de ses grands yeux noirs étirés comme ceux des vierges coptes de Lalibela. Le gras de ses bajoues n'avait pas réussi à les ensevelir. Ils lui avaient sans doute valu la victoire. Bien élevée, elle remercia le jury, ainsi que les sponsors. Un opérateur téléphonique apportait dans la corbeille 300 000 francs CFA, l'équivalent de 450 euros – une fortune à Maradi – et un mobile dernier cri. L'autre partenaire de la manifestation, le brasseur national, lui offrait son poids en bouteilles de bière et sodas. Miss Djerma disposait ainsi d'un solide capital pour ouvrir une buvette.

– C'est ça le cadeau ? s'indigna Hadizatou. Depuis quand on offre la bière aux femmes ?

Déçue par ce final malséant, elle reporta enfin toute son attention sur Elio.

– Que voulais-tu savoir encore ? Quand j'avais vu Céleste, n'est-ce pas ? Je me suis mariée pas le dimanche passé mais celui d'avant encore. Elle marqua une pause, se fit soudain grave, puis ajouta : Il ne faut pas laisser ta femme voyager seule comme ça. Elle cherche les problèmes.

Pour la première fois, Elio eut peur pour Céleste. Et si ce reportage un tantinet folklorique sur le bourrage des jeunes filles nubiles n'était qu'une couverture ?

– Pourquoi dites-vous ça ?

– Elle m'a posé des questions bizarres comme si elle ne s'intéressait pas qu'à nos coutumes de manger beaucoup, reprit Hadizatou. Elle a parlé des gens qui souffrent de la faim ici à côté, des enfants qui mendient pour manger et, un jour, disparaissent.

– Comment ça, ils disparaissent ?

La recherche de Céleste commençait à ressembler au tonneau des Danaïdes. Faudrait-il affronter tous les dangers pour la retrouver ? N'était-il pas suffisant d'avoir accompli ce voyage, d'avoir franchi la distance géographique et mentale qui le rapprochait d'elle ?

Hadizatou prit un air buté.

– Tu sais, ici, il ne faut pas poser trop de questions. C'est un problème pour celui qui les pose, mais aussi pour celui qui répond.

Hadizatou ne s'était pas fermée par calcul, encore moins par coquetterie. Sa paranoïa était légitime. Elle n'était qu'une faible citoyenne d'un Etat de non-droit. Elio choisit de parler à son cœur, qu'il devinait généreux.

– Hadizatou, vous-même m'avez dit que ce n'était pas bien de laisser ma femme seule. J'ai reconnu mon erreur. J'ai fait des milliers de kilomètres pour la retrouver, pour ne plus jamais la quitter, pour la protéger. S'il vous plaît, dites-moi ce que vous savez

– Je ne sais rien d'autre que ce qu'on raconte. A la télé, partout, on dit qu'il y a des gens d'Al-Qaida au nord, à la frontière avec le Mali. C'est aussi là-haut que vont se cacher ceux que le Président appelle les bandits armés et les trafiquants de drogue. (Elle baissa le ton.) En réalité, ce sont les rebelles touareg du MNJ. Les militaires, les espions, tout le monde est concentré sur le nord, reprit Hadizatou à voix haute, avant d'ajouter decrescendo – la prudence est le secret du centenaire : Le gouvernement dit que l'ennemi est au nord, que les forces de déstabilisation du pays sont à l'œuvre là-haut, tous les moyens sont donc mobilisés dans ce secteur. Pendant ce temps, ici, il se passe des choses. Il y a des villages où tout le monde aurait dû mourir de faim, mais où on découpe le méchoui tous les jours qu'Allah fait. Ce n'est pas mon problème, c'est même tant mieux pour eux... Mon problème, ce sont les enfants qui disparaissent. Ce n'est pas bien. Allah n'a jamais dit de voler les enfants d'autrui.

– La police ne fait rien ?

– Les policiers, les militaires, les gendarmes, ils dorment ! s'offusqua Hadizatou. Peut-être même qu'on les paie pour dormir. Pendant ce temps, dans certains secteurs, on entend des tirs en plein jour, on dit que ce sont les coupeurs de route, mais, ici, hormis l'axe Maradi-Kano trop fréquenté pour intéresser les bandits, il n y a pas de routes à couper, juste des pistes où même les chameaux souffrent pour circuler.

– Et je suppose que Céleste est allée dans la région où on entend les tirs ? hasarda Elio.

Hadizatou se resservit un verre de soda chimique couleur fluo, en avala la moitié, et lâcha :

– Je t'ai déjà trop parlé. Sache que j'ai essayé de répondre à tes questions, parce qu'il y a des injustices qui doivent être révélées. La seule chose que je peux te dire, c'est que, même si elle cherche les problèmes, les problèmes l'épargnent, pour l'instant. Nous avons œuvré pour qu'il en soit ainsi. Un jour proche, elle témoignera. Mais n'essaie pas d'aller où elle est allée. Elle est rusée, elle peut passer pour une fille du pays si elle n'ouvre pas trop la bouche. Tu es blanc, ne l'oublie pas. Ici, c'est la mauvaise couleur.

La patience d'Elio s'évanouit aux douze coups de minuit.

– Vous dites qu'elle va bien mais que vous ne voulez pas me dire où elle est ? Vous croyez que je vais accepter cette réponse, rentrer chez moi, et attendre tranquillement qu'elle réapparaisse ? Si vous savez où elle est, et qu'il lui arrive quelque chose, ce sera votre faute, menaça-t-il entre ses dents pour ne pas rameuter toute la tablée.

– Qui t'a envoyé l'abandonner ? rétorqua-t-elle avec véhémence. Si tu l'avais gardée près de toi, elle ne serait pas là en route comme ça. Elle n'est plus ici, tu n'as donc plus rien à faire ici non plus.

Hadizatou avait pris la présidence du comité de vengeance des femmes bafouées. Elle verrouilla son visage, déploya son corpulent châssis, rassembla ses voiles, et se fondit dans le public qui se dispersait dans le clair-obscur. Quelques rots de satisfaction étaient expulsés aux tables encore occupées. La fête était finie. Elio ne tirerait plus rien d'Hadizatou. Elle ne l'avait qu'à moitié rassuré avec son discours tortueux. Elle l'avait aussi mise en garde contre toute bravade, toute tentative d'aller fouiner dans « les villages où on entend les tirs ». Cela aurait fait un titre poétique, mais on n'était pas dans un film d'Abbas Kiarostami, et il n'était pas un héros. L'escorte militaire qui l'avait protégé la veille lui parut bien dérisoire. La piste de Céleste s'évanouissait dans l'opacité de cette nuit lourde d'orages. Le bruissement des insectes autour des ampoules suspendues aux arbres annonçait la pluie. En regagnant son hôtel, Elio jeta un coup d'œil distrait vers le poste de télévision, toujours allumé dans le salon. Aux infos, l'attentat de la veille était attribué aux nébuleuses d'Al-Qaida qui opéraient dans les franges du Sahara. Hadizatou avait mentionné leur présence dans la conversation qui avait tourné en eau de boudin. Il se laissa choir sur le canapé en skaï et retrouva ses vieux réflexes de comatage devant la télé. Il avait pris le journal en cours de route, aussi se laissa-t-il bercer par les informations anecdotiques de fin de canard. Campagne de l'office du tourisme parisien pour apprendre aux commerçants à sourire. Naissance d'un panda albinos. Le rappel des titres l'arracha de sa torpeur.

« C'est la fin de ce journal, je vous en rappelle la principale information, quinze morts et sept blessés, la plupart Occidentaux, dans un attentat suicide cet après-midi dans un hôtel chic de Ouagadougou au Burkina Faso. Le kamikaze s'est fait exploser au bord de la piscine du Silmandé. Hier, c'est l'ambassade de France à Niamey au Niger qui a été frappée par un attentat similaire dont le bilan est, je vous le rappelle, de vingt-cinq morts. Le spectre du terrorisme plane désormais sur l'Afrique subsaharienne jusqu'à présent épargnée. Bien entendu, nous reviendrons longuement sur ces événements dans nos prochaines éditions. »

Elio avait choisi le mauvais moment pour refaire connaissance avec la terre originelle de sa sœur. Malgré la panique qui sourdait dans ses veines, il eut un éclair de lucidité. Céleste enquêterait forcément sur ces deux attentats quasi simultanés : trop rapprochés pour ne pas être liés. C'est sûr, elle irait au Burkina Faso. Là-bas, en outre, existait une piste pour la retrouver. Une piste qu'il avait écartée d'emblée, tant elle pourrait être son chemin de croix. Mais, cette fois, il n'avait plus le choix : il irait à Ouagadougou. Aux marches du palais. Dans les griffes de Cassandra.

22

Elliott

Il faut apprendre à se méfier des villes qui reposent, languides, au bord d'une mer étincelante, telle des hétaïres au flanc de fougueux guerriers troyens : mille poisons peuvent à l'occasion s'en échapper. Les maisons trapues et colorées qui donnent à Ouidah un air de Nordeste brésilien sont hantées par les esclaves qui empruntèrent ici la route du non-retour. Ouidah n'était pas une pleureuse façon Gorée la Sénégalaise : ici, on n'entretenait pas la mémoire de la saignée, ou si peu. Quelques statues difformes jalonnaient le chemin qu'empruntaient les esclaves vers la plage, le canot, le vaisseau négrier, l'enfer. Face à la mer, se dressait une arche de béton pesante et gauche où les mouettes rieuses venaient s'oublier. Rien de grandiloquent, juste le silence à peine troublé par le ressac. Mais le cœur des hommes, lui, n'avait pas oublié. Et les oriflammes blanches qui flottaient au-dessus de certaines concessions n'étaient pas des fanions de paix, des drapeaux d'armistice. Elles indiquaient les demeures des prêtres vaudous, dont certains n'avaient de cesse de clamer à leurs ouailles que le Blanc était la couleur du mal, occultant ainsi une vérité honteuse : ici, au fil des siècles, le voisin avait souvent vendu son voisin.

Djimon Dagbo étaient de ceux-là. Hougan* atrabilaire, il avait bâti son pouvoir sur le hunxo, ce culte du secret au cœur de la religion vaudou. Il avait très vite compris que le mystère engendrait le pouvoir et la peur. Il était aussi magnétique qu'hermétique, songea Elliott lorsque Marie-Pascale le conduisit auprès de cet homme efflanqué qui trônait sur sa véranda, roide comme le sphinx dans le vent annonciateur d'orage. Le hougan portait un large pantalon de toile et une tunique où s'entrelaçaient des motifs géométriques et raffinés qui rappelaient ceux du kentè ghanéen, le tissu des rois. Son regard semblait sonder les arcanes de l'humanité. Ses yeux jouaient à saute-mouton avec ceux d'Elliott, cavalant au-delà des orbites oculaires pour mieux explorer les sinuosités de son cortex. Un faisceau invisible qui mettait Elliott diablement mal à l'aise.

Il faut avouer que Marie-Pascale l'avait mis en condition pour un rendez-vous avec un personnage hors norme, entre son discours à la Ray Bradbury sur les mondes parallèles et le passage obligé au temple du Python, haut lieu du vodoun à Ouidah. Face à la basilique, ce totem chrétien, s'aggloméraient, dans une apparente humilité, une série de cases sombres et basses, jonchées de monticules informes couverts d'un magma organique fait d'huile rouge, de plumes et d'une pâte peu ragoûtante et non identifiée. Il émanait de l'ensemble des exhalaisons qui, curieusement, incommodaient autant les narines d'Elliott que son esprit, comme si le serpent sacré avait, d'un coup de langue, fendu sa carapace cartésienne, et distillé son venin dans son âme. Ce sont des legbas, expliqua Marie-Pascale. Chacun symbolise un de nos dieux, et ce que tu vois collé dessus ce sont des offrandes : on peut donner de l'huile de palme, de la bouillie de maïs, de l'alcool. Le mieux, c'est de sacrifier un poulet. Les gens ont d'ailleurs beaucoup sacrifié de poulets ces derniers temps, avec la grippe aviaire. On ne pouvait pas les manger, mais au moins ils servaient à quelque chose, ajouta-t-elle, rattrapée par son pragmatisme de commerçante, avant de se diriger vers la dernière case, qui, ô surprise, abritait des pythons fort dodus. Elliott avait toujours détesté les animaux à sang froid, bien qu'en société il se montrât parfois glaçant comme un cobra. Il esquissa un mouvement de recul.

– Pourquoi m'emmènes-tu ici ? Désormais, il tutoyait Marie-Pascale, puisqu'ils étaient inséparables depuis deux jours.

– Pour que tu saches que tu n'es pas en villégiature folkloristique. Tu entres en terre vodoun. C'est un des lieux les plus sacrés ici. Est-ce que tu connais quelque chose à cette religion ? Tu ne peux pas aller voir le hougan nu dans ton cerveau sur la chose. Sinon il ne te dira rien. C'est le moment de t'imprégner et de poser des questions.

Elliott s'exécuta de mauvaise grâce. Pour lui, les religions étaient inutiles au mieux, dangereuses souvent. Simple divertissement pour le commun des hommes, instrument de pouvoir pour les plus malins, cupides ou mégalomaniaques d'entre eux.

– Pourquoi vénérez-vous le python ?

– Dangbé, le python sacré, ici à Ouidah, c'est un peu le patron des vodoun, répondit Marie-Pascale en examinant un de ses faux ongles qui dodelinait dangereusement. Il a tous les pouvoirs, surtout celui de guérir les maladies.

– Vous avez combien de dieux ?

– Un seul, mon cher. Un vodoun n'est pas un dieu, c'est un intermédiaire avec Mawu, le créateur unique et inconnaissable, comme on dit en langue savante. Impossible de parler directement à ce Dieu majuscule. Tout ce que nous pouvons faire c'est flatter ces intermédiaires pour qu'ils nous rapprochent le plus possible de lui. Et certains vodoun ne sont pas commodes, je te jure. Quand Ogun, le vodoun du feu, ou Hebiosso, celui du tonnerre, se mettent en colère, tu es dans le pétrin mal mauvais. Il faut les craindre car il faut craindre Dieu, fit-elle avec un hochement de tête résolu.

Un individu boiteux s'approcha avec un python luisant qui esquissait la danse des sept voiles. Il le tendit vers Elliott.

– Tu veux le mettre autour du cou ? Comme ça, Dangbé va te protéger jusqu'à longtemps.

Elliott réprima un haut-le-cœur.

– Non merci, sans façon !

L'homme écarta ses pommettes scarifiées pour laisser s'épanouir un sourire gourmand.

– Vas-y, il ne mord pas, ça te portera chance !

Même si, d'un coup de baguette magique, l'animal omnipotent avait fait réapparaître Céleste, Elliott ne lui aurait pas serré la queue pour le remercier, jamais. Il esquiva l'indécente proposition en se tournant vers Marie-Pascale.

– Bon, quand est-ce qu'on le voit, ton prêtre ?

– L'impatience et la désinvolture sont mères de tous les vices. Sais-tu d'abord à qui tu vas t'adresser ?

– A l'homme qui parle aux vodoun qui parlent à Dieu ? hasarda Elliott avec une pointe de malice.

– Tu devrais te laver la bouche, on ne badine pas avec les hougan ! protesta Marie-Pascale. N'est-ce pas, on dit dans notre langue « le prêtre est frêle mais sa magie puissante ». Djimon Dagbo est grand prêtre d'Ogun, qu'on appelle aussi Gou. Je t'en ai déjà parlé. C'est le dieu du feu, du fer, donc celui des forgerons, des mécaniciens ou des chauffeurs de taxi, mais c'est surtout le dieu de la guerre. Il peut se transformer en aigle, il convoque les revenants, j'ai vu de mes yeux comment, sous son commandement, un costume de raphia posé par terre s'est soulevé et s'est animé. Parce qu'il y avait un revenant à l'intérieur.

Elliott ne releva pas. Le vaudou était bien semblable aux autres religions : capable de vous faire avaler n'importe quoi. Les ectoplasmes planqués sous du raphia n'étaient pas plus fantaisistes que cette brave fille tombée enceinte sans s'être envoyée en l'air d'un gamin qui naîtrait dans une étable et sauverait le monde. La bimbeloterie spirituelle variait seulement selon les latitudes.

– Tu devrais me dire cent fois merci, poursuivit Marie-Pascale, légèrement outrée par ce silence qu'elle prit pour de l'indifférence. Le hougan chez qui je t'emmène n'est pas n'importe qui. On ne peut pas se lever comme ça un beau matin et dire qu'on veut le voir. Ce n'est pas comme ça. Et prépare-toi à être éloquent, mon cher, car rien ne dit qu'il t'indiquera exactement où il a mis Céleste. Il y a des choses que seuls les initiés doivent savoir.

On eût dit qu'elle parlait d'un magicien qui, par malice, avait glissé Céleste dans son chapeau et allait l'en sortir. Mais l'homme qui se tenait à présent face à lui, protégé des morsures du soleil par un auvent de palmes, n'avait rien d'un Garcimore équatorial. Il trépana Elliott d'un coup d'œil pendant que Marie-Pascale, en langue fon, lui exposait la situation.

– D'où venez-vous ? finit-il par demander d'une voix rauque qui émanait des tréfonds de ses entrailles.

– De Paris, répondit Elliott.

Le hougan émit un ricanement sarcastique.

– Et pourquoi pas de Lutèce tant que vous y êtes. Vos ancêtres étaient gaulois ?

Même s'il ne goûtait pas l'humour du prélat, Elliott voulut rire dans la foulée, pour détendre l'atmosphère. Mais Djimon Dagbo avait déjà refermé son visage aiguisé comme un couteau, et, de ses yeux laser, dévorait de nouveau son hypothalamus.

– Je suis martiniquais et j'ai passé une partie de mon enfance au Mali.

– Un fils d'esclave… murmura Djimon Dagbo.

– C'est un peu réducteur, répondit du tac au tac Elliott, légèrement vexé.

Gênée, Marie-Pascale tortilla son volumineux séant sur sa chaise : répondre ainsi au hougan frisait l'insolence.

– Comment veux-tu ne pas boiter sur le chemin de la vie si tu refuses d'admettre qui tu es ? persifla Djimon Dagbo.

– Qui vous dit que je boite ? rétorqua Elliott, peu enclin aux sermons.

– Tu ne viendrais pas jusqu'ici chercher cette femme s'il ne te manquait pas quelque chose. Dis-moi, fils d'esclave, que penses-tu du Blanc qui te gouverne ?

Elliott subodora l'examen de passage. Si l'éminence vodoun agréait la réponse, il livrerait ce qu'il savait sur Céleste. Sinon, il se refermerait dans un mutisme fâcheux. Il convint d'une réponse élusive et matoise, qui irait dans le sens du vent, visiblement anti-blanc.

– Le blanc n'est pas une couleur, dans la palette chromatique. C'est une non-couleur. C'est un état d'esprit.

Sa saillie parut satisfaire le hougan. Il cessa de lui vriller le cervelet de ses yeux de gerfaut et alluma une pipe.

– On m'a dit que tu as travaillé pour le gouvernement français. Quelle satisfaction en as-tu rapporté ?

– Chez nous, aux Antilles, on dit souvent c'est dans l'antre du serpent qu'on le combat le mieux, mentit Elliott.

Djimon Dagbo aspira une longue bouffée avant de rendre son verdict.

– Je dirige une cérémonie ce soir au nouveau temple. Venez. Vous me rendrez compte de vos impressions. Si vous avez compris et entendu notre message, je vous aiderai peut-être à retrouver Céleste Adjovi.

Le jour déclinait déjà lorsque le hougan prit congé. Elliott et Marie-Pascale étaient pourtant arrivés tôt le matin; mais le grand prêtre vodoun s'était fait désirer. « Un grand dont la véranda ne déborde pas comme le ventre d'une femme nombreuse est un petit », avait commenté Marie-Pascale pour tromper l'ennui.

En attendant la cérémonie, Marie-Pascale invita Elliott dans la concession familiale où s'égaillaient des nuées d'enfants rigolards. Elle l'abandonna un long moment pour dispenser ordres et recommandations. Une adolescente aux traits raphaélites lui porta une assiette fumante arrosée d'une bière fraîche et s'éloigna, glissant sur la chape teintée grenat, un timide sourire aux lèvres. L'estomac apaisé, il se sentait gagné par une agréable somnolence. La voix de gladiateur en jupon de Marie-Pascale en décida autrement.

– Est-ce que tu es venu ici pour dormir ? Remets-toi en action sur tes deux jambes, et vite, la cérémonie va bientôt commencer.

Ce fut le moment que choisit le ciel pour se répandre. Des cataractes galopaient déjà dans les ruelles sablonneuses. Bravant la pluie battante, des grappes humaines convergeaient vers une bâtisse crûment éclairée par de puissants néons qui perçaient le rideau aqueux, protégées par des sacs en plastique tendus, dérisoires boucliers face à la furie des éléments.

L'édifice de béton était nu, tout juste chaulé à la hâte. Quelques nacots de guingois faisaient office de fenêtres. Insignifiant en apparence, le temple du renouveau vodoun ne révélait sa magnificence qu'à ses adeptes. A l'intérieur, d'exubérantes fresques murales jaillissaient de murs d'une blancheur immaculée. De leurs membres puissants, de leur corpulence généreuse, de leur frontalité glorieuse, les divinités écrasaient l'assemblée. Leurs peaux nacrées se déclinaient en un sfumato savant, trahissant l'incontestable talent de l'artiste. Il y avait là Dangbé, le python sacré dont la langue fourchue couvrait tout un pan de mur, Mamiwata, le génie de la mer à trois têtes, Aziza, l'esprit sylvestre dont le visage avait été remplacé par un entrelacs de branches qui évoquaient une couronne posée sur son cou. Sur la paroi latérale, se déployaient les revenants : Zangbeto, le gardien de la nuit, Clutô et son masque tissé de cauris, Glèdè, toujours aussi bling bling dans une chasuble bigarrée incrustée de miroirs. Tous arboraient un air placide qui contrastait avec la fébrilité de la foule détrempée. L'excitation se lisait sur les visages. Une touffeur capiteuse enveloppait la salle, mélange d'humeurs corporelles, d'humidité, d'effluves marins et de relents de bière. Un homme sec, immense, et coiffé d'un bonnet blanc, monta sur l'estrade en bois, écarta les bras comme pour embrasser l'assemblée, et clama :

– Mes frères, mes sœurs, bienvenue dans la maison du renouveau vodoun !

Hululements, applaudissements, youyous, grognements, sons divers accueillirent ce message inaugural, selon le degré de lucidité de chacun : certains fidèles étaient déjà en transe.

En orateur averti, l'homme tourna ses paumes vers le sol pour inviter au silence.

– Vous êtes de plus en plus nombreux à revenir vers la religion originelle, à tourner le dos à la basilique qui s'érige au centre de notre ville tel un furoncle pestilentiel, ô peuple de Ouidah et des alentours. Au nom du grand hougan Djimon Dagbo, je vous dis merci !

– Et moi je dis merci au grand hougan, l'homme qui a le numéro de portable des dieux ! osa une fidèle éperdue de reconnaissance. Quelques rires goguenards fusèrent. Le chauffeur de salle calma aussitôt leurs ardeurs :

– Vous n'êtes pas ici pour moquer votre prochain, qui plus est lorsqu'il profère une vérité loin d'être superfétatoire. Vous avez choisi la religion qui vous mène au salut, mais vous n'êtes qu'au début du chemin. Djimon Dagbo va vous guider, mais seuls les initiés triompheront !

Un homme surgit de l'assemblée et déposa un poulet ligoté au pied d'un mât superbement sculpté, dressé au centre de la salle. Un ex-voto sans doute, se dit Elliott. L'échalas au blanc bonnet lui donna raison en invitant l'assemblée à déposer ses offrandes avant, après, et même pendant la cérémonie, s'ils le souhaitaient.

– Qui c'est ce type ? glissa Elliott à Marie-Pascale, tout occupée à s'éventer en soufflant bruyamment.

– Il est là pour faire monter l'ambiance. Ensuite, pendant la cérémonie, il supervise les gardes suisses ! Tu les vois, dans les allées et près des fenêtres ? Ils ont des bâtons pour chicoter les gens qui dorment. Ils récoltent aussi l'argent. Parfois, ils bastonnent ceux qui ne donnent pas assez.

En effet, des messieurs revêches circulaient dans les rangs avec des coupelles en rotin. La quête commençait bien tôt, avant même le début de l'office.

Le bouffon du roi poursuivit par des invectives en langue fon qu'Elliott ne comprit pas. Il s'égosillait pour couvrir le fracas des gouttes qui, rageuses, giflaient le toit en tôle ondulée. Lorsqu'il sentit l'audience galvanisée, il annonça le grand maître. Il était temps : sa voix partait peu à peu en capilotade. Elle rendit l'âme et laissa le harangueur aphone au moment où Djimon Dagbo faisait son entrée sur l'estrade, porté par une clameur stridente et une salve d'applaudissements. Il était accompagné d'un cortège de fantômes de paille surmonté de cornes qui s'enroulèrent en dansant autour du poteau mitan.

– Ce sont les zangbeto, les esprits qui vont chasser les voleurs et les malfrats la nuit. Si tu soulèves leur costume de chaume, il n'y a rien dessous, n'est-ce pas je te disais ça tout à l'heure ? Les voilà alors ! signala Marie-Pascale, déjà magnétisée.

Djimon Dagbo s'approcha du pupitre où le chauffeur de salle avait déposé le micro. Il était tout de blanc vêtu, et coiffé d'un foulard noué à la pirate. Il roula des yeux menaçants vers l'assemblée et, de sa voix de baryton, entonna son oraison.

– Vous êtes de plus en plus nombreux, enfants de Mawu, à revenir dans le giron de la matrice suprême. Vous avez retrouvé le chemin de la lumière après des siècles de ténèbres engendrés par les esprits maléfiques qui dorment dans chaque Blanc. Ceux-là qui nous ont saignés, réduisant nos ancêtres à des sous-hommes. Ceux-là qui, aujourd'hui, pillent nos ressources ! Ceux-là qui ont tenté de nous imposer cette religion dévoyée qui n'est qu'une ruse pour mieux nous avilir. N'invite-t-elle pas à tendre l'autre joue lorsqu'on nous gifle ? Accepterez-vous encore, mes frères, d'être molestés tous les jours sans réagir ?

– Non ! hurla l'assemblée dans un même élan.

Elliott se crispa. S'il y avait un culte qui était dévoyé présentement, c'était bien le vaudou, qui, du peu qu'il en sût, n'avait rien à voir avec ce salmigondis raciste.

– Cette religion colportée par des missionnaires vérolés, nous n'en voulons plus ! éructa le hougan. Au nom de de la chrétienté, les rois blancs et leur armée de syphilitiques ont décimé les Indiens d'Amérique ! Ils ont fouetté jusqu'à ce que mort s'ensuive les chefs maoris, eux, pakehas tout-puissants, prédateurs sans conscience humaine, car l'homme est un loup pour l'homme ! Tous ces conquérants qui ont tué, volé, violé, pillé l'Amérique latine, avec la bénédiction de l'Eglise ! Ils n'ont pas réussi à faire de même avec nous car, malgré tout, Segbo l'être premier et ultime nous protège, mais il réclame vengeance pour les outrages commis !

Le hougan se targuait d'un vocabulaire châtié. Il avait été à bonne école. Au temps des colonies, le Bénin, qui s'appelait alors Dahomey, n'avait-il pas été surnommé par Emmanuel Mounier dans la revue *Combat* « le Quartier latin de l'Afrique » ? Le philosophe faisait alors référence à l'impact déterminant de la culture et de la langue françaises dans la formation des élites. A cette époque, Djimon Dagbo avait sans doute usé ses fonds de culotte sur les bancs d'une école Jules-Ferry tropicalisée. Elliott doutait qu'il en fût de même pour ses adeptes. L'enseignement s'était considérablement dégradé depuis. Les fidèles, jeunes pour la plupart, ne comprenaient pas toujours ses fioritures langagières, mais cette part de mystère n'était pas pour leur déplaire. En outre, s'il parlait si bien aux hommes, sa jactance devait en jeter chez les dieux !

– Qu'Aziza, le vodoun de la forêt, aide nos chasseurs à congédier l'oppresseur ! Que Saktapa, le vodoun de la variole, lui inocule un mal contre lequel il ne trouvera nul remède, nul vaccin ! Que Gou lui fasse la guerre jusque dans ses terres ! gronda soudain le hougan, emporté par son fiel.

Elliott faillit quitter la salle, écœuré. Ces dernières années, il avait suivi et pris part à l'occasion aux combats pour le devoir de mémoire, l'exigence de repentance. Mais ici, il n'était pas question de réappropriation de l'héritage culturel, de demande d'excuses, de réparation d'une mémoire blessée. Il assistait à un déferlement de haine pathologique, et ce n'était que le début.

– Que ceux qui, dans cette salle, ont un jour lointain reçu l'eau maudite sur leur front montrent aux yeux de tous qu'ils ont renoncé à la religion des usurpateurs. Débaptisez-vous !

A cette injonction, un homme s'avança près du poteau mitan et enfourna à pleine bouche un crapaud boursouflé. La salle se gondola de stupeur. Une femme arracha ses extensions pourtant solidement arrimées à son crâne au moyen d'un tissage complexe. Un lycéen, encore en uniforme, se jeta sur le mât en mimant l'acte sexuel. Un autre, en transe, était secoué de spasmes. Un filet de bave blanchâtre s'échappait de ses lèvres et venait mourir sur son menton. La salle gémissait en cœur. Curieusement, Marie-Pascale n'était plus sous hypnose : elle émettait une foultitude de sons gutturaux évoquant tour à tour l'incrédulité, l'étonnement, le dégoût.

– Qu'est-ce que c'est que cette mascarade ? ne put s'empêcher de demander Elliott.

Marie-Pascale fit la moue.

– Moi, je n'aime pas ces singeries, reconnut-elle, parce que ce n'est plus le vrai culte vodoun comme vous avez vu tout à l'heure, avec les revenants. Ces jeunes qui font soudain n'importe quoi en plein jour, ce n'est pas normal. Vous allez voir, tout à l'heure, les gars du hougan vont venir les chercher. On dit qu'après, ils sont initiés dans une société secrète encore plus secrète que le Zangbeto. Ça a lieu en pleine nuit, et pas devant tout le Bénin comme ce qui se passe ici. Après, on les emmène dans un couvent, c'est comme cela qu'on appelle chez nous les cases où restent les initiés des confréries diverses. Le problème, c'est qu'on dit qu'après ils disparaissent. Tous.

Les lourdeurs mystiques de l'âme noire commençaient à peser sérieusement sur les épaules d'Elliott. Il avait approché ce soir de quoi faire vaciller le plus cartésien des esprits.

– Il y a un rapport avec l'autre monde dont vous m'avez parlé ? Celui où le hougan aurait amené Céleste ? demanda-t-il. Sa voix trahissait une légère anxiété.

– Peut-être. Le hougan t'en dira plus, si tu parles bien.

– En m'amenant ici, tu m'avais promis des réponses ! protesta Elliott, qui ne goûtait pas ce conditionnel.

Marie-Pascale prit un air las.

– Rien n'est simple en Afrique.

L'abjuration baptismale devait constituer le point culminant de la cérémonie puisque le hougan conclut aussitôt après, non sans avoir menacé de représailles divines les fidèles qui ne videraient pas leurs poches une nouvelle fois. Auparavant, ses séides avaient entraîné les possédés vers une porte latérale. Elliott s'inquiéta vaguement de leur sort, avant de rassembler ses pensées sur Céleste. Et s'il lui était vraiment arrivé quelque chose ?

Le crépitement des gouttes avait cessé. Dehors, l'air avait fraîchi. Les initiés de la nuit ne frissonneraient pas que de fièvre. Elliott et Marie-Pascale regagnèrent la concession du hougan en esquivant les flaques. La véranda était toujours occupée. On venait parfois de loin guigner la sollicitude du hougan, alors tant pis s'il fallait passer la nuit à dodeliner sur un banc. Elliott, lui, avait hâte de rejoindre Cotonou, son hôtel tout confort, son lit douillet aux draps tièdes. Mais il fallut encore attendre.

– Il va venir bientôt, supputait Marie-Pascale, avant minuit en tout cas. Après, il est occupé par les initiations secrètes.

A 23 h 45, le hougan les convoqua dans son salon qu'éclairait faiblement une ampoule de guingois. Pourtant, avec le fruit du racket au temple, il avait bien les moyens de transbahuter les illuminations de Versailles.

– Alors, qu'avez-vous pensé de notre rassemblement ?

Ses yeux étaient injectés de sang et brillaient d'un éclat suspect.

Elliott avait longuement mûri sa réponse. Il avait réfléchi au déroulement de la cérémonie. C'étaient sans doute les débaptisés qui avaient retenu l'attention de Céleste. Que devenaient-ils ? A tous les coups, elle s'était posée la même question. Pour recueillir quelque indice, il fallait endormir la méfiance du hougan envers l'étranger trop curieux.

– Votre parole, hougan suprême, est infiniment puissante. Pourtant, la liturgie m'a laissé un goût d'inachevé. C'était la partie visible. Or moi, c'est l'invisible qui m'intéresse, car c'est dans l'invisible que l'on accomplit les plus grandes choses. J'aurais aimé répondre à votre appel, mais je ne suis pas baptisé. J'aimerais tant savoir ce que deviennent les élus, ceux qui ont renoncé.

D'une main noueuse, Djimon Dagbo caressa le pommeau de sa canne incrustée de perles multicolores.

– Ils deviendront des soldats d'Ogun. Ils accompliront leur devoir. Je ne répondrai plus qu'à une question, faites en sorte que ce soit la bonne.

Ce n'était pas une mise en scène pour impressionner le chaland. L'esprit du hougan était déjà ailleurs. Il fallait éviter toute question fermée ou, au contraire, trop ouverte : si Elliott demandait simplement où se trouvait Céleste, il prenait le risque de récolter un piteux « je ne sais pas ».

– Quel est le rapport entre les soldats d'Ogun et Céleste ?

– Céleste a vu ce qu'elle n'aurait pas dû voir. Mais nous l'avons laissée partir, car elle est protégée par Osun.

Elliott tenta le tout pour le tout.

– Vous savez où elle est partie ?

Djimon Dagbo s'était déjà extirpé de son trône.

– Une seule question, n'est-ce pas ? Je vous ai déjà dit beaucoup. Rien ne m'y obligeait.

– Alors pourquoi vous l'avez fait ?

– Chacun a droit à sa part de rédemption, du moment qu'il le mérite.

Sur ce, le grand maître tourna les talons et disparut dans le vent.

Elliott était exténué. S'adapter aux réalités locales, accepter l'insondable demandait une sacrée gymnastique intellectuelle. Un effort pourtant vain : Céleste n'était plus ici. Que faire désormais ? Où aller ? Sa promesse à peu près tenue, Marie-Pascale s'était refermée comme une huître. « Si la mort l'avait trouvée ici au Bénin, ça se saurait », commenta-t-elle sans détour avant de conclure : « Donc elle a tracé. »

– Au fait, demanda Elliott, qui est cette Osun dont a parlé le hougan, et qui est censée protéger Céleste ?

– C'est la déesse des eaux, de la vie, et de la fertilité. Ceux qui vénèrent Ogun vénèrent aussi Osun. Osun protège les mamans et les enfants.

Cette nuit brumeuse et sans étoiles n'avait pas fini de rendre Elliott perplexe.

– Je ne vois pas le rapport avec Céleste.

– Tu n'as qu'à faire marcher ton cerveau supersonique, répliqua Marie-Pascale, énigmatique.

Elliott était trop épuisé pour décrypter son message. Le découragement s'était emparé de lui.

Ouidah, terre de tant de passages, avait laissé filer Céleste. La piste béninoise s'achevait en impasse. Le trajet de retour vers Cotonou lui parut interminable. Pourtant, le taxi qu'il avait loué pour la journée ne lambinait pas, par crainte des mauvaises rencontres nocturnes. La nuit des esprits errants. Celle de tous les mystères, pour les débaptisés. La sienne, espérait-il, lui porterait conseil. Lui qui avait arraché toutes ses victoires avec les dents ne pouvait se résoudre à rentrer à Paris bredouille. Il ne s'attarda pas dans le hall de l'hôtel, regagna sa chambre, ignora la gourgandine qui toqua à sa porte, l'invitant à tous les délices de Capoue d'un « c'est l'amour qui passe ». Douché, revigoré par la bière du mini-bar, il alluma la télé pour renouer avec le monde auquel il appartenait. Il dormirait mieux ainsi. Ailleurs, on pleurait des morts : un attentat venait de frapper un hôtel chic de Ouagadougou, annonçait le présentateur de TV5Monde. Il faisait le lien avec une attaque survenue la veille à l'ambassade de France de Niamey.

Le hougan n'a pas le monopole de la haine du Blanc, songea Elliott, vaguement inquiet : les Arabes et les Occidentaux étaient déjà à couteaux tirés depuis le 11 Septembre, si les Noirs aussi s'y mettaient, jusqu'où irait-on dans la discorde planétaire ? Une image interrompit son esquisse de prospective géopolitique : sur l'écran de télévision, sanglée dans un tailleur noir très couture, au milieu des blouses blanches, la première dame du Burkina Faso rendait visite aux blessés de l'attentat. L'espoir qui s'était fait la malle à Ouidah réapparut : Cassandra Ouedraogo était la meilleure amie de Céleste. Céleste, la pasionaria éprise de justice, et Cassandra, l'épouse clinquante du dictateur sanguinaire, un curieux attelage qui avait toujours intrigué Elliott. On a toujours un ami d'enfance dont on a un peu honte mais que l'on continue de fréquenter par loyauté, ou parce que les souvenirs du temps de l'innocence réchauffent les cœurs matures. Céleste et Cassandra, c'était bien plus que cela. « Grâce à elle, j'ai l'impression de vivre deux vies », lui avait confié Céleste un jour. « La mienne, et celle que j'aurais eue si j'avais fait ses choix. » Qu'il fallût s'en remettre à Cassandra pour connaître le sort de Céleste n'était guère rassurant, mais Elliott n'avait pas d'autre perspective. Il éteignit la télévision, attrapa son Lonely Planet, et entreprit de défricher cette terre pleine de promesses : le Pays des hommes intègres.

23

Elliott

Confortablement calé dans le fauteuil en cuir taupe de la classe affaires d'Air Burkina, Elliott cogitait. Avoir une entrevue avec la première dame ne serait pas chose aisée. Même si le culot ne lui faisait pas défaut, il ne se voyait pas sonner d'un coup de trompette la reine en son palais, exposer à un sbire ombrageux sa douteuse connexion avec Madame Sa Majesté, et solliciter une audience séance tenante. Dans le meilleur des cas, il serait éconduit. Mais si sa bonne étoile changeait de galaxie, il se ferait arrêter sur l'heure par les sicaires d'Ouedraogo, interroger de manière appuyée, cuisiner avec moult gifles et force arrachages d'ongles, soupçonner d'être un dangereux comploteur, voire d'être responsable du récent attentat.

Il avait sauté dans cet avion sans trop réfléchir, pressé de mettre les voiles et une distance conséquente entre les furieux vaudouisants et lui. Même si la cérémonie dont il avait été témoin avait dégénéré en appel aux armes halluciné, elle avait ébranlé sa cuirasse de rationalité. Or, il n'aimait pas qu'on y touche, à cette carapace. La grande brèche s'était ouverte tout récemment pour Céleste, pour rien ni personne d'autre. Elle avait intérêt à y être, à Ouaga, il n'allait pas passer le reste de sa vie à courir après une ombre.

Son voisin de siège était splendide et portait beau. Son teint évoquait les eaux profondes et scintillantes d'un fleuve côtier. Ses grands yeux noirs, profilés comme ceux d'un pharaon, portaient sur le monde un regard vif et bienveillant. Un complet gris perle, taillé sans aucun doute du côté de Savile Row, rehaussait sa noblesse naturelle. Il émanait de lui une grande force, tempérée par un léger voile de douceur. Il était un homme accompli. Un bref instant, Elliott l'envia. Ses longs doigts effilés pianotaient encore sur son BlackBerry lorsque l'avion quitta son point de stationnement. Une hôtesse moulée dans un pagne luxuriant lui intima de l'éteindre. Il s'exécuta, se renfonça dans son fauteuil, les mains jointes, puis se tourna vers Elliott comme s'il venait de découvrir son existence.

– Dans moins de deux heures nous atteindrons la perle du Sahel. Vous connaissez Ouaga ?

– Non, répondit Elliott, mais on m'en a déjà vanté les charmes.

C'était un pieux mensonge. Jusqu'à ce que les circonstances l'y obligent, Elliott ne s'était jamais intéressé à ce bled qui, comme la plupart des cités africaines, vivotait loin des circuits du pouvoir international. Le Burkina Faso ne possédait pas la bombe nucléaire, n'abritait pas de Bourse performante, ne comptait pas un milliard d'habitants, n'offrait pas de plages de rêve pour touristes pâlots, ne possédait aucune richesse minière pour lesquelles des multinationales fomenteraient en sous-main des guerres civiles, et n'était même pas un paradis fiscal. Les médias occidentaux n'en parlaient jamais. Ce pays n'existait pas.

– Vous allez aimer, vous verrez, reprit son plaisant voisin. Les villes du Sahel sont plus paisibles que leurs cousines du sud. On peut déambuler dans les rues de Ouaga sans se faire harceler par des hordes de mendiants. Je pense que le climat y est pour beaucoup. La moiteur des côtes oppresse, les esprits s'échauffent. Au Sahel, on respire, le ciel est haut et l'horizon lointain. Rien ne vient barrer la route aux fluides énergétiques.

L'homme s'interrompit pour retirer sa veste et la tendre à l'hôtesse, lui décocha au passage un sourire atomique, et reprit :

– Et puis Ouaga est une des rares villes d'Afrique à ne pas connaître de développement anarchique. Nous avons des projets urbains ambitieux. Une nouvelle ville, Ouaga 2000, sort même de terre, avec des architectes qui savent ce qu'ils font, précisa-t-il en se rengorgeant.

– Vous êtes dans l'urbanisme ?

– Non, je suis consultant en stratégie financière. Je m'appelle Georges Kaboré, ajouta-t-il en lui tendant sa carte.

Le geste décontenança Elliott. Ce petit bristol élégant lui jetait à la face son triste sort : même s'il songeait, lui aussi, à se lancer dans le consulting, il n'était qu'un chômeur, un déclassé, un has been, un loser. Il remplaça sa carte de visite inexistante par une poignée de main déterminée.

– Elliott Marie-Rose. Désolé, je n'ai pas de carte sur moi. Vous êtes Burkinabé ? questionna-t-il pour se donner le temps de s'inventer une occupation et un motif sensé de se rendre à Ouagadougou.

Georges Kaboré éclata d'un rire qui dévoila des dents hollywoodiennes sans facettes, cent pour cent nature.

– Et comment ! On voit que vous ne connaissez pas le Burkina ! Si on ne s'appelle pas Compaoré, Ouedraogo ou Kaboré, on n'est personne. Ce sont des patronymes très répandus, un peu comme Durand, Dupont et Martin chez vous. Et vous, vous êtes d'origine antillaise ?

– Vous, au contraire, vous connaissez les Antilles ! plaisanta Elliott. Je suis martiniquais, mais j'ai grandi à Bamako.

Il avait remarqué que la deuxième partie de sa réponse décoinçait aussitôt ses interlocuteurs africains.

– Vous êtes donc malien ! J'aime beaucoup le Mali. Bamako n'a pas grand intérêt, mais Djenné, Tombouctou et Gao sont fascinantes. Difficiles d'accès, surtout les deux dernières, mais cela fait un bien fou de contempler quelques vestiges de la grandeur de nos empires. Il faudrait emmener tous les jeunes Africains là-bas, poursuivit-il après avoir trempé ses lèvres ourlées dans le cocktail de bienvenue. Leur montrer que si l'Afrique a été puissante dans le passé, elle peut l'être à l'avenir, malgré les pillages, les guerres, les famines et les magouilles de la Banque mondiale alliée aux sociétés transcontinentales. Le processus est en marche d'ailleurs, et l'histoire avec, ajouta-t-il, le visage soudain pénétré, avant de changer de conversation. Qu'est-ce qui vous amène à Ouaga ?

Elliott avait eu le temps d'élaborer son boniment. Il fallait qu'il tienne la route : Kaboré était de la race de ceux devant qui toutes les portes s'ouvraient, même celles du paradis. Peut-être le mènerait-il jusqu'à la première dame, et jusqu'à Céleste. Ça justifiait bien quelques salamalecs. Il se souvenait vaguement d'un important festival de cinéma à Ouaga. Pour un ancien collaborateur du ministre de la Culture, c'était une couverture crédible.

– Moi aussi, je suis consultant, mais pas dans le même domaine. J'étais jusqu'il y a peu conseiller auprès du ministre de la Culture. Aujourd'hui, je suis à mon compte. J'effectue une mission pour un mécène français qui souhaite créer une fondation. L'idée est d'aider les cinéastes africains à produire et distribuer correctement leurs films. Ouagadougou est la capitale du cinéma africain, donc je commence par là.

Il s'attarda un instant sur l'admirable chute de reins de l'hôtesse, se rappela pourquoi il n'avait trompé

Eléonore qu'avec des Africaines, rassembla ses esprits coquins, et compléta :

– L'originalité de la démarche consiste à impliquer des privés. C'est un pari osé je sais, car les Africains qui ont de l'argent ne pensent pas forcément à l'investir dans la culture. Ma mission est justement de les convaincre. Evidemment, tout cela avec l'aval des autorités burkinabées.

Georges Kaboré l'écoutait attentivement. Son visage s'éclairait au fur et à mesure de son exposé. A la fin, il ne cacha pas son enthousiasme.

– Chapeau, brillante initiative ! Vous savez ce qui me plaît le plus dans votre projet ? Vous n'êtes pas dans l'assistanat. C'est du donnant-donnant, main dans la main avec les compétences locales. C'est trop indiscret de vous demander le nom de votre client ?

Elliott esquissa un sourire contrit :

– A ce stade de ma mission, c'est encore confidentiel.

– J'espère que ce n'est pas une pieuvre pétrolière qui déverse douze fois le contenu de l'*Exxon Valdez* dans tout le delta du Niger chaque jour que Dieu fait, ou un marchand d'armes qui fait son beurre sur nos interminables guerres ! plaisanta Kaboré. Non, ces gens-là ne prennent même plus la peine de s'acheter une bonne conscience. Vous avez vos contacts sur place à Ouaga ?

– Pas vraiment, admit Elliott. Dans un premier temps, je rencontre les professionnels du cinéma pour réfléchir avec eux à un schéma de production et de diffusion viable.

– C'est la base en effet, estima Kaboré. Avez-vous visité le musée Zinsou à Cotonou ?

Elliott secoua la tête.

– Quel dommage, vous avez raté quelque chose ! C'est une fondation privée créée par la famille d'un ancien président. Ils présentent des artistes africains, ce qui est déjà très bien, mais pas seulement. Récemment, il y a eu une expo sur Jean-Michel Basquiat, c'est quasiment la première fois qu'une icône mondiale de l'art contemporain était exposée sur le sol africain, je ne vous raconte même pas les négociations avec les assureurs.

Kaboré fut interrompu par une sonnerie téléphonique fort déplacée puisque l'avion glissait déjà sur les nuages. C'était le réveil de son deuxième portable, qu'il fit taire à temps pour éviter les foudres de l'hôtesse.

– Le musée est gratuit et il ne désemplit pas. Tout ça pour dire qu'il y a très peu d'initiatives culturelles privées sur le continent, mais que si elles sont bien pensées, vous trouverez des Africains pour les financer, et le public pour les applaudir.

Il marqua une pause, consulta sa montre et reprit :

– Nous atterrissons vers 21 heures. Si vous n'êtes pas trop fatigué, je vous invite à une fête où il y aura du beau monde et de gros portefeuilles.

Il ajouta :

– Si je puis me permettre, pour ce soir, c'est trop tard, mais demain, faites-vous faire des cartes de visite, cela rassurera vos interlocuteurs. Je vous donnerai une bonne adresse.

Ils conversaient toujours à bâtons rompus lorsque l'avion toucha le tarmac tiède de Ouagadougou. La navette du Sofitel attendait Elliott, mais Kaboré tint à mettre à sa disposition sa Lexus avec chauffeur.

– C'est l'hospitalité burkinabée, fit-il pour couper court à toute protestation.

Douce était la nuit ouagalaise. Pour la première fois depuis son retour sur le sol africain, Elliott se sentit chez lui. Le long de la chaussée, les silhouettes sombres des manguiers, des caïlcédrats ou des anacardiers lui étaient familières : Ouaga avait des airs de Bamako. Sans la puissance du fleuve, ni celle du souvenir.

Ils s'accordèrent chacun une halte rafraîchissante, Elliott au Sofitel, Georges Kaboré dans sa villa, puis se rejoignirent dans le hall de l'hôtel de luxe, sous l'œil concupiscent des belles de nuit déguisées en executive women. La Lexus parcourait à présent de larges avenues bordées de contre-allées où pétaradaient de fluettes motocyclettes qui transportaient des familles entières en équilibre instable. Peu à peu, la promiscuité des quartiers populaires s'estompait. Le paysage urbain prenait enfin ses aises, plus aéré, ponctué d'imposantes bâtisses fraîchement peintes, encore épargnées par l'indélébile poussière rouge. Ils arrivèrent dans une zone encore en chantier. Au centre d'un imposant rond-point, trônait une cousine naine et bétonnée de la tour Eiffel. Le monument était inachevé, dépourvu de sommet et de peinture, mais éclairé, comme s'il constituait déjà l'orgueil de la cité.

– Voilà Ouaga 2000, indiqua Kaboré. Bon, côté architecture, ce n'est ni la Brasilia de Niemeyer, ni la Chandigarh de Le Corbusier, mais en Afrique, comme je vous le disais tout à l'heure, ce type de nouveau quartier pensé par des urbanistes est unique, rappela-t-il pour désamorcer toute critique.

Derrière de hauts murs, on devinait des villas cossues. Certaines, coiffées de clochetons ou affublées de propylées en marbre rose, trahissaient le mauvais goût de leurs propriétaires. Ils s'arrêtèrent devant un portail rutilant. Kaboré tendit son carton d'invitation à un nervi patibulaire surgi d'une guérite quasi blindée. L'homme pointa une torche soupçonneuse sur les passagers puis passa la Lexus au détecteur de métaux.

– Nous allons chez des gens importants visiblement ? s'enquit Elliott.

– C'est peu dire. Notre hôte, Oumarou Kossouka, a fait fortune dans les travaux publics et possède aujourd'hui des dizaines d'entreprises aux raisons sociales diverses, expliqua Georges Kaboré. Le détecteur, c'est nouveau. C'est sans doute à cause des récents attentats. Il y aura probablement quelques invités européens à la soirée, des officiels ou des industriels avec qui Kossouka est en affaires. Il a préféré renforcer la sécurité, ajouta-t-il alors que la berline s'engageait dans une allée bordée de palmiers rôniers. Au loin, scintillait de mille flambeaux une étonnante construction ocre inspirée d'une forteresse arabe. De près, avec ses murs couleur adobe et sa façade hérissée de colonnes aux chapiteaux ovoïdes, elle rappelait la mosquée de Djenné, le plus grand édifice du monde bâti en terre crue.

– Vous pensez vraiment que ces attentats visaient des Occidentaux ? Il ne s'agissait pas plutôt de choisir des cibles susceptibles d'attirer l'attention des médias étrangers ?

– Je penche pour la première option, et si vous voulez mon avis, ce n'est que le début, prophétisa Kaboré. Mais voilà une conversation trop sérieuse pour une soirée qui s'annonce belle. Profitez de l'hospitalité burkinabée, faites-vous des contacts utiles, *enjoy* !

Les jardins étaient exubérants, tressés de bouquets de becs de perroquet, de haies de bougainvillées, de buissons d'hibiscus qui s'enroulaient autour de pétulantes fontaines. Une allée de candélabres les mena vers une terrasse qui surplombait la piscine à débordement et où étaient dressés des buffets dégoulinants de mets chers et importés : saumon fumé d'un bel orangé, perles noires de caviar, roues de fromage, jambon de Parme à l'os qu'un serveur brun et râblé qui ne pouvait qu'être italien débitait en fines lamelles. La guirlande de victuailles se poursuivait plus bas jusqu'à enserrer la piscine. Ici, trônait un agneau en méchoui, les pattes en l'air, prêt à être chatouillé, là, un poisson démesuré que sa redoutable dentition n'avait pas sauvé des griffes de l'homme et du braisage des cuistots.

La nuit enchantée bruissait de mille rires. La partie la plus profonde de la piscine avait été recouverte d'une estrade sur laquelle s'égayaient les danseurs. Dans le petit bassin, on avait glissé quelques bébés crocodiles. Les invités s'amusaient à leur lancer des brochettes qu'ils attrapaient en dévoilant leurs crocs déjà bien acérés. Les dames étaient cambrées, leurs messieurs, fiers. Sur les platines du DJ, Britney Spears supputait une affaire toxique. Moulées dans des jeans couture, les demoiselles funky s'en donnaient à cœur joie. Les belles drapées de basin richement brodé se lâchaient un peu moins, la pochette de marque qu'elles serraient férocement entravait leurs mouvements. Miss Burkina était là, dominant l'assemblée de son mètre quatre-vingt-quatre et de ses stilettos strassés. Elle avait gardé son écharpe frappée d'une étoile aux couleurs du Faso : le rouge et le vert. Dessous, elle portait un micro-bustier lamé et un pantalon taille basse flanqué d'une grosse étiquette Roberto Cavalli sur sa fesse droite. Une ligne verticale et sombre striait son bas-ventre ferme et légèrement bombé, comme une flèche noire lancée vers son entrejambe. Son regard brûlant radiographiait la foule. Les affamés du Darfour étaient bien loin, les sidéens du Lesotho aussi. Tout respirait l'opulence. Combien de fortunes ici présentes s'étaient faites sur le dos du singe, au détriment de la populace grouillante, analphabète et miséreuse ? Elliott se posa la question, mais refusa de tomber dans le cliché du ministre corrompu, et de l'affairiste véreux. La richesse, en Afrique, n'était pas plus suspecte qu'ailleurs. Après tout, pourquoi le continent n'afficherait pas aussi son lot de capitalistes sans scrupule ? Même si son hôte, qu'il n'avait toujours pas rencontré, avait trempé dans quelque marché public fictif, était-il plus condamnable que ses congénères du Nord qui signaient des charrettes de licenciements d'une main et empochaient leurs stock- options de l'autre ?

Ici aussi, il y avait des golden boys formés à Georgetown, l'esprit libre et l'âme non corrompue. Leurs épouses assortissaient sans complexe leur minaudière Vuitton aux créations vaporeuses d'un styliste local. C'était l'Afrique qui avance, ignorant superbement les sombres pythies qui voulaient l'engloutir dans les entrailles de la damnation éternelle. Pour Elliott, le spectacle était beau et régénérant.

Tout en entreprenant Miss Burkina, Kaboré lui avait déjà présenté un ponte de l'import-export, le patron de la RATP locale, et le directeur général du principal opérateur téléphonique du pays. « Ne les lâche pas, ils ont un budget quasi illimité pour le sponsoring ! » lui avait-il glissé en préambule. Elliott débitait chaque fois sa tirade mensongère en se demandant jusqu'où elle le conduirait, tout en pressentant que cela ne lui ramènerait pas Céleste. Mais le Tout-Ouaga était là, aussi s'était-il mis à espérer entrevoir sa silhouette. Il n'avait même pas réfléchi à ce qu'il lui dirait. Si elle apparaissait maintenant, il aurait l'air d'un con, planté là avec sa brochette de cabri.

Soudain, quelques murmures s'élevèrent dans l'assemblée. Protégé par un rempart de gardes du corps qui arboraient tous un complet italien trop exubérant pour leur fonction, un petit homme gominé fendait la foule. Par un hasard sans doute météorologique, les cocotiers tendirent leurs rameaux vers lui. Un hibou brava le halo des projecteurs pour manifester sa joie. Sans doute un griot réincarné.

– C'est le frère de la première dame, expliqua Kaboré tout en faisant un sort à sa huitième coupe de cristal-roederer. Il pêchait de la friture frelatée dans les lagunes de Lomé jusqu'à ce que sa sœur épouse le chef de l'Etat. Vraiment, les hasards de la vie sont cléments envers certains. On l'a peu vu jusqu'à présent : il était en goguette dans tous les repaires de jet-setters. Mais un jour, il s'est fait pincer avec quelques substances illicites dans son Falcon lors d'une escale à Paris. Les services secrets français ont étouffé l'affaire, mais il est *persona non grata* aux States. Il fait donc la vedette ici. Je ne devrais pas te dire tout cela, fit mine de s'inquiéter Kaboré, que l'alcool rendait enclin au tutoiement et à la confidence. Si tu es un espion de Ouedraogo, je vais avoir des ennuis !

– Vous savez, la vie d'espion est bien trop compliquée pour moi, le rassura Elliott. Vous connaissez personnellement le frère de la première dame ? s'enquit-il, soudain plein d'espoir. Si vous me le présentez, je pourrai peut-être le sensibiliser sur la fondation et demander son aide pour un rendez-vous avec Mme Ouedraogo.

– Pesez vos mots, conseilla Kaboré. Il faut demander une audience, pas un rendez-vous, ça fait maquignon. Flattez, faites des courbettes et des révérences. Avec lui, il n'y a que cela qui marche.

Flatter ? Elliott le fier, l'homme qui avait choisi pour posture d'emmerder le monde ? C'était beaucoup lui demander. Heureusement, Kaboré lui facilita la tâche. Il s'infiltra avec une remarquable aisance entre le mur de gorilles et court-circuita la camarilla qui suivait.

– Excellence ! Comment se porte l'homme le mieux habillé du Burkina ?

– Camarade Kaboré ! Attention, tu vas vexer mon beau-frère ! Alphonse Aneho, ravi de sa boutade, eut un rire cascadant.

Leurs mains se heurtèrent en un salut compliqué sauce hip hop.

– Dieu m'en garde ! Le Président c'est le Président, n'est-ce pas ? Il est au-dessus de la compétition !

Alphonse Aneho s'esclaffa si vigoureusement qu'il faillit en avaler son Cohiba.

– Kaboré, le plus grand trader burkinabé, le tycoon de Ouaga ! Il lui donna unc grande accolade. Quand est-ce que tu ouvres une grande Bourse ici ? Il faut balayer Wall Street, les Dow Jones et autres Cac 40, il faut leur montrer que nous aussi, ici, on peut jouer avec les millions !

Georges Kaboré orienta habilement la suite de la conversation.

– Excellence, ça viendra. Tu sais, un pays pour être grand doit aussi s'intéresser à la culture. Je te présente justement un homme d'affaires très bien, Elliott Marie-Rose, il vient de France mais il est antillais, il a grandi au Mali, bref il est des nôtres, et il a un projet qui va t'intéresser.

Elliott se résolut à jouer les lèche-bottes, mais avec pompe : ça impressionnait toujours les gens de basse extraction.

– Je sais qu'en homme érudit vous êtes très engagé dans la culture, commença-t-il. Georges Kaboré a raison. Regardez l'Inde, c'est un pays émergent qui, parallèlement à son expansion économique, inonde la planète avec ses films *made in* Bollywood. Le Burkina est le fer de lance du cinéma africain. Pourquoi n'y aurait-il pas un Ouagawood ? Je suis porteur d'un projet dans ce sens, initié par un mécène français qui souhaite s'associer avec des bienfaiteurs burkinabés. Je sais votre sœur très impliquée dans les arts, tout comme vous l'êtes. Puis-je solliciter votre intervention pour obtenir une audience avec elle ?

Alphonse Aneho leva un œil suspicieux :

– On ne rencontre pas ma sœur comme cela, il faut d'abord que je voie si votre projet est solide.

C'était loin d'être gagné. Kaboré vola au secours d'Elliott.

– Excellence, t'ai-je déjà présenté des fumistes ? Je suis sûr en outre que monsieur Marie-Rose serait comblé de te voir accepter des fonctions honorifiques dans sa fondation, alors autant en discuter directement à trois, la première dame, lui et toi. C'est plus simple, plus rapide, et comme tu le sais, le temps, c'est de l'argent. Ne t'appelle-t-on pas l'homme pressé ?

Alphonse Aneho coula un œil mauvais vers Georges Kaboré, puis, satisfait de son effet, éclata de rire.

– Kaboré, tu me connais trop bien, tu me parles trop bien, un jour tu auras des problèmes !

Il héla un de ses laquais :

– Cigare !

Aussitôt, un barreau de chaise se matérialisa devant lui en remplacement du précédent à demi consumé. Il prit le temps de l'allumer, aspira une longue bouffée, et apostropha un deuxième valet :

– Donnez une carte au monsieur.

Puis il se tourna vers Elliott :

– Appelez-moi demain. Nous verrons. A bientôt Kaboré, l'homme d'action et d'obligations !

Alphonse Aneho le gratifia d'un rire gras, d'une étreinte virile, et tourna les talonnettes.

L'heure des zouk love était venue. Quelques jeunes filles faussement sages lançaient des œillades, assises autour de tables de jardin en fer forgé, prêtes à ensorceler d'un kolé séré explicite le gentilhomme qui les inviterait à danser. Il n'y avait que des princes charmants ici : des ministres, des hommes d'affaires, des escrocs de haut vol, du lourd. Il était minuit passé, mais les cendrillons noires étaient toujours de la fête. Les citrouilles ne poussent pas au Burkina Faso.

Kaboré invita Elliott à goûter aux fleurs locales, mais celui-ci déclina poliment. Il n'allait pas commencer à tromper Céleste avant même de l'avoir reconquise. S'il ambitionnait d'être un autre homme, il était temps qu'il se débarrasse de quelques mauvaises habitudes. Il s'arracha donc aux charmes de cette nuit capiteuse et glissa dans un sommeil ouaté peuplé de songes heureux.

Le lendemain fut plus coriace. Il tenta en vain de joindre Alphonse Aneho. De dépit, il appela Kaboré qui lui servit l'incontournable : « Il faut être patient en Afrique. » Le soir, il fit la tournée des dancings où s'ébrouent les touristes, dans l'espoir d'apercevoir Céleste. De retour à l'hôtel, les bras ballants, il s'affala devant le téléviseur. Une chaîne ivoirienne relatait un drame que le journaliste reliait aux attentats de Ouagadougou et de Niamey : le consul espagnol à Cotonou avait été poignardé par un type halluciné qui n'avait pas opposé la moindre résistance lorsqu'on l'avait arrêté. Depuis, il restait muet, et semblait drogué, comme possédé par une force étrange. Les Béninois si férus de mondes occultes ne manqueraient pas de trouver une dimension surnaturelle à ce sordide fait divers, songea-t-il. Désormais, pour lui, il ne faisait aucun doute que Céleste enquêtait sur ces affaires. Elle avait pris une sacrée avance sur tous les journaleux occidentaux qui ne s'intéressaient à l'Afrique que lorsque la barre des dix mille morts était franchie.

Abandonné sur la table de chevet, son portable lui renvoyait l'écho sourd d'un sonar. Un texto l'attendait. Le numéro qui s'affichait sur l'écran lui était inconnu, et le message sibyllin lui parut d'abord énigmatique : « Djinn de K. » Il crut d'abord à un spam, un pourriel, une scorie satellitaire. Mais ce nom étrange qui n'aurait rien dû lui évoquer se mit à trotter dans sa tête comme un gimmick familier. Il secoua les puces de sa mémoire, convoqua ses souvenirs, rien. Et puis, soudain, l'illumination.

– Cette salope de Céleste ! Bon sang mais c'est bien sûr !

C'était quelques mois avant leur rupture. Après son périple dans le sillage de la-jet set internationale, Céleste voulait entamer un nouveau carnet de route, plus intime, moins superficiel, autour des légendes de l'Afrique urbaine, pour en finir, disait-elle, avec ces putains d'histoires de vieux sage, d'enfant et de tortue qui court plus vite que le lièvre sous les baobabs centenaires. En finir, s'emportait-elle, avec cette Afrique immémoriale dont se gorgeaient les toubabs en mal d'exotisme, et les journalistes en quête de certitudes dans ce monde incertain qu'ils étaient censés décrypter. Elle s'était lancée dans une tirade exaltée :

– Je veux désormais sillonner l'Afrique verticale, celle des shopping centers et des bidonvilles où fermente dans la douleur la modernité, l'Afrique du bitume, des gendarmes couchés pour freiner la circulation, des climatiseurs bruyants et des bars de lap dance où les filles rêvent de Las Vegas en s'entortillant autour de barres de récupération, rouillées par l'humidité, rongées par le musc du mâle en rut, l'Afrique du bitume où, aux feux rouges, lorsqu'ils sont en état de marche, des mendiantes boiteuses font crisser leurs ongles sales sur les vitres fumées des Hummer dans l'espoir qu'elles s'entrouvrent et crachent quelques pièces, l'Afrique qui démultiplie les fils électriques pour alimenter, grâce à un seul compteur et son abonnement dûment réglé, douze concessions, un quartier entier, où grésillera jusqu'aux heures interlopes un écran de télévision posé sur un vieux bidon originaire du port autonome de Lomé, ayant jusque-là servi à transporter quelque marchandise polluante, recyclé en autel pour communion cathodique administrée à des ribambelles de téléspectateurs sis à Bagadadji et parvenus, au terme de discussions acharnées, à un consensus sur la chaîne à regarder ce soir-là, Canal Horizons, pour le match Leverkusen-Bayern de la Bundesligue.

– Respire, Céleste, lui avait-il répondu, un peu ébranlé par sa véhémence. Je ne sais pas ce que tu as fumé avant de venir, mais tu as déjà ton manuscrit dans la tête.

– Mon synopsis et ma note d'intention pour l'éditeur, en fait. Un peu brouillon encore, mais je le connais par cœur.

– Qu'est-ce qui pousse les habitants d'un quartier de Bamako à regarder des matchs du championnat allemand ? avait-elle poursuivi. Et même s'il n'y a pas d'explication, n'est-ce pas tout aussi digne d'intérêt qu'une histoire de génie apparu en rêve à un pêcheur bozo ? Comment prétendre comprendre l'Afrique d'aujourd'hui si on la coupe du monde qui l'entoure ? C'est aussi vain que de la déconnecter de son passé épique. Le trait d'union, ce sont les légendes urbaines. Tu me suis ?

– J'essaie, avait répondu Elliott, dubitatif.

Mais où aller les débusquer ? Se transmettaient-elles de griot en griot ? Se consignaient-elles dans les recueils de contes d'écrivains anthropologues ? L'invisible était-il soluble dans la ville ? Céleste voulait examiner les survivances des croyances ancestrales en milieu urbain, observer leur télescopage avec les mythes de la ville, l'argent, les villas climatisées, les baskets américaines. Elle était un peu partie en vrille, et Elliott l'aimait aussi pour ces moments de folie.

– L'avenir de l'homme se joue dans les villes africaines, disait-elle. La civilisation occidentale est moribonde, prise au piège de la consommation. La civilisation musulmane tout autant, prise au piège du radicalisme. Seule l'Afrique affranchie des lourdeurs de la communauté villageoise peut incarner la liberté. Dans la ville africaine, se trouve le germe du futur, les ferments des idéologies de demain.

C'est à la troisième coupe de piper-heidsieck cuvée sauvage, au Ritz, dans le velours rubis du bar à champagne, que Céleste était parvenue à cette conclusion. Elle faisait partie de ces rares individus qu'une dose raisonnable d'alcool rend extralucide. Le champagne est le seul vin qui laisse la femme belle après l'avoir bu, disait Mme de Sévigné. Et intelligente, aurait-elle pu ajouter. Mais ce n'est pas ce qu'on leur demandait, à l'époque. Pas plus qu'aujourd'hui, d'ailleurs.

Quelques semaines plus tard, le manuscrit était toujours au point mort. Elliott avait fait remarquer à Céleste la difficulté qu'elle avait à coucher par écrit ses élans anthropologiques. Son premier livre tenait d'ailleurs du miracle : Céleste, ce courant d'air, ne se posait jamais longtemps, surtout devant un bureau. Elle écrivait ses articles entre deux avions, dans des salles d'attente d'aéroports, au cœur du mouvement. Ecrire un livre supposait pour elle s'en extraire, alors elle temporisait.

Elliott avait lâché cette pique pour l'aiguillonner. Il le savait, elle serait vexée. Mais il fut surpris qu'elle réagisse aussi vite, dès le lendemain. Dans sa boîte électronique, l'attendait un mail prometteur : « Le point G est à Bamako. »

Suivait une nouvelle baroque, entre conte de fées et film X. Ce n'était pas blanche fesse et les sept mains, mais la Belle au bois dormant qui s'envoyait en l'air avec un génie, un farfadet, un troll, bref une créature surnaturelle à la queue conséquente. La clef de voûte se situait à Bamako dans la grotte du point G, et s'achevait par ce post-scriptum :

« Je t'assure qu'il existe bel et bien une grotte du point G à Bamako, et tout un quartier même. Si ce n'est pas une légende urbaine, ça, et l'origine des mondes à venir ? »

Toute cette conversation lui revenait en mémoire, mot pour mot, et surtout l'essentiel : l'amant priapique de la Belle au bois dormant s'appelait le Djinn de Koulikoro. Le Djinn de K.

Elle était à Bamako, cette chienne. Elle avait beau avoir une âme de porcelaine, il avait souvent envie de la traiter ainsi. Ne s'était-elle pas avilie jusqu'à la lie, à quatre pattes, dans les alcôves moites des Chandelles, sa main agrippant la sienne comme un ultime rempart avant le vertige sidéral, tandis que sa bouche retenait un membre gonflé et endolori par le ferme labourage de ses dents, jusqu'à ce que petite mort s'ensuive ?

Malgré l'heure tardive, Elliott appela Fabien à Paris. Avait-il, lui aussi, reçu des nouvelles de Céleste ? Négatif. Alors son cœur s'emballa, car un méchant scénario se profilait dans sa tête : Céleste, prisonnière quelque part. Déjouant l'attention de ses geôliers. Subtilisant un portable. Il faut faire vite. Elle envoie un message court, compréhensible seulement pour le destinataire, au cas où elle n'aurait pas le temps de l'effacer de la mémoire. *Exit* Koulikoro. Trop long, et surtout trop précis : Koulikoro, c'est le port de Bamako, d'où partent les vieux rafiots qui remontent le fleuve Niger.tj;1

Mais pourquoi l'appelait-elle à l'aide, lui ? Parce qu'elle ne voulait pas affoler sa famille ? Ou parce qu'elle l'aimait encore ? Elliott se raccrocha à cet espoir fou. Au diable l'hypothétique audience avec cette diva de Cassandra. Demain, il irait à Bamako. Retrouver Céleste dans cette ville où il avait perdu une partie de lui-même, un soir de juillet 1976, dans un cimetière détrempé par les pluies de l'hivernage.

24

Cassandra

Ha ! Comme je ris de les voir si veules en ce miroir !

« Fais attention, beau-frère, j'ai des yeux partout. » Voilà ce que j'avais dit à Elio le jour de son mariage avec Céleste, pour le menacer un peu, qu'il ne croie pas qu'il avait épousé la fille de l'homme invisible, la sœur du génie voyageur qu'on ne retrouve jamais, l'amie de personne.

Quand il s'abîmait dans la petite chatte adultérine de sa bordelle de bureau climatisé, Elio avait oublié ce que je lui avais dit. Quand il déchargeait dans un orifice illicite pendant que ma sœur tentait, sur les routes du monde, d'écrire son destin, il avait oublié aussi. Pour ce putois jaune, ma chicotte devra être bien solide lorsqu'il se présentera sous mes yeux, pensais-je encore tout récemment en ruminant mon ressentiment.

Et voilà que – aubaine ! – il toque à la porte de mon palais de la manière la plus grossière qui soit : à peine arrivé à Ouaga, il demande à la réception de son hôtel le numéro de téléphone du palais présidentiel. Même un avatar idiot de James Bond ne s'y prendrait pas aussi mal. Et il se targue d'être spécialiste de cinéma ! Bref, le réceptionniste qui, comme chacun sait ici, travaille pour les services secrets, a aussitôt rapporté à qui de droit cette requête parfaitement incongrue ainsi que l'identité de son auteur. Voilà comment j'étais au courant de son arrivée bien avant qu'il ne mette en branle des filières plus raisonnables pour entrer en contact avec la première dame du Pays des hommes intègres, si l'on excepte mon mari et toute sa clique : par le biais de ses relations romaines, il a rencontré l'ambassadeur d'Italie, l'a carotté avec un récit larmoyant selon lequel son ex-femme est peut-être prisonnière des rebelles touareg qui opèrent chez nous au nord à la frontière avec le Mali, qu'il doit sensibiliser la première dame qui se trouve être la meilleure amie de son ex-femme... Reconnaissons-lui cette capacité toute neuve à se bouger le derrière dès lors qu'il s'est fixé un objectif. L'Afrique lui fait du bien, à moins que ce ne soit Céleste. L'ambassadeur a saisi Delcassé, le conseiller spécial de mon mari, et Delcassé, ce vieux grigou dans lequel doit loger l'âme de Jacques Foccart depuis que son corps pourrit sous terre, m'a transmis cette requête.

J'ai aussitôt fait la danse de la joie sur le sol en marbre de ce palais si triste que, à côté, le mausolée de Lénine c'est Las Vegas. Enfin de l'action ! Du rififi ! De la castagne ! J'allais pouvoir le corriger comme il se doit. La nuit même, j'ai envoyé deux colosses de la garde présidentielle au Sofitel Ouaga

2000 le tirer de son lit à 3 heures du matin, histoire qu'il implore un peu sa mère. Ils se sont d'abord montrés courtois, expliquant que l'heure était incongrue, mais que j'avais souhaité le voir dès que j'avais appris sa présence. Quand il est arrivé au palais, je lui ai montré la magie. Je l'ai fait mariner le reste de la nuit dans une dépendance, une pièce verrouillée de partout avec des barreaux aux fenêtres. Tout était soigneusement mis en scène. Les gardes l'ont un peu rudoyé, car il fallait bien vérifier ses intentions. N'importe qui ne peut pas demander à voir la première dame comme ça, et s'il était un espion de ce grand toto de Berlusconi, un agitateur étranger venu déstabiliser le régime ? Il a tempêté, exigé d'appeler son ambassade. J'avais demandé que l'on installe une caméra de surveillance, j'ai veillé pour ne rien perdre de cette scène savoureuse. Puis nous lui avons laissé quelques heures de répit. Moi-même j'ai dormi quelques heures et, fraîche et dispose, je l'ai reçu au petit déjeuner. Il avait fort mauvaise mine, je dois dire.

– Mon cher beau-frère ! Bonne arrivée, comme on dit chez nous à Ouaga. Viens, prends place, fais comme chez toi. Tu dois avoir faim, j'ai cru comprendre que ta nuit avait été quelque peu agitée. Café, saumon fumé, pancakes, grenades à la menthe ? Sers-toi, et si ce que tu veux n'est pas sous tes yeux, n'hésite pas à demander.

L'effronté, au lieu de marquer tout le respect que l'on doit à une première dame, a commencé par déverser sa mauvaise humeur.

– Cassandra, épargne-moi tes salades. C’est pour m’humilier que tu m’as fait rudoyer toute la nuit.

Je l’ai recadré direct, ce pendard.

– Elio, j’ai peut-être un jour dormi sous ton toit à Milan à l’invitation de Céleste, mais, ici, tu es dans un palais présidentiel et tu t’adresses à l’épouse d’un chef d’Etat. Je te prie de respecter un minimum l’étiquette. Je te rappelle également que, potentiellement, tu as foncé tout droit dans la gueule du loup. Ou plutôt du crocodile. Il y a une mare très prisée des touristes à quelques kilomètres d’ici dans laquelle batifolent quelques dizaines de nos vénérables sauriens. Si tu ne te calmes pas tout de suite, je peux pourvoir à leur déjeuner sans aucun scrupule. Et je te préviens tout de suite, ton ambassade ne lèvera pas le petit doigt : les Italiens espèrent qu’on leur confiera l’exploitation des gisements d’or qu’on vient de découvrir à Yougo.

J’ai marqué une pause théâtrale pour que la suite fasse encore plus d’effet :

– Un touriste qui glisse dans la mare… un accident est si vite arrivé.

Il est devenu comme un galet de lessive Omo. Plus blanc que blanc. C’était jubilatoire de voir ce chocotteur aussi désemparé qu’un pangolin au-dessus d’une marmite d’eau bouillante. Je jubilais, et ce n’était que le début. J’avais bien l’intention de le laver, le récurer, le frotter, l’amidonner et le pendre à un cintre. Car il y a une chose que je ne tolère pas, c’est qu’on manque de respect à Céleste. Moi, il y a longtemps que je ne suis plus respectable, alors ce n'est pas grave si on s'essuie sur moi de temps en temps. Mais elle, pas touche.

Il a répondu le plus calmement possible. Pourtant sa voix tremblait comme la fesse épaisse d'une danseuse de mbalax.

– Je sais que tu ne m'aimes pas. Je sais que j'ai plein de torts, mais je suis là pour me racheter, et je mérite un minimum de clémence, tu ne crois pas ?

J'ai fait mine de me radoucir :

– Ça va, on n'est pas à ton procès… Tant que je ne l'ai pas décidé. Mais, cher beau-frère, avant d'écouter tes doléances, permets-moi de te rappeller ce que je t'ai dit au mariage : Prends soin de ma sœur, sinon tu me trouveras.

– J'ai compris beaucoup de choses depuis. Je suis prêt à tout pour que Céleste me pardonne. Mais pour cela, il faut bien que je la retrouve. Personne, ni à Paris ni en Italie, n'a de ses nouvelles. Tu es sa meilleure amie. Tu dois savoir où elle est.

– Si d'aventure je sais où elle est, pourquoi je te le dirais ? Tu l'as laissée en pièces. Nous tous autour d'elle, on s'est évertués à recoller ses morceaux, alors tu vois, ma mission c'est de la protéger. Qu'est-ce qui me dit que tu ne lui feras pas encore du mal ? Le serpent qui a mordu une fois peut croquer unc deuxième fois.

Même apeuré et ensommeillé, Elio ne perdait pas son sens de la rhétorique.

– Si tu me réponds ainsi, c'est que tu sais où est

Céleste. Sinon, tu aurais commencé par t'inquiéter de sa disparition.

C'était bien envoyé. Mais à rhéteur, rhéteur et demi. L'homme-ci me minimisait ou bien ? J'ai continué de le railler.

– Nous avons donc l'inspecteur Colombo en personne à Ouaga, chic alors ! Mais dis-moi, en quoi penses-tu avoir changé depuis ta débandade ?

– C'est difficile à expliquer, tu sais.

– C'est un peu court comme réponse, surtout si tu veux revoir Céleste.

Là, il a lâché son missile sol-air. Saperlipopette, même radio-trottoir n'aurait pas imaginé un tel insolite. Sa révélation était si énorme qu'elle m'a fait hurler de rire. Dieu, que je m'amusais depuis quelques heures ! Même les satiristes du *Cafard déchaîné* ne m'ont jamais divertie ainsi. L'affaire exigeait vraiment quelques éclaircissements. Je l'ai laissé dérouler son récit. Les Africains ont une propension inextinguible à faire des enfants dehors, ce qui donne en général des maux de tête à toute la famille lorsque l'auteur du forfait décède. Souvent, on a identifié, entre les enfants légitimes et ceux des deuxième et troisième bureaux, une petite dizaine de rejetons. Mais voilà qu'à peine le cadavre refroidi surgissent du fin fond du quartier quelques femmes portant encore la progéniture de la discorde sur le dos, prouvant avec force détails scabreux que le gamin avec la morve au bec est bien l'enfant du disparu, et qu'il faudrait donc veiller au partage équitable de l'héritage. Résultat, au lieu de pleurer le mort, on boxe autour du cercueil. Bref, chez nous, c'est la routine. Mais ça alors, je ne savais pas que les Blancs aussi accouchaient d'enfants aux origines douteuses, et je suis tombée des nues lorsque Elio a raconté son histoire. Cette famille bien comme il faut qui s'écroulait. Cette sœur un peu d'ici, qu'il culpabilisait d'avoir si peu comprise, et mise de côté. Je compatissais presque, même si je n'en ai évidemment rien montré. Je vous livre en effet mon commentaire à l'issue de son histoire.

– Dommage que ce ne soit pas toi le Noir dans l'affaire, je t'aurais crevé l'œil et tu serais devenu la réincarnation de Sammy Davis Jr. Noir, juif et borgne !

Mon délicieux trait d'esprit ne l'a pas fait rire du tout. J'ai poursuivi sur un registre plus digne.

– Plus sérieusement, tu penses que le fait d'avoir du sang noir dans ta famille te rapproche de Céleste ? Que cela t'aidera à appréhender sa négritude que tu as toujours piétinée ?

– C'est exactement ça. Tu sais, ça me fait du bien de parler à quelqu'un qui comprend ce que je ressens.

J'avais encore envie d'être un peu dure avec lui.

– Ne me flatte pas, je ne suis pas dupe. Ton explication n'est pas convaincante. Cette histoire de métamorphose intérieure, tu peux la réserver à ton psy. Mon cher, tu as beau avoir désormais du sang noir dans ta famille, tu restes blanc. La couleur, c'est ce qui se voit en premier. C'est ce qui te condamne ou te façonne, ce n'est pas une coquetterie inventée par Dieu un soir de désœuvrement. Quand Dieu a créé l'homme, il ne maîtrisait pas la complexité du devenir, les fragmentations sociales et culturelles. Dieu a choisi de créer l'homme enchaîné à sa couleur, inégal, sinon il nous aurait tous faits vert amande ou jaune citron. Toi, tu affiches la couleur blanche, tu auras toujours un ressenti et un vécu de Blanc car tu seras toujours perçu comme tel.

Elio ne s'est pas démonté, même s'il s'agitait, on aurait dit un panier de fourmis magnan.

– Je ne suis pas d'accord avec toi. Peut-être que je serai toujours perçu comme tel, mais moi, désormais, je regarderai le monde autrement. J'ai longtemps couru après une identité vaguement juive, aujourd'hui j'ai l'impression d'avoir tous les éléments pour me construire enfin un socle solide, sauf un.

– Et donc, si je te suis bien, Céleste se résume pour toi à une brique ? Tu vas l'utiliser pour assembler le puzzle ? T'en servir ? Et qu'est-ce que toi tu vas lui donner ? En somme, c'est par égoïsme, encore une fois, que tu la cherches ?

– Je veux au moins lui dire que je reconnais et regrette tout le mal que je lui ai fait. La suite n'appartient qu'à elle.

Il y a des coïncidences troublantes dans la vie. C'est le moment que choisit mon frère pour émerger. Sa nuit aussi avait été agitée, il avait festoyé jusqu'à point d'heure chez je ne sais plus quel grand type. Il s'était affalé sur une chaise et avait réclamé à mon majordome un double expresso. Il était là, tout avachi, à mordre son croissant les yeux encore morveux, et à consulter sa messagerie de portable, signe qu'il était quand même un peu réveillé. Et le voilà qui lance soudain :

– Au fait, j'ai rencontré un gars à la fête de Kossouka. C'est le deuxième message qu'il me laisse ce matin. Un Antillais, qui était assez haut placé en France au ministère de la Culture. Il veut créer une fondation pour le cinéma africain ici, avec des capitaux privés. Moi je dis, c'est louche. D'habitude, les Français ne financent que ce qui peut servir leurs intérêts. Bref, il veut te rencontrer. (Il ricana.) Les Antillais ont toujours des noms bizarres, celui-ci s'appelle Marie-Rose, comme l'antipoux. Et Elliott, comme le gros dragon vert.

Elio n'a pas relevé. Trop en vrac. Moi j'ai fait un bond discret sur mon siège : même Spielberg n'aurait jamais imaginé ce coup de théâtre ! Les deux soupirants de Céleste courant l'Afrique à sa recherche, le Blanc qui découvre une Noire dans sa famille et le Noir qui voulait être blanc. Les Pieds Nickelés, version United Colors of Benetton. Elliott Marie-truc, lui, j'allais le convoquer dans l'heure. Mazette, comme ils disent là-haut, c'était une bien belle journée que je vivais là ! En attendant, il était temps d'en finir avec Elio. Il avait mérité son susucre, son os à ronger, il était temps de lui lancer un appât, mais pas trop succulent. Après, qu'il se débrouille, son initiation africaine ne faisait que commencer, il allait voir ce qu'il allait voir.

– J'aime Céleste, mais il faut admettre que cette fille a toujours cherché les problèmes. Elle s'est mis en tête d'enquêter sur les attentats qu'il y a eu, ici, au Silmandé, et au Niger tout récemment, et ce bien avant qu'ils ne surviennent. Elle avait déjà flairé un truc louche, l'année dernière, au Bénin. Or, crois-moi, il y a des lièvres qu'il ne faut pas lever. J'ai essayé de la dissuader de poursuivre son investigation, mais tu la connais, à côté d'elle une mule est un agneau. Elle devait aller à Bamako remonter une piste. Je lui ai juste fait promettre de me dire où elle se trouvait. Mes gars pourraient ainsi la pister discrètement. Elle a compris que je voulais la faire suivre et m'a dit qu'ainsi tout capoterait. Du bout des lèvres, elle s'est engagée à m'appeler tous les deux jours.

– Elle n'a pas de téléphone là-bas ?

– Elle m'a donné un faux numéro. Tant pis, je veille quand même sur elle, et surtout sur son avenir.

J'avais fait mouche, Elio semblait intrigué.

– Que veux-tu dire par là ?

J'avais instillé la peur et le mystère dans son esprit, je n'allais pas saborder une si splendide entreprise par une phrase de trop.

– Le malheur engendre parfois le bonheur. Ce sera mon dernier mot. Soupèse-le bien. L'audience est terminée.

Elio se résigna.

– Merci, Cassandra. Je vais prendre le premier vol pour Bamako.

Je n'ai pas résisté au plaisir de lui infliger un dernier coup de pression pour la route.

– Fais attention à toi, beau-frère. Niamey, Ouaga, bientôt peut-être Bamako… la chasse aux Blancs a commencé.

25

Elliott

Dieu recrute ses ouailles dans le ciel : Elliott le mécréant se signa lorsque le MD87 de la West African Airlines se posa enfin sur le tarmac de l'aéroport de Bamako-Sénou, après une escale à Abidjan et deux atterrissages d'urgence à Bouaké.

La première fois, le pilote avait, d'un ton neutre, évoqué un problème technique. L'avion avait promptement effectué ses manœuvres d'atterrissage, et les oreilles des passagers avaient protesté. L'appareil, trop gros pour un aéroport secondaire d'un pays de troisième zone, avait dû freiner des quatre fers sur la piste de Bouaké, mais tout s'était déroulé sans panique excessive. Avait alors commencé une longue attente, au sol. Assis à l'avant de l'appareil, Elliott avait vu monter un technicien muni d'un aspirateur qu'on entendit bientôt vrombir dans le cockpit. Était-ce bien le moment de briquer les placards ? Le commandant avait-il renversé son café sur le tableau de bord ? Elliott entreprit de percer ce mystère aérodomestique, et tenta sans succès de soutirer des informations au steward, lequel, pour endormir sa méfiance, lui proposa une coupe de champagne.

Enfin, le technicien redescendit au sol avec l'aspirateur, et l'avion put redécoller. Las, il fit demi-tour avant même d'avoir atteint sa vitesse de croisière. « Nous sommes obligés de retourner à Bouaké », fit le commandant d'une voix blanche, ce qui, venant d'un pilote ivoirien, n'augurait rien de bon. Cette fois, la descente se fit en piqué et tout en vibratos. Quelques masques à oxygène churent, déclenchant des cris de goret. Elliott ne pipa mot. Simplement, ses bras se crispèrent sur les accoudoirs, et la mince fente de ses yeux, cet unique interstice par lequel sourdaient ses émotions, se ferma tout à fait. Il promit à ses entrailles, s'il sortait vivant de cet avion en perdition, de ne plus éviter la route du bonheur. Quand tout va bien, les névroses nous aiguillent sur de mauvaises pistes. Mais lorsqu'on est à deux doigts de finir la cervelle explosée à Mach 2 dans une plantation de cacao, certains voient la lumière blanche du tunnel de la mort, d'autres l'éclat de la lucidité, à chacun sa *Near Death Experience*. Elliott se jura, s'il en réchappait, de se marier avec Céleste, de lui faire des enfants qui, dans les salons parisiens, seraient fiers comme des guerriers dimbas. Il convint aussi de faire le trajet jusqu'à Bamako par la route, à dos de zébu s'il le fallait.

Lorsque l'appareil se posa de nouveau à Bouaké, un bref coup d'œil sur son Lonely Planet le dissuada d'envisager cette option. Pour se rendre à Bamako, il fallait repasser par le Burkina Faso. Les routes étaient hypothétiques, et la sécurité, malgré la fin officielle de la guerre civile ivoirienne, aléatoire. Incapable de se couler dans le fatalisme ambiant, il tempêta, exigea de voir le commandant pour une explication.

L'homme qui avait pour mission de les conduire sains et saufs à Bamako consentit à sortir de son repaire. Bonhomme mais évasif, il lui assura que le problème serait réglé rapidement.

– Comment, après deux demi-tours d'urgence, pouvez-vous nous assurer que, cette fois, nous arriverons à bon port ?

Le commandant leva les yeux au ciel dans un geste de ferveur ou d'agacement.

– Encore une fois, je peux vous assurer que nous ne partirons pas tant que l'incident ne sera pas résolu. Après, vous savez, nous sommes tous entre les mains de Dieu…

Que répondre face à cette désarmante invitation à la foi ou à la résignation ? A quoi bon vouloir découper ce bigot volant en rondelles de saucisson pur porc, maudire Babouche Airlines et ses zingues aux pièces de Boeing *made in* Nigeria ?

Pour oublier sa fin, probable, la mort au bout d'un boulon frelaté, Elliott décida de picoler. C'était d'ailleurs le programme qu'il s'était fixé avant d'embarquer, et il avait choisi la classe affaires à dessein, même si, au départ, il ne s'agissait pas d'oublier la mort à venir, mais de tenir le choc lorsqu'il arriverait à Bamako, sa terre natale et, peut-être, celle de sa renaissance.

Enfin, la pétaudière à réaction chut sur la piste de Bamako-Sénou. Quelques passagers peu rancuniers applaudirent. Elliott expira de soulagement. Les trémolos du retour, ce serait pour plus tard. Lorsqu'il retrouverait Céleste, car il ne pouvait pas en être autrement, il se retiendrait de lui foutre une raclée, pour être tombé dans de pareilles chausse-trappes à cause d'elle. Mêlé aux vapeurs de kérosène, l'alcool lui montait à la tête. Le vent sec en accentuait les effets. Il vacilla légèrement sur le tarmac en surchauffe.

Il rentrait chez lui, mais toutes ses pensées allaient vers Céleste. En dépit de l'inquiétude qu'avait provoqué « Djinn de K », ce sms sibyllin, une érection incontrôlée le surprit, fort heureusement masquée par les plis de sa chemise en lin. Cette fille est une sorcière, pensa-t-il, elle m'empêche de pleurer en cet instant magnifique et déroutant, je veux faire l'amour avec elle dans le fleuve Niger, au diable la bilharziose et les hippopotames, ensuite je l'épouserai un dimanche à Bamako, cette enculée aux ailes d'ange, et peut-être ne repartirai-je jamais, et nous finirons nos jours ici, sous l'aile protectrice et concupiscente du Djinn de Koulikoro.

Et puis l'odeur le rattrapa. Et sa mémoire olfactive le dégrisa. Il huma l'air à pleins poumons. Le tarmac ne sentait plus le bitume en fusion, il était chargé des effluves fleuris des bougainvillées qui prospéraient sur le mur d'enceinte de leur villa coloniale, du parfum acide du bissap* de son enfance, et du grésillement musqué de la dibiterie* où sa mère achetait, enveloppés dans du papier rêche, des quartiers de mouton pimentés, lorsqu'il n'y avait pas de restes à réchauffer le soir. Terrassé par l'émotion, il fut à deux doigts de fuir, de remonter dans l'avion qui poursuivait sa route vers Dakar. Arrivé là-bas, il se réfugierait dans la plus anonyme des chambres d'hôtel, et noierait ces relents d'enfance saccagée dans les plumes d'oie d'une literie standardisée.

Mais il chassa ce trouble, retrouva sa solidité, et se dirigea vers le hall d'arrivée. Un ventilateur poussif tentait en vain d'empêcher les voyageurs de se liquéfier. Elliott connaissait désormais la chanson : se cramponner à ses bagages ; lutter contre la nuée de porteurs non autorisés ; repérer le chauffeur de l'hôtel, et sa pancarte sur laquelle il fallait déchiffrer son nom orthographié n'importe comment, pousser un chariot à la direction aléatoire. Eviter les Arsène Lupin des duty free, balayer le sens de culpabilité de l'Occidental agrippé à ses valises remplies de biens superflus dont la revente nourrirait une famille polygame pendant un mois, éradiquer ce continent mental qui surgissait devant soi.

Rien ne lui était familier, hormis l'odeur, lorsqu'il quitta l'aéroport. Ni l'avenue à quatre voies qui le reliait au centre-ville, opulente et trompeuse, ni la remarquable fresque qui la longeait, et où s'étiraient des saynètes vaillamment dédiées à ralentir la progression du virus HIV. La navette parvint à un pont qui enjambait le Niger, et enfin, Elliott se sentit chez lui. Le fleuve lézardait encore, ultimes instants de nonchalance avant le combat titanesque contre les dunes, à quelques centaines de kilomètres plus au nord, vers Tombouctou et Gao, les capitales des anciens empires. Perchés sur un jet-ski, dans une salve d'écume, deux Blancs dribblaient un piroguier, faisait dangereusement tanguer la frêle embarcation. Dans le ciel trouble chargé de particules chimiques, à l'heure de la troisième prière, un touriste amateur de sensations fortes tournoyait au-dessus de son hôtel en parapente à moteur. L'Afrique n'était-elle pour eux qu'un gigantesque parc d'attractions, le déversoir de leurs fantasmes ? Le Niger était scandaleusement large. Dans cette Atlantide de vase et de limons, des capitaines de compétition et les tilapias bien charnus prospéraient sans l'aide pernicieuse des farines animales. Le fleuve nourricier, symbole des immenses ressources de l'Afrique, semblait défier toutes les Cassandre du continent. Que peut-il nous arriver à nous, enfants prodigues, lorsque ces eaux généreuses baignent nos flancs, impavides, dressées en rempart contre les soubresauts du monde ? Si Jésus a multiplié les poissons dans un marigot saumâtre, que risquons-nous, protégés par la gangue grasse de la rivière mère ?

De l'autre côté du pont, le chauffeur bifurqua et s'engouffra dans l'allée qui menait à son hôtel, le flambant neuf Kempiski, paquebot amarré sur les rives du Niger et financé, comme la plupart des nouveaux édifices de Bamako, par des capitaux libyens. La chambre d'Elliott semblait flotter au milieu du fleuve, bercée par les grillons. Il coupa aussitôt la climatisation, ce luxe conçu par un esprit vengeur et tiers-mondiste pour coller aux Blancs une angine carabinée dès leur arrivée en terre subtropicale. Ainsi allait l'Afrique, avec ses pauvres qui transpiraient, et ses riches qui grelottaient. Maintenant qu'il avait commandé son hamburger pommes frites ketchup mayonnaise, que lui restait-il à faire ? Penser ? C'était trop douloureux. Jouir ? Il n'avait personne sous la main. Aimer ? Il fallait d'abord retrouver Céleste.

Un bon bain était un compromis acceptable. Hélas, la baignoire de l'hôtel Kempiski de Bamako, pourtant membre d'une éminente chaîne hôtelière qui déployait ses fastes dans les magazines de papier glacé fièrement disposés sur la console imitation Wenge de sa chambre supérieure, était dépourvue de bouchon. Sans parler du bidet qui fuyait misérablement.

– Pourquoi ces chaînes agissent comme si l'Africain se contentait d'un idéal inférieur aux standards de l'hôtellerie internationale ? pestait Elliot en se frottant le dos, après avoir attendu une demi-heure qu'on lui apporte le bouchon de sa baignoire, et des serviettes propres.

Ces considérations de voyageur ploutocrate étaient fort commodes, elles l'empêchaient de gamberger. Béni soit le marketing global. Propre, restauré, débarrassé de ses vêtements que l'interminable vol sur West African Airlines à destination de Dakar avait imprégnés de Thiouraye, cet encens dont raffolent les belles Sénégalaises, il parvint enfin à se concentrer sur son objectif.

Primo. Demain, il rappellerait le consulat de Bamako, où officiait un ancien du ministère de la Culture avec qui il avait travaillé. Dès qu'il avait soupçonné que Céleste était à Bamako, il l'avait contacté. L'ex-collègue se renseignait pour savoir si elle était entrée dans le pays. *Secundo*, il devait retrouver monsieur Keita, un ami cher de son père, qui avait été un temps aux affaires. Monsieur Keita envoyait chaque année une carte de vœux à la mère d'Elliott. Celle-ci y répondait avec plaisir, mais n'avait ni l'adresse de monsieur Keita, ni son téléphone, juste un numéro de boîte postale. A l'époque, rien de ce qui se tramait à Bamako n'échappait à monsieur Keita. Elliott espérait que ce fût toujours le cas. Mais comment le retrouver dans ce pays où personne n'était dans l'annuaire, ce nid à acariens devenu obsolète depuis que les portables avaient supplanté les téléphones fixes ?

Au moment où l'électricité lâcha, la lumière inonda son esprit. Outre leurs discussions sans fin sur l'avenir du continent, monsieur Keita et son père avaient une passion commune : la musique. Elliott avait d'ailleurs été baptisé ainsi en hommage à Don Elliott, l'homme-orchestre du jazz, le virtuose du mellophone. Presque chaque semaine, monsieur Keita et Philippe Marie-Rose se rendaient à l'Eldorado, un cabaret bon teint, écouter l'orchestre live le plus célèbre de Bamako, les Pygmées de la Capitale. Ils jouaient un jazz mâtiné de salsa et de musique traditionnelle, la fusion world avant l'heure. Pour fêter le dixième anniversaire d'Elliott, son père l'avait emmené écouter les Pygmées de la Capitale. Magnétisé, Elliott s'était juré que, plus grand, il deviendrait musicien. Aujourd'hui, à défaut d'être une rock star, il possédait leur discographie complète. Récemment, il avait lu dans un journal que le label qui avait relancé à Cuba le Buenavista Social Club avait retrouvé la trace des Pygmées de la Capitale, que, bon pied bon œil, ils officiaient toujours, et qu'un disque était sur le feu. Le groupe électrogène ronronna, l'électricité revint, Elliott enfila un ensemble en lin et se rua à la réception.

– Bonsoir. Savez-vous si les Pygmées de la Capitale jouent quelque part ce soir ?

– En principe, ils sont au New Largo mais pas tous les jours, répondit le réceptionniste. Veuillez patienter, je vais me renseigner.

Cinq minutes plus tard, il revenait avec la précieuse information. Les Pygmées de la Capitale jouaient les jeudis et les vendredis, et ça tombait bien, on était jeudi. Qui a dit qu'en Afrique rien ne fonctionnait ? A présent, Elliott naviguait dans la nuit bamakoise, excité comme au soir de ses dix ans. Le taxi le déposa devant un cube de béton peinturluré de fresques naïves où des Vénus callipyges ondulaient devant des messieurs aux pattes d'ef aussi évasées que leur sourire. Des notes cuivrées s'échappaient de la lourde porte capitonnée. Elliott franchit le seuil, et se retrouva projeté trente ans en arrière.

Il y avait de la rumba dans l'air, la musique des indépendances, chargée d'espérance. Le temps où les girls en pagne ajusté, le cheveu pas encore défrisé, natté au fil noir, pointes d'aiguilles à tricot en érection sur leur crâne soyeux, roulaient des hanches avec componction, bien élevées comme à Paris. Les Pygmées de la Capitale, trompettes rutilantes à l'unisson, lançaient leur invitation à chalouper dignement. Sur la piste, à l'époque, point de filles désordonnées en minijupe, de décolorées décolletées, de chasseuses de l'ombre, de requines sanguines. Le temps de l'innocence. Aujourd'hui, plus rien n'avait de valeur hormis le billet vert, et dans cet océan de vacuité morale, les Pygmées de la Capitale faisaient figure de gardiens du temple perdu. Depuis un demi-siècle, ils étaient unis comme les doigts d'un orchestre. La misérable tenue du dancing décati où ils se produisaient désormais n'entamait pas leur bonheur de jouer ensemble, eux, fratrie naïve d'une Afrique révolue. Entre les morceaux en bambara, ils s'exprimaient dans un français Littré, sans rouler le moindre *r*. Ils avaient fréquenté l'école des missionnaires ou étudié en Europe. Atanase s'enduisait les cheveux de cirage, parce que ses modestes émoluments d'artiste ne lui permettaient pas d'acheter de la teinture pour escamoter ses cheveux blancs. Ces dernières années, pour boucler ses fins de mois, Rodrigue à la moustache cotonneuse avait parfois dû se déguiser en Père Noël tropical pour animer les rayonnages d'un supermarché, suant dans un manteau rouge devant des clients goguenards. En guise de bonus, le patron lui donnait une poupée non homologuée *made in* China pour ses petites-filles. Jean-Emmanuel avait soutenu sa thèse sur Sartre à la Sorbonne en 1959. Dans sa baraque en tôle de La Folie, un des bidonvilles de Nanterre, il coupait en quatre sa patate bouillie du soir lorsqu'il apprit que son pays était désormais un Etat souverain. Anatole, lui, avait fait ses études chez les frères soviétiques et essuyé tous les crachats de l'Oural avant de décrocher son diplôme d'ingénieur. De retour au pays, tous avaient retrouvé leur âme dans le souffle des instruments. Les Pygmées de la Capitale, le plus grand orchestre de toute l'histoire du Mali, était né. Leur reconversion précoce dans la musique leur avait sauvé la vie : s'ils avaient occupé le moindre poste sous le premier président, Modibo Keita, ils auraient fini dans les geôles de son tombeur, Moussa Traoré. Ils avaient fait partie d'une génération qui avait le pouvoir de changer le monde, jusqu'à ce que survienne la vague scélérate des dictateurs à la solde de Paris. De ces années d'espérance, ne leur restait qu'une maîtrise totalement anachronique du français : en Afrique, comme ailleurs, mieux valait aujourd'hui parler le mandarin.

– Pim pim pidem, les filles chic les zoulettes chocs les garçons chèques, levez les mains, plus haut plus haut, vous dormez les jeunes ? apostropha Little Louie, le chanteur des Pygmées.

Les youyous fusèrent dans la salle, et les musiciens se jetèrent corps et âme dans une impro jubilatoire.

Après des applaudissements nourris, le groupe fit une pause et s'installa au bar. Elliott s'approcha d'eux.

– Bonsoir, messieurs. Pardon de vous déranger, mais c'est un jour spécial pour moi. Je suis un de vos anciens spectateurs. Je ne vous ai pas vus jouer depuis plus de trente ans, depuis que j'ai quitté Bamako.

– Fils, sois donc le bienvenu, tu es ici chez toi, en famille, fit Atanase.

Malgré leurs ridules et leurs cheveux grisonnants, Elliott reconnaissait chacun d'eux.

– Nous sommes honorés que tu sois venu nous rendre visite à ton retour, après tout ce temps, ajouta Anatole.

Jean-Emmanuel héla la serveuse.

– Que veux-tu boire ? C'est pour nous !

– J'ai déjà un verre, merci.

– Tu ne devais pas être bien grand, quand tu assistais à nos concerts ? fit Atanase.

– Non, je suis venu plusieurs fois avec mon père qui vous écoutait chaque semaine. Philippe Marie-Rose. Il était professeur au lycée Askia-Mohamed.

Ils fouillèrent dans leur mémoire en vain. Elliott eut peur d'avoir suivi une mauvaise piste.

– Il était toujours avec un de ses amis, un Malien que vous devez connaître, monsieur Keita.

– Monsieur Keita, mais oui bien sûr !

Le visage d'Atanase s'éclaira :

– Vous êtes donc le fils du professeur révolutionnaire !

Elliott ne cacha pas sa surprise.

– Mon père, révolutionnaire ? Comment ça ?

Atanase éclata de rire :

– Je l'avais surnommé ainsi à l'issue d'une discussion houleuse. C'était à l'époque où nous nous produisions au Cha Cha Cha. Nous parlions de Frantz Fanon, de son œuvre majeure, *Les Damnés de la terre*. Votre père était d'accord avec Fanon sur le fait que la liberté accordée par le pouvoir colonial aux colonisés n'avait que peu de valeur. Que la vraie liberté devait être saisie, et par la violence, justement parce que le système colonial avait été violent. Œil pour œil, dent pour dent. Moi, je lui rétorquais que nous avions déjà souffert assez comme cela. Moi, mes héros étaient Gandhi et Martin Luther King. Nous ne pouvions pas tomber d'accord. Je crois que nous avions débattu très tard cette nuit-là. Comment va-t-il ?

– Il est décédé il y a longtemps déjà, fit Elliott sans entrer dans les détails, aussi ému que déconcerté par ce portrait inattendu : Philippe Marie-Rose, ce père posé et affable, contenait-il donc en lui la violence des opprimés ?

Elliott préféra remettre ses questionnements identitaires à plus tard et se concentra sur sa mission :

– Monsieur Keita, il vient toujours vous voir jouer ?

– Monsieur Keita ? C'est un fidèle, mais nous le voyons moins maintenant, je crois qu'il est souffrant.

– J'aimerais beaucoup le retrouver. Il était si proche de mon père… Savez-vous comment je peux le joindre ?

Les Pygmées de la Capitale se concertèrent.

– Je crois qu'il habite vers Quinzambougou, après le rond-point.

– Modibo a fréquenté avec un de ses fils, n'est-ce pas ? Ils sont peut-être restés en contact.

La filière africaine se mettait en branle. Elliott resterait fasciné par la vitesse à laquelle, dans une ville de près de deux millions d'habitants, une chaîne humaine pouvait se constituer et retrouver n'importe qui en deux temps trois mouvements. La technologie en prenait pour son grade.

Atanase s'adressa en bambara au barman puis se tourna vers Elliott.

– Vous restez jusqu'à la fin du concert, n'est-ce pas ?

– Et comment !

– On se retrouve donc tout à l'heure. Nous aurons alors, je l'espère, rassemblé quelques éléments qui vous permettront de retrouver monsieur Keita.

Les Pygmées de la Capitale tinrent leur promesse bien au-delà des espérances d'Elliott. A la fin du set, alors qu'il ne s'attendait qu'à un numéro de téléphone, Modibo, le fils de Jean-Emmanuel, lui présenta Cheikh, celui de monsieur Keita.

– Papa n'est pas au mieux de sa forme, prévint-il. Il a du diabète et des rhumatismes, il se déplace de moins en moins, mais il sera heureux de vous voir. Demain après-midi, ça vous va ?

D'ici là, il restait quelques heures creuses pour laisser libre cours à la nostalgie.

Le lendemain matin, il loua un taxi et entreprit, le cœur humide, un pèlerinage sur les lieux de son enfance. L'école où une bonne sœur berrichonne et bourrue lui avait enseigné que ses ancêtres étaient gaulois. Le lycée où son père dispensait les lumières du savoir à une génération pour qui elles avaient encore de la valeur. Il chercha en vain, dans l'ancien quartier résidentiel colonial, la maison aux persiennes de bois et à la véranda ajourée qui avait abrité ses premiers bonheurs. Le quartier semblait avoir disparu, avalé par des villas hideuses aux vitres teintées. Sur les routes, des nuées de motos *made in* China enserraient les automobiles. Les Djakarta, les Ninjas, les Power K avaient révolutionné les transports urbains et l'accès à la jouissance consommatrice : elles ne coûtaient que trois cent vingt-cinq mille francs CFA, le renseigna le chauffeur. Quelques billets de dix mille, et des ailes poussaient dans tes poches, tu n'étais plus un piéton, tu ne pouvais pas encore te rendre à La Mecque en Djakarta, mais le chemin du paradis, ici, sur terre, à Bamako t'était désormais débroussaillé, Allah Akhbar. Au rond-point de la Révolution, quelques gamins à demi nus, profilés comme des sagaies, barbotaient dans une fontaine qui jaillissait miraculeusement de la fournaise. Leur pause fraîcheur fut de courte durée : deux policiers surgirent du royaume de l'invisible pour chicoter leur arrière-train en infraction. Depuis quand se lavait-on dans le mobilier urbain ? Indifférent à l'irruption de la maréchaussée, un fou hirsute invectivait les automobilistes dans un sabir guttural. Après un arrêt au tennis-club où il avait remporté ses premiers tournois et rêvé d'être aussi fort qu'Arthur Ashe, Elliott décida de se rendre au Soudan, le cinéma qui lui avait ouvert les portes de l'imaginaire en Technicolor. « Il est fermé depuis », prévint le chauffeur. Tant pis, Elliott voulait quand même revoir l'édifice mythique qui avait aussi accueilli, à la veille de l'indépendance, des meetings politiques fiévreux. Modibo Keita, le libérateur du Mali, y avait prononcé un de ses meilleurs discours. Elliott voulait revoir l'arrondi Art déco de la façade, le fronton crénelé. L'imagination ferait le reste. Il y aurait sans doute, collés à un panneau branlant, quelques lambeaux d'affiches témoins des riches heures qu'il avait passées ici, avec ses parents ou ses grands frères, à jouir autant du spectacle que des commentaires à voix haute des spectateurs. Lui-même s'était surpris à souffler au héros poursuivi par un grand méchant : « Méfie-toi, fuis, je te dis, fuis ! Le bandit est caché derrière la porte ! » Au cinéma Soudan, il avait été traumatisé par la mort de la mère de Bambi, avait connu ses premières angoisses métaphysiques en regardant *La Planète des singes*, applaudi Trinita quand il cassait tout. Lorsqu'il avait vu *Les Dix Commandements*, il avait même failli croire les fariboles qu'on lui racontait au catéchisme.

Le taxi stoppa devant le bâtiment désaffecté. Elliott descendit et s'abandonna à la majesté de l'édifice, intacte malgré le délabrement. Hormis l'esthète de passage, qui, aujourd'hui, dans une ville en crise, levait le nez au ciel pour rendre hommage aux courbes géométriques de ce temple abandonné ? Les gens d'ici étaient trop occupés à marchander le kilo de papayes auprès des maraîchères venues chercher un interstice d'ombre sous les dentelures du Soudan. Elles apostrophèrent Elliott en une symphonie de « Monsieur les oranges, Monsieur les citrons, Monsieur les pamplemousses » ! Il était le seigneur des agrumes.

Il allait regagner le taxi lorsqu'il vit une porte s'ouvrir sur le flanc de l'édifice, et un homme usé s'avancer précautionneusement, en boitant, vers le capharnaüm urbain. Elliott mourait d'envie de pénétrer à l'intérieur de la salle, même s'il s'imaginait des sièges éventrés, des travées de poussière, un écran déchiré, la désolation. Il aborda l'homme et lui exposa sa requête. Le visage de son interlocuteur s'illumina.

– Vous savez, ici, c'est comme ma maison ! J'étais content quand les gens venaient voir les films, c'était la fête tous les soirs. Maintenant, il n'y a plus personne. Alors, quand vous venez me trouver comme ça, je suis dans la joie.

Adama Kouyaté parlait à peine le français mais s'agitait comme si le dernier roi d'Ecosse était venu lui rendre visite en personne. Il en oubliait ses rhumatismes, ses pieds perclus de cors, et les canyons amers que creusaient les rides dans son visage si doux. De projectionniste du Soudan, statut conférant à la quasi-notabilité, il avait été rétrogradé au rang de gardien, lorsque le premier cinéma de l'AOF avait fermé ses portes en 1992. Depuis, il végétait en haillons, dans une dépendance de l'arrière-cour où croupissait une eau saumâtre en saison des pluies, lorsque refluaient des égouts les déjections du squat voisin. Ses seules bouées d'espérance étaient un projet de rénovation du cinéma piloté par la coopération luxembourgeoise, et la réconfortante certitude que son projecteur était au sec, juste devant le placard fatigué où quelques affiches de l'âge d'or luttaient contre la poussière, les mites et les rongeurs. *Fillette, vous voulez faire du cinéma* ? Leurs titres en Technicolor coiffaient de lettres pétaradantes des visages rosés et joufflus qui fleuraient bon la France de René Coty. Adama Kouyaté jubilait de dévoiler à Elliott les trésors de son fief, la cabine de projection. C'était son royaume caché, lui, le pauvre hère. Il se remémorait toute ces soirées où, dans sa tour de guet qui dominait la salle, il tutoyait Prométhée et tous les autres dieux, ceux qui avaient le pouvoir d'engendrer des hommes, en deux ou trois dimensions, qu'importe. Elliott avisa, en partie dissimulée par une pile d'archives, une affiche au titre évocateur : « Les charmantes soirées d'une épouse très pervertie ». Adama Kouyaté cultivait sa légende : il avait sciemment omis de préciser que sur la fin, le Soudan n'était fréquenté que par des hommes seuls au poignet leste.

Malgré le mauvais français d'Adama Kouyaté, Elliott resta un long moment à discuter avec lui. Il l'aida à déployer des affiches remisées. Elles vantaient un film de série Z ou une œuvre culte dont Kouyaté racontait sa propre version, souvent délicieusement éloignée du synopsis initial. En le raccompagnant à la sortie, Adama Kouyaté afficha un air de conspirateur et lui confia :

– Vous savez, les hommes qui viennent ici chaque semaine m'ont dit de me taire, mais depuis qu'ils vont et viennent, surtout la nuit, en transportant des cartons avec une tête fâchée, c'est comme si moi-même j'étais tombé dans un film.

Il se tut soudain, comme s'il en avait trop dit, afficha un air gourmand de commère, celui qui précède la divulgation d'un lourd secret. Enfin, il lâcha :

– J'en ai même vu un qui portait un pistolet sous sa veste !

Elliott s'étonna :

– Qu'est-ce qu'ils font exactement ?

– Je vous dis qu'ils transportent des cartons dans les anciens bureaux. Ils s'enferment, ils discutent. Ils m'ont donné de l'argent et m'ont dit de me taire sinon j'aurai des problèmes. J'ai acheté des habits neufs avec l'argent, mais quand je suis sorti avec, les gens m'ont posé trop de questions, j'ai eu peur, alors je ne les mets plus.

– Pourquoi me dites-vous tout cela, vous n'avez pas peur que je vous crée des problèmes ?

– Quelqu'un qui aime les films ne peut pas être mauvais. Et puis, vous ne ressemblez pas à tous ces grands qui me parlent comme si j'étais un chien. Vous êtes bon, comme la jolie dame à qui j'ai montré mes affiches, il y a tantôt.

Le cœur d'Elliott bondit.

– C'était une étrangère ?

– Une métisse, géante comme ça ! fit-il en levant un main bien au-dessus de sa tête. Comme vous, elle aimait le cinéma. Je lui ai parlé des hommes qui cachent Dieu seul sait quoi dans les bureaux. Elle m'a demandé si elle pouvait aller jeter un œil.

Elliott trembla.

– Et alors ?

– Les hommes ont mis une grosse chaîne pour qu'on n'aille pas voir là-dedans. Mais je vous ai dit, cet endroit est comme ma maison. Je connais les coins secrets pour entrer n'importe où.

– Vous savez ce qu'il y a dans ces bureaux ?

– Non ! protesta le projectionniste. Je ne cherche pas les histoires !

– Et moi, vous pouvez me faire entrer ?

A cet instant, une fourgonnette pila à quelques mètres d'eux. Les yeux d'Adama Kouyaté se remplirent de terreur. Il haussa le ton et fit à Elliott :

– Non monsieur, vous ne pouvez pas visiter, le cinéma est fermé, circulez.

Elliott comprit qu'ils avaient été interrompus par les « hommes à la tête fâchée ». Il salua Kouyaté, s'éloigna, s'arrêta pour acheter des oranges et observer les nouveaux arrivants. Ils n'arboraient ni musculature anabolique, ni mine patibulaire. Des types ordinaires en bleu de travail. Ils ressemblaient aux immigrés maliens qui, en France, font la queue au petit matin glacé pour trouver une place sur un chantier. Il se fit un mauvais film. Et si cette France du sous-sol se révélait être un repaire d'agents dormants, prêts, le jour venu, à mener leurs attaques, comme dans « 24 heures chrono » ?

Une fois de plus, il oscillait entre espoir et inquiétude lorsqu'il franchit le portail de monsieur Keita. Devant lui, se dressait une villa qui luttait vaillamment contre les herbes folles d'un jardin en friche. Dans un garage reconverti en antichambre, une quinzaine de personnes patientaient.

– Comme Papa se déplace difficilement, les gens viennent à lui, expliqua Cheikh Keita en l'installant à part, sur la véranda. Une bonne indolente lui servit un thé amer qui lui karchérisa le palais. Il espéra ardemment qu'on en vînt au deuxième service, doux comme la vie, puis au troisième, sucré comme l'amour. De la véranda, il pouvait entrevoir un salon meublé avec goût de pièces locales que les années avaient joliment patinées. Tout dans cette demeure évoquait une splendeur passée et une légère décrépitude présente. Elliott craignait d'avoir fait fausse route une nouvelle fois. Jusqu'à ce que la haute silhouette de monsieur Keita, à peine diminuée par la voussure du temps et la canne qui le soutenait, surgisse dans l'embrasure de la double porte. Elliott s'approcha. Derrière d'épaisses lunettes en écaille, l'œil de monsieur Keita s'embua.

– Comme tu ressembles à ton père..., murmura-t-il. Je suis très heureux et très ému de te voir, mon garçon.

Il chut lourdement dans un fauteuil en rotin et invita Elliott à s'asseoir.

– Qu'est-ce qui t'a ramené à Bamako, après plus de trente ans ?

Elliott avait conscience que l'histoire qu'il s'apprêtait à conter était rocambolesque. Mais il avait entière confiance en l'indulgence de monsieur Keita. Il savait que ce dernier ne pourrait pas faire autrement que de prendre au sérieux le fils de feu son meilleur ami. La loyauté n'était pas la valeur la plus partagée dans ce monde. Elliott avait le don de la repérer. L'ennui, c'étaient toutes ces oreilles, dans la salle d'attente.

– Est-il possible d'en parler dans un endroit plus tranquille ?

Monsieur Keita se leva péniblement et l'invita à rejoindre la fraîcheur du salon.

Le temps d'un infime battement de cil, Elliott vacilla. Il y a plus de trente ans, son père avait empli cette pièce de ses rires et de son érudition. Il avait chaloupé sur les merengue de Johnny Pacheco, et même fini par comprendre la savante complexité de la parenté à plaisanterie, ces joutes verbales qui, au Mali, régissent les rapports entre les gens depuis la nuit des temps. A cet instant, Elliott se lovait dans les pas de son père. S'il vivait encore, Philippe Marie-Rose aurait sans doute eu un peu de monsieur Keita. De ses yeux vifs, enchâssés dans un visage un peu las, de sa noblesse anachronique dans une époque vulgaire.

Aussi, il ne cacha rien à l'ami de son père, son compagnon, son clone imaginaire. Ni son amour pour

Céleste, ni son appréhension, ni l'enquête que, très probablement, elle menait sur les attentats.

– La vague d'attentats, une piste à Bamako, l'heure serait donc venue…, soupira monsieur Keita.

Puis il sauta du coq à l'âne, comme pour balayer cette étrange réplique.

– Ton père t'a dit pourquoi il t'avait appelé Elliott ?

– Il adorait Don Elliott. Il écoutait en boucle « Tenderly », son album en duo avec Bill Evans. J'ai cru comprendre qu'il avait plus ou moins emballé ma mère sur « I'll take romance », répondit-il du tac au tac avant de suspendre son élan, soudain mal à l'aise. Pourquoi vous me posez cette question ? C'est un test ?

– Vingt-cinq ans de dictature sanglante nous ont rendus méfiants, expliqua monsieur Keita, rassuré. Or, tu surgis du passé pour mettre le doigt sur un dossier très délicat. Une rumeur, devrais-je dire plutôt, ces on-dit qui prospèrent dans les pays paranoïaques.

Il se gratta la tête, fixa le carrelage ébréché.

– J'essaie d'assembler les morceaux du puzzle, fit-il avant de reprendre, d'un ton faussement badin : Sais-tu que Che Guevara est venu au Mali ? C'était en 1965. Il a passé quelques jours à pêcher à Mopti, lorsqu'il sillonnait l'Afrique pour exporter sa révolution rouge. Il a lamentablement échoué. L'Afrique est un continent qui assèche les idéalistes. Ici, il faut survivre, un point c'est tout.

Elliott ne voyait pas le rapport avec ce qui l'amenait. Sans doute une de ces circonvolutions dilatatrices dont est coutumière la pensée africaine, et dont Céleste lui parlait tant.

– Le Mali n'est pas simplement un pourvoyeur d'immigrés dociles et corvéables en France, poursuivit monsieur Keita. Nous avons un passé révolutionnaire. C'est ici qu'a été fondé, en 1946, le premier mouvement politique panafricain : le RDA. Rassemblement démocratique africain. J'étais de la partie, mon fils, proclama-t-il avec une soudaine véhémence. Pour la première fois depuis longtemps, l'Afrique entendait écrire elle-même son histoire. J'y croyais tellement ! Mais les acteurs de la division étaient à l'œuvre. Avec son costume de parvenu, Houphouët-Boigny se pavanait à côté de Gabriel d'Arboussier qui ne songeait même pas à quitter son casque colonial. Plus tard, Nkrumah a tenté en vain de reprendre le flambeau du panafricanisme. Tout est resté au stade de la belle idée. Abdelkader était chez lui ici, Bamako était la base arrière du FLN jusqu'en 1961. Solidarité opportuniste sans doute, mais entraide panafricaine quand même. Dire que, maintenant, les Algériens nous méprisent, soupira-t-il.

– Je ne suis pas sûr de vous suivre, le coupa Elliott, de plus en plus perplexe.

– Moi non plus, je ne suis pas sûr de me suivre, plaisanta monsieur Keita. Je réfléchis tout haut. Au fait, cesse de me vouvoyer. Je ne suis ni saint Pierre, ni Gabriel d'Arboussier. Et vu la java que j'ai faite avec ton père, je te vois mal me donner du vous.

Il esquissa un sourire coquin avant de reprendre son sérieux.

– Je sais qu'il se passe des choses ici depuis quelques années, une sorte d'activisme souterrain. On parle de réunions secrètes, d'opérations clandestines... J'ai un carnet d'adresses, mais il est périmé, s'excusa-t-il presque. Je ne suis plus aux affaires, je n'ai plus mes contacts dans les services de renseignements maliens, alors je suis obligé de recouper les bruits et les supputations. De ce que tu me dis, ton amie qui se trouverait aujourd'hui à Bamako a enquêté dans divers pays sur des actions anti-occidentales. Notons au passage qu'elles sont en recrudescence sur le continent : les pirates somaliens, par exemple, ont commencé à opérer lorsque les chalutiers européens ou chinois sont venus pêcher dans les eaux territoriales de ce pays sans tête. J'en reviens au panafricanisme. Il a échoué dans son versant positif. Et si, aujourd'hui, ce qui rassemblait le plus les Africains, tous pays confondus, c'était la haine de l'Occident ? Une organisation anti-occidentale qui saurait manier les symboles pourrait choisir comme base le Mali, héritier des plus grands empires africains et berceau du panafricanisme « régulier ».

Elliott avait l'impression qu'une trappe s'ouvrait sous ses pieds. Monsieur Keita n'était pas du genre à formuler des scénarios grand-guignolesques pour épater la galerie. L'internationale des Africains opprimés et vengeurs. A défaut d'y adhérer, monsieur Keita semblait y croire.

– Mais s'il y a un lien entre les attentats de Niamey et de Ouagadougou, il s'agirait d'une organisation d'envergure. Comment aurait-elle pu agir sans se faire repérer ? Comment se ferait-il qu'on n'en ait jamais entendu parler ?

– Tu sais, les agents secrets sont tous obnubilés par Al-Qaida ! Même ici au Mali, au nord, dans le désert, on traque la branche Maghreb. Ce qui ne colle pas, c'est que, d'ordinaire, les mouvements extrémistes s'épanouissent dans les régimes autoritaires, corrompus, fous ou inexistants. Ce n'est pas un hasard si les camps d'Al-Qaida sont au Soudan ou en Afghanistan, grands pays pacifiés devant l'Eternel. Or, le Mali est à peu près démocratique et pas trop corrompu.

– Si ce n'était pas toi qui l'échafaudais, je ne croirais pas une seule seconde à cette théorie, hasarda Elliott.

– J'ai l'âge d'un diplodocus, fiston, mais je ne sucre pas encore les fraises. Ça sent mauvais ce que tu me dis, et mon instinct ne m'a jamais trompé. C'est moi qui ai mis en garde mon homonyme, le président Modibo Keita, lorsqu'il a recruté un des responsables du coup d'Etat qui le renversa. Je me souviens exactement de ce que je lui avais dit : « Un militaire est un chien de garde. Il faut le laisser à l'extérieur. » Trois semaines plus tard, c'est Modibo Keita qui était jeté dehors.

Relax, respire. Elliott s'efforçait d'étouffer la terreur qui sourdait en lui. Pour la première fois depuis longtemps, il pensa à Eléonore, à ses cours de yoga. Aujourd'hui il regrettait de ne l'avoir jamais accompagnée.

– Si ce que tu dis se confirme, je suis encore plus inquiet pour Céleste. Ce sms sibyllin qu'elle m'a envoyé faisait vraiment penser qu'elle n'était pas libre de ses mouvements. J'ai su par le consulat de France aujourd'hui qu'elle était bel et bien entrée en territoire malien, mais c'est tout. Je ne sais pas où la trouver. Mais je me demande si la clé n'est pas dans cette pièce cadenassée du cinéma Soudan.

– Tu devrais aussi relire toute la nouvelle dont est issu ce fameux « Djinn de Koulikoro ». Il y a peut-être quelque indice entre les lignes ? Je suis désolé, je ne sais pas comment t'aider à la retrouver. Je n'ai fait que t'embrumer la tête avec des hypothèses. La seule chose que je puisse faire, c'est de me renseigner pour savoir qui possède le cinéma Soudan. De fil en aiguille, je trouverai peut-être qui opère dans ses locaux. Reviens après-demain à midi. Tu resteras déjeuner avec nous.

Une brise tiède se leva. Une arabesque nuageuse vint voiler le soleil. Elliott remercia monsieur Keita et se coula une nouvelle fois dans le découragement. Céleste était comme ces bulles de savon qui émerveillent les enfants. Dès qu'on croyait la saisir, elle disparaissait. Ce soir précisément, il se sentait vulnérable comme un petit d'homme. Peut-être ainsi lui offrait-elle une renaissance. Plus que jamais, il eut envie de se lover dans son giron en position fœtale. La respirer, elle, l'oxygène de ses jours à venir.

26

Elio

Ratatades, pétarades, des incandescences striaient le ciel surchauffé de Bamako. Elio bondit de son lit en sueur, persuadé que la fin du monde survenait, là, tout de suite. Etait-ce un coup d'Etat dont étaient coutumières ces contrées désordonnées ? Un fracas minéral vrillait son oreille interne, agrémenté de hurlements, de sirènes glapissantes, et cette odeur de poudre, poivrée et tubéreuse. Putain de pays de sauvages, pensa-t-il avant de ravaler sa pensée dans une laborieuse déglutition. Il était un homme neuf, plus question d'évoquer avec condescendance la terre de Céleste, celle d'Olimpia, ce continent qui, par ricochet, était désormais le sien, et puis, après tout, n'étaient-ils pas tous des enfants du Gondwana ? Embrasser l'Afrique, enfin, heureux et consentant, c'était la condition *sine qua non* pour reconquérir Céleste, si jamais il la retrouvait dans ces ruines de sable, ce chaos qu'il entrevoyait derrière ses rideaux disjoints.

Il posa le pied sur le carrelage froid, pesta, se demanda une nouvelle fois pourquoi, sur ce continent à moitié couvert de jungle, il n'y avait pas de parquet en bois exotique dans les hôtels cinq étoiles et s'approcha de la fenêtre. Ses réflexes de cinéphile le projetèrent dans *Apocalypse Now*. Juste en face de l'hôtel, dans un cumulonimbus de poussière, la mâchoire acérée d'un Caterpillar pulvérisait les bicoques qui, la veille, abritaient des gargotes bruyantes peuplées de dépouilleurs de touristes, de filles à la fesse facile, de vendeurs de brochettes avariées, toute la faune que l'anthropologue conciliant trouve pittoresque, mais qui déparait devant un hôtel soucieux de son standing. Les clients fuyaient en maudissant bruyamment le sort, non sans avoir emporté, coincées sous les aisselles, entre les jambes ou dans une nappe en toile cirée transformée en baluchon, un maximum de bouteilles volées au propriétaire du bar. Tout ne serait pas perdu pour tout le monde.

Elio se jura de déménager dans une chambre côté fleuve, plus tranquille, descendit avaler son expresso et interrogea le serveur sur ces démolitions intempestives.

– Le nouveau maire se prend pour le Haussmann de chez vous. Il veut casser toutes les constructions illégales, que Dieu lui vienne en aide, parce que c'est beaucoup de travail. Adama Traoré, un dur ! Il dit qu'ici, à Bamako, trop de gens ont gratté le sol comme les poules pour planter leur maison n'importe où n'importe comment. Il crie que Bamako n'est pas une basse-cour, mais une ville urbanisée, et qu'il urbanisera les récalcitrants de force. Il dit que, même s'il se fait des ennemis, il ne craint personne, que rien ne peut l'impressionner, et que d'ailleurs il marche avec son cercueil à l'arrière de son pick-up.

– C'est le justicier du béton, votre maire ! s'amusa Elio dans un accès de bonne humeur.

– C'est la guerre des parpaings ! renchérit le serveur. Traoré a raison d'enlever toute cette vermine ! s'emporta-t-il. Il y aura bientôt à la place un très beau palais des congrès grâce aux Libyens. Ceux-là mêmes qui ont construit la primature et l'hôtel où nous sommes.

– Ces bons vieux pétrodollars, ironisa Elio.

Il avait quelques doutes sur la philantropie kadhafienne, mais ne jugea pas utile de poursuivre la conversation, au grand regret du serveur qui y voyait une manière fort agréable de faire une pause. Il était temps de reprendre son enquête. Il avait appris de son bref séjour au Niger et au Burkina que le monde était plus petit en Afrique qu'ailleurs, et qu'un étranger était aisément repérable. Il posa donc une dernière question au serveur :

– Où vont les touristes quand ils sont à Bamako, est-ce qu'il y a des monuments à visiter ?

– Ils vont au Musée national, répondit aussitôt le serveur. Il y a des masques, des fétiches, beaucoup d'objets de nos coutumes. Et, dernièrement, ils vont tous se faire photographier chez Malick Sidibé, ajouta-t-il. Depuis qu'il a eu un très grand prix en Italie, on dirait que c'est mariage tous les jours devant chez lui. Il y a des gens à la pelle. Pour qu'il vous filme, il faut beaucoup payer, mais si vous revendez votre photo en Europe, vous pouvez gagner des centaines d'euros, parce que, depuis que Malick est célèbre là-haut, on met ses photos dans les musées et elles valent très cher.

Banco. Connaissant Céleste, elle avait dû visiter le Musée national lors de son précédent séjour, quelques semaines après leur mariage. En revanche, elle avait sûrement pris contact avec le photographe qui avait eu le Lion d'or à la biennale d'art contemporain de Venise. Céleste était éprise de beauté, et fière des rares distinctions internationales que les Africains remportaient. Elle vouait une sincère reconnaissance à tous ceux qui faisaient parler de l'Afrique autrement qu'en dessoudant une tribu rivale, en fomentant un putsch bananier ou en affamant des populations. Rendre visite au virtuose après son sacre constituait également une couverture idéale : tous les journalistes se précipitaient dans son studio. Malick Sidibé était encore accessible, contrairement aux gloires occidentales de l'art contemporain.

Elio se rendit à la réception et demanda l'adresse du photographe. Bien sûr, la réponse n'était jamais évidente. Même lorsque les rues avaient un nom, ce qui était rare, les gens ne le mémorisaient pas. Renvoyaient à des repères géographiques évidents pour eux, mais totalement obscurs pour le néophyte. « Il habite à Gueule Tapée, derrière la dibiterie Go et Millot, troisième rue à gauche après les ordures, il y a des tôles vertes sur sa maison. » C'était la version urbaine de la chasse au trésor, copyright Philippe de Dieuleveult.

Il s'engouffra dans le taxi pourri qui, sous prétexte de stationner en bas d'un hôtel de rupins, pratiquait des tarifs insensés, et supporta stoïquement les housses de siège en fourrure acrylique qui rajoutaient bien trois degrés aux quarante ambiants.

La mécanique improbable s'arrêta à un feu rouge dans un gémissement de parturiente. Une nuée d'enfants s'agglutina contre la vitre. S'ils s'étaient présentés en posture mendiante, le bras suppliant et la jambe anémiée, c'eût été humanitairement acceptable. Mais ils se mirent à chanter. Ces gamins de misère lui offraient leur voix rieuses et flûtées. Ils ne demandaient rien en échange. Ce miracle était encore possible. Leur innocence réveillait la mauvaise conscience d'Elio. Son regard buta sur le tee-shirt qu'arborait un des garçons. Les traits paisibles d'Oussama Ben Laden se découpaient sur un gris chiné qui avait déjà vu plusieurs saisons des pluies. La banalisation du mal. Elio frissonna. Il fallait être bien pauvre ou très frappé pour se promener ainsi avec l'effigie du criminel le plus recherché du troisième millénaire. Il se souvint d'une conversation qu'il avait eue avec Céleste. Houleuse comme toujours, dès qu'elle concernait le 11 Septembre ou le conflit israélo-palestinien, qu'il associait étroitement. C'était quelques mois après les attentats. Céleste revenait d'Afrique un peu ébranlée : là-bas, elle avait croisé, toutes classes sociales confondues, un certain nombre d'admirateurs de Ben Laden, ce justicier qui, d'après eux, avait vengé tous les opprimés du tiers-monde. Voilà pourquoi, dans les rues de Bamako, un gamin aux yeux rieurs pouvait arborer sur son tee-shirt « *Oussama I love you* ». Ça ne gênait personne. L'enfant avait dû le mendier dans une friperie. Mickey ou Ben Laden, pour lui, c'était kif kif. Il avait quelque chose sur le dos.

Malick Sidibé, le nouveau héros national, habitait Quinzambougou selon certains, Niarela selon d'autres. Ses contrefacteurs avaient pignon sur rue. Lorsque le chauffeur du taxi freinait pour demander son chemin, on lui indiquait tous les labos photo qui avaient essaimé depuis l'avènement du roi de l'argentique. Studio Malick ? C'est ici ! disait un garnement autoritaire, en face d'une franchise Kodak tenue par des Coréens. La Toyota exsangue finit par s'arrêter à un carrefour, à une centaine de mètres du studio : impossible d'aller plus loin. Un mariage barrait la route. Les chaises de location numérotées formaient un péage infranchissable. Une sono tuberculeuse crachotait des versets du Coran. Nulle griotte à l'horizon pour flatter les mariés : c'étaient des noces pauvres, et les griottes ne se déplacent que pour ceux qui ont les moyens de rémunérer leurs louanges. La cassette du Coran s'acheva, et des musiques païennes prirent le relais, à la grande joie des femmes, qui, parées de leurs plus beaux basins, purent enfin s'ébrouer sur la piste.

Le remords l'envahit, comme chaque fois qu'il assistait à une noce. De tous les forfaits qu'il avait commis avec Céleste, celui d'avoir altéré ce jour bienheureux était le plus impardonnable. Quand ils seraient enfin réunis, il lui proposerait de prononcer à nouveau leurs vœux, quelque part dans les îles Sous-le-Vent. Ils seraient un peu ridicules avec leurs colliers en fleurs de tiaré, mais ce serait un symbole réparateur, si jamais elle voulait encore de lui lorsqu'il la retrouverait, ce dont, curieusement, il ne doutait plus une seconde. A croire qu'il fallait en passer par là, toutes ces interrogations, ces rebondissements, sans parler des épreuves infligées par les porte-flingues de Cassandra, pour ne plus douter, juste être un homme, un vrai, avec des couilles et tout ce qui va avec.

Il quitta les matrones en transe pour rejoindre le studio de Malick. Sur la terrasse, assis en rang d'oignons, plusieurs Blancs attendaient de passer à la postérité. Elio fit de même avant d'être escorté par un des fils du maître à l'intérieur du studio.

– Ma fille, souris, est-ce que c'est le deuil ?

Avec sourire et sans couronne, le photographe apostrophait malicieusement une grande blonde en saharienne camel qui prenait la pose, coincée comme une fermeture Eclair, sur le sol en damier désormais culte. Combien de pas l'avaient foulé, depuis les débuts de Malick, à l'aube des indépendances. Il avait immortalisé le temps de tous les possibles, de l'éveil des nations, des experts qui allaient transformer le Sahel en prospères rizières gonflées de sucs, le mirage d'une Afrique riche et démocratique. Les garçons venaient se faire photographier avec leur dernière paire de chaussures Bata à bouts pointus et vernis, les filles portaient des ensembles en pagne ajustés comme les tailleurs de Jackie K. Dans les cadres accrochés, çà et là, ils posaient, fiers et conquérants, convaincus d'être l'avenir du monde, nonchalamment adossés au capot rutilant d'une Chevrolet que le photographe avait sauvée in extremis d'une décharge et transformée en accessoire bling bling.

Elio balaya du regard le petit studio empesé de poussière. Visiblement, l'empereur n'avait que faire de la gloire édictée par d'autres. La distinction suprême ne lui avait pas donné la folie des grandeurs. Pour une somme dérisoire, il continuait de tirer le portrait avec la même faconde. Ses fils géraient les euros, lui n'y voyait pas clair, avec son œil qui disait merde à l'autre. Cette coquetterie aurait pu jeter des doutes sur sa compétence mais, après tout, il n'y a qu'un œil qui vise l'objectif. Où est le problème si l'autre sonde la quatrième dimension ? Quant au Lion d'or, il traînait comme un vulgaire bibelot sur une étagère en voie d'effondrement, entre un Yashica, un Brownie flash et un Ultrareflex dont les lanières se précipitaient dans le vide au gré des inclinaisons du meuble. L'ensemble était cerné d'une forêt de négatifs poussiéreux. Quatre cent mille au total, préciserait plus tard le fils du photographe prodigue. Classées par mois et années, la mémoire d'un pays, l'œuvre d'une vie.

Le tour d'Elio arriva. La parade sur le damier fut prestement expédiée : il était photogénique. Sidibé, derrière son objectif, loua son sourire d'un « Vous avez, mon fils, les dents dehors des gens heureux ». Sa bobine immortalisée, Elio se lança dans un interrogatoire feutré :

– J'ai une amie qui est venue vous voir il y a quelques jours. Céleste Adjovi. Elle est reporter et écrivain, une grande métisse togolaise.

L'artiste ne fouilla pas bien longtemps dans sa mémoire.

– Une fille longue comme ça, bénie des dieux de la joliesse ? Est-ce que je pouvais l'oublier ? Elle est venue faire un reportage sur moi, elle m'a posé beaucoup de questions sur mon travail, sur les gens que je photographie, vous savez, Tout-Bamako a défilé là même où vous posez vos chaussures actuellement. Elle m'a aussi posé une question un peu bizarre. Aucun autre journaliste ne m'a demandé cela. D'habitude, leurs interviews sont toutes pareilles. Quel effet ça fait d'être le premier Africain honoré à Venise ? Pourquoi je ne déménage pas dans un studio plus moderne ? Etc. Mais la jeune dame, elle, voulait savoir si le Lion ne m'avait pas attiré des jalousies. Elle a même parlé de menaces. Vraiment, ses questions étaient bizarres.

– Et alors ? Que lui avez-vous répondu ?

– D'abord que personne n'était venu m'ennuyer, sauf les habituels vide-poches qui croient que tout ce bruit m'a rendu riche. Mais après, je me suis souvenu d'une remarque d'Alassane qui m'a dérangé. C'est le fils d'un voisin. Je le connais depuis qu'il ne savait que téter le sein de sa mère. Un jour, il est venu me saluer comme il le fait régulièrement. Et il m'a dit ceci…

Malick fit une pause comme pour faire resurgir de sa mémoire chaque mot, chaque inflexion :

– « Grand-père, fais attention, il y a trop de Blancs qui viennent chez toi, surtout depuis qu'ils t'ont donné cette récompense. Ils risquent de t'apporter des problèmes. » Je lui ai demandé pourquoi il disait ça. Il a répondu à côté. J'ai mis tout cela sur le compte de sa déception. Vous savez, Alassane a bravé la mort pour aller en Europe, il a traversé le désert, puis la mer sur un bateau fatigué, il n'a eu que le sel et la rage dans l'estomac pendant des jours. Il a posé un orteil en Italie, et hop ! on l'a renvoyé ici. Depuis, il en veut aux Européens. J'ai essayé de le raisonner. De lui dire que le racisme n'amenait rien de bon. Et puis, dans l'univers mondialisé d'aujourd'hui, il faut être blanc et noir à la fois, sinon on n'est rien du tout. Mais c'est comme si quelque chose s'était gâté dans sa tête. Hier encore, il passait sur la route, il m'a vu, et il est venu me dire une seule chose : « Grand-Père, ne va pas à ce festival de photo qu'organisent les Français ici. C'est mauvais pour toi. »

– Vous en avez parlé à Céleste ? questionna Elio.

– Je ne l'ai pas revue depuis. Mais elle doit encore être ici à Bamako, puisqu'elle m'a dit qu'elle venait pour le festival.

– Il commence quand ?
– Aujourd'hui même ! l'informa Malick.

Une piste tangible, enfin. Les panoramiques de Bamako se tenaient dans une friche industrielle échouée au pied d'une colline broussailleuse et fraîchement reconvertie en espace culturel. Elio présenta sa carte de presse et se fit accréditer. Les murs étaient tendus de noir. De minces rais de lumière filtraient de vasistas condamnés. Les photos étaient accrochées sur de larges panneaux de bois brut. Leur ordonnancement suggérait un labyrinthe, invitait à plonger dans le vertige de l'art, hors de tout repère spatio-temporel. Elio ne s'intéressait guère aux autoportraits burlesques de Samuel Fosso ni aux fières madones d'Angèle Etoundi Essamba. Derrière chaque cimaise, il s'attendait à tomber nez à nez avec Céleste. Son intuition lui disait qu'elle n'était pas loin, même s'il n'y avait pas grand monde. Il pénétra dans une salle toujours aussi vide et obscure où, de part et d'autre d'une allée centrale, des bornes interactives présentaient le travail de vidéastes. Venait ensuite un autre espace, cette fois d'une blancheur virginale, consacré à des photographes occidentaux qui avaient réalisé des séries sur l'Afrique. Curieusement, il bourdonnait de festivaliers empressés. Il aperçut quelques photographes, appareil en main, ce qui n'était pas incongru. Puis des caméras et des perches son qui dansaient au-dessus des têtes telles des libellules géantes. Indifférent au hourvari, un échalas blond et moustachu qui flottait dans son jean crasseux contemplait une vidéo de Piniang, le prodige sénégalais. Sa mise débraillée évoquait plus le logisticien d'ONG que l'expat' d'ambassade. Elio s'approcha de lui.

– Bonjour. Vous savez ce qui ce passe ? Tous ces gens, ce brouhaha ?

– C'est Jacques Grimonprez, notre bien-aimé ministre de l'Immigration ! Il est en visite officielle chez les Maliens pour leur expliquer en gros qu'ils ont encore moins de chance qu'avant d'obtenir des visas et encore plus de se faire expulser si l'idée de pointer leur nez en France leur prend, et il ose venir parader ici ! Ici, on fait de l'art, pas des coups pourris ! fulmina l'homme.

Un opposant gauchiste, pensa Elio, vaguement amusé, pendant que son interlocuteur poursuivait sur sa lancée :

– Je ne sais pas vous, mais moi, parfois, j'ai honte d'être blanc ici. On arrive toujours condescendants, avec nos gros sabots, pour leur expliquer le monde, alors qu'on devrait s'excuser pour tout le mal qu'on continue de leur faire !

Elio mourait d'envie de répliquer par un « Foutaises ! », avec un F majuscule, sonore et véhément. Le fait de ne plus être tout à fait étranger à l'Afrique lui faisait prendre conscience de la complexité des choses. Et comportait en outre un avantage : pour justifier son vote à gauche, il n'avait nul besoin de verser dans une vaine contrition, ni d'aller à Addis-Abeba séance tenante demander pardon aux

Ethiopiens pour les saccages commis par Mussolini. Grimonprez, la repentance, le cousin moustachu et altermondialiste de José Bové, il s'en tamponnait, aussi jeta-t-il un dernier regard distrait vers la foule des courtisans. Il buta sur une nuque gracile couleur châtaigne, coiffée de cheveux noirs coupés à la garçonne. Elle avait sacrifié trente bons centimètres de sa chevelure, mais c'était bien elle. Céleste.

Santa Madona Alleluia grazie vado subito al Vaticano quando torno a Roma.

Le cortège était déjà dans l'espace voisin. Le ministre n'était pas du genre à s'attarder sur les clichés. Il avait un agenda à tenir, un avion à prendre, et puis, franchement, il préférait les impressionnistes. Dommage, Grimonprez. Tant pis pour toi, ta femme, tes enfants. Bamako sera ton tombeau. Soudain, un cri, dix cris, une impro macabre. Le concert d'épouvante provenait de la salle que visitait le ministre. Mû par un stupide instinct, Elio voulut s'y précipiter, mais des Blancs armés, habillés en civil et surgis de nulle part, le refoulèrent sans ménagement vers une porte de service. Il rejoignit une cohorte de festivaliers évacuée dans la panique par la police locale et finit, vomi par la foule, sur le bas-côté de la route de Koulikoro.

Alors, le chant des muezzins s'éleva en volutes au-dessus de la ville, dans des harmoniques fausses et inquiétantes. Une sirène annonçant un bombardement au plus fort de la guerre ne l'aurait pas plus glacé.

27

Elliott

Elliott était rentré à l'hôtel abattu. A Paris, il avait souvent tourné en rond sous son plafond de verre, furieusement, comme un lion en cage, mais il ne s'agissait pas d'une impasse, juste d'un contretemps dans sa marche vers le pouvoir. Cette fois-ci, il se sentait démuni. Il était si désemparé en sortant de chez monsieur Keita qu'il avait retrouvé un réflexe d'enfance : lorsqu'il était contrarié ou puni, il allait s'accroupir au bord du fleuve. Il se laissait bercer par les flots et regardait les pinasses en partance pour les sables des villages bozos. Puis il rentrait au bercail, le cœur apaisé et les souliers crottés. Malheureusement, trente ans plus tard, l'accès au fleuve était plus difficile. Ici, les tas d'immondices dissuadaient toute approche, ailleurs le béton avait pris d'assaut les berges. Il finit par trouver un endroit, non loin de l'hôtel, près d'un vaste bungalow désaffecté dont le fronton branlant arborait la pompeuse inscription « Yacht Club ». Il enjamba quelques rigoles creusées par les maraîchers pour irriguer leurs salades, et se posta sur une petite presqu'île, non loin des lavandières qui rassemblaient leur linge. La nuit n'allait pas tarder à tomber. Quelques étoiles s'égaillaient déjà dans le ciel. Elliott repensa aux attentats, à l'hypothèse de front anti-occidental qu'avait évoquée monsieur Keita. Il se souvint d'une remarque qu'avait faite Céleste au sujet des attaques perpétrées par Al-Qaida. L'organisation avait frappé en Afrique et entraînait son armée de l'ombre au Soudan, mais aucun attentat n'avait été perpétré par un terroriste originaire d'Afrique subsaharienne.

– Tu veux savoir pourquoi ? Même ceux qui ont une corne au milieu du front à force de prier du matin au soir face contre terre restent profondément animistes. Trop animistes pour aller tuer quelqu'un et risquer sa peau au nom d'un Allah en qui ils ne croient pas plus que ça. Les gens ici n'ont pas une âme de kamikaze. L'endoctrinement ne suffit pas pour commettre un crime. Voilà pourquoi le terrorisme n'a jamais marché en Afrique.

Céleste s'était interrompue. Sa pensée, elle, tournait à plein régime. Elle avait fini par ajouter :

– En revanche, un sorcier mal intentionné pourrait devenir un redoutable chef terroriste : certains sont prêts à tout s'il se croient possédés. Toutes leurs pulsions sont libérées. Ils sont capables de tuer si on leur explique que c'est le prix à payer pour être désenvoûté. Et pour faire sa propagande, le sorcier n'aurait pas besoin du Net : les feuilles de chou crasseuses qui relaient tous les faits divers sordides liés à la sorcellerie se vendent comme des petits pains. Les médias traditionnels peuvent faire des ravages en Afrique, regarde la radio Mille Collines au Rwanda.

Elliott avait trouvé alors qu'il y avait là matière à un bon thriller sauce arachide. Aujourd'hui, la théorie de Céleste prenait des allures de prophétie. Il s'arracha aux rives du fleuve et, pensif, rebroussa chemin avant que la nuit ne fût noire et les rencontres indélicates. A vrai dire, l'émergence d'un nouveau mouvement terroriste était le cadet de ses soucis, s'il retrouvait enfin Céleste. Il n'avait pas l'intention de rester en Afrique, même s'il avait cette sensation agréable d'être rentré dans le giron maternel. Il emmènerait plutôt Céleste à Bora Bora ou dans un autre coin trop dépeuplé pour constituer une cible raisonnable, et ils écouteraient pousser leurs cheveux. Curieusement, aujourd'hui, en particulier ce soir, il n'avait aucune envie de rentrer à Paris. La mince connexion qu'il maintenait avec son petit monde *via* l'écran LCD de sa chambre d'hôtel ne le mettait guère en appétit. Tout était si délétère là-bas. Les intellectuels se radicalisaient. François Mangin n'avait pas peur de déclarer, à une heure de grande écoute, que les musulmans qui voulaient tuer Robert Redeker étaient semblables à ceux qui, en masses silencieuses, allaient prier dans des caves humides parce que la France construisait des fast-foods, pas des mosquées. Son contradicteur le suppliait de ne pas faire d'amalgame. Vous êtes excessif, tonitruait François Mangin en retour. Elliott était tombé sur ce débat la veille, tard, en rentrant du New Largo. Il avait zappé, écœuré par cette haine rampante, et l'avait aussitôt regretté.

– Voici maintenant les dix commandements de la parfaite *party girl*, un sujet de Benjamin Duprat, lançait le présentateur d'une autre chaîne, sourire *Colgate* et paupière épileptique.

« 1. Sans culotte tu sortiras. »

L'injonction était plaquée sur un gros plan de Paris Hilton. L'icône nihiliste du troisième millénaire s'extirpait d'une voiture en minirobe taille nouveau- né. Un cercle rouge entourait la zone du délit.

« 2. En sortant des toilettes tu te moucheras. »

Apparaissait alors une photo de Kate Moss prise la narine dans la farine.

Elliott avait tenté un retour sur le débat culturel télévisé le plus couru du PAF. François Mangin avait cédé la parole à un philosophe toujours monté sur ses grands chevaux. Cette fois, il crachait sur un rappeur. Ce dernier était d'une stupidité congénitale mais, comme tout le monde, il méritait son quart d'heure warholien. Les jeunes de banlieue qui téléchargeaient ses titres étaient de toute façon bien trop intelligents pour prendre au premier degré son ode au fric, au sexe et aux doubles airbags.

Le pompon télévisuel n'était pas venu de Paris mais d'une chaîne du Golfe sous-titrée en français. Il y était question d'une fatwa diablement perverse émise par un de ces innombrables muftis qui sévissaient jusque sur la toile, capables de promettre aux gogos les douze mille houris du paradis pourvu qu'ils suivent leurs préceptes. Selon l'auguste théologien, pour qu'une femme et un homme puissent travailler ensemble, la femme devait au préalable allaiter son collègue : cette forme d'adoption rendait impossible le moindre rapport sexuel. Débarrassés de toute pensée impure, ils pouvaient ainsi être pleinement productifs pour leur entreprise.

Elliott avait fini par éteindre son téléviseur, et s'était juré d'emmener Céleste au Bhoutan, ce pays qui avait choisi de s'isoler de ce monde de fous et inventé le bonheur national brut.

Voudra-t-elle seulement encore de moi si jamais je la retrouve ? songeait-il à nouveau en franchissant le seuil du Kempiski. Il eut une sensation fugace d'étrangeté, et comprit très vite pourquoi : il n'y avait personne à la réception. Quelques valises étaient en souffrance au pied du comptoir. Le personnel avait rejoint les clients dans les salons de l'hôtel. Tous étaient agglutinés autour d'un écran de télévision géant. Elliott tenta de se frayer un chemin parmi les téléspectateurs aimantés. Il fut bloqué par un obstacle infranchissable : un colosse de deux mètres de haut et sans doute autant de large. Impossible de discerner le moindre centimètre carré de ce qui dansait sur l'écran. Il fit demi-tour, se prouvant ainsi que son addiction à l'information était guérissable. Un peu à l'écart de la mêlée se tenait, de dos, un homme qui, à en juger par le mouvement frénétique de son bras et les volutes qui l'entouraient, tirait rageusement sur une cigarette. Ses cheveux blonds, ensoleillés par une coloration coûteuse, venaient mourir sur une nuque bronzée d'où perlaient des gouttes de sueur. Elles achevaient leur trajectoire sur une chemise en lin de fort bonne facture, mais curieusement maculée de poussière. Cette silhouette légèrement voûtée sembla familière à Elliott. Mais l'heure n'était pas au remue-méninges. Il s'approcha du fumeur débraillé.

– Excusez-moi, qu'est-il arrivé pour que tout l'hôtel soit scotché à la télé ?

Sans se retourner, l'homme lâcha d'une voix blanche :

– Le ministre français de l'Immigration vient d'être assassiné. Quasiment sous mes yeux.

Grands dieux. Cette voix, cet accent italien, promesse de promenades romaines électrisées par la lune rousse, il les connaissait. En conséquence, il parut moins surpris qu'Elio lorsque leurs regards finirent par se croiser.

– Vous ici, murmura Elio ? Ça ne peut pas être un hasard.

Elliott botta en touche.

– Votre présence, en revanche, m'étonne. Aux dernières nouvelles, vous étiez en plein divorce avec Céleste.

Une grande lassitude se peignit alors sur les traits d'Elio, déjà fort marqués.

– J'ai toujours su que Céleste était attirée par vous. Vous étiez donc son amant, à Paris ? fit-il, soudain glacial.

– Après que vous l'avez quittée, mentit Elliott, peu enclin à déculpabiliser celui qui était désormais son rival officiel.

Quelqu'un augmenta le volume de la télévision. Une voix fébrile mais assurée envahit le vaste hall, et les attira, comme un aimant, vers l'écran géant.

Céleste.

28

Céleste

LA PRÉSENTATRICE.

Nous partons tout de suite à Bamako pour un duplex exceptionnel avec une personnalité bien connue des médias, Céleste Adjovi. Bonjour et merci de nous accorder cet entretien télévisé exclusif. Vous êtes en mesure de nous révéler qui se cache derrière l'attentat qui a coûté la vie à Pierre Grimonprez, ainsi que ceux survenus à Bamako et à Niamey ces tout derniers jours ?

CÉLESTE ADJOVI.

Tout à fait, Vanessa, j'ai des éléments qui me permettent d'affirmer que ces attentats ont été perpétrés par un mouvement clandestin panafricain dénommé les Soldats d'Ogun. J'enquête sur cette organisation depuis plusieurs mois. Je peux prouver qu'elle opère depuis au moins cinq ans. Essentiellement en finançant des mouvements qui luttent contre les intérêts occidentaux en Afrique comme les pirates somaliens ou les groupuscules qui kidnappent les employés des compagnies pétrolières dans le delta, au Nigeria. Mais depuis des années, ils préparent le passage à la vitesse supérieure, à savoir la vague d'attaques terroristes. Ils ont mis en place un dispositif très efficace pour recruter des kamikazes. Un de leurs centres de recrutement se trouve à Ouidah, au Bénin, où je me suis rendue. Leur couverture là-bas est une secte vaudouisante. Les candidats subissent une prétendue initiation secrète, sont drogués, envoûtés, conditionnés pour devenir des machines de guerre, un peu sur le modèle de la secte des Assassins, qui a semé la terreur au Moyen-Orient il y a près de mille ans. D'ailleurs, comme les fédaviés de l'époque, la plupart des Soldats d'Ogun opèrent à l'arme blanche. L'autre pilier de leur dispositif est un camp d'entraînement au Niger, où je me suis rendue clandestinement.

LA PRÉSENTATRICE.

Vous affirmez aussi que l'organisation est à l'origine de l'accident d'avion qui a coûté la vie au célèbre chanteur britannique Pete Doherty ?

CÉLESTE ADJOVI.

Oui. La police italienne a confirmé la thèse du sabotage et lancé un mandat d'arrêt à l'encontre d'un mécanicien d'origine béninoise. J'ai retrouvé la famille de cet homme à Ouidah. Elle m'a confirmé qu'il avait disparu après une initiation secrète.

LA PRÉSENTATRICE.

Comment expliquez-vous qu'une telle organisation ait pu échapper aux différentes forces de sécurité nationales, mais également aux services secrets occidentaux ?

CÉLESTE ADJOVI.

Le mouvement a profité d'une relative indifférence de l'Occident. Les services de renseignements concentrent leur surveillance sur ce que le président américain George W. Bush a appelé l'« axe du mal », et sur les pays arabes. En Afrique, ils se sont préoccupés du Kenya et de la Tanzanie après les attentats de 1998, puis du Soudan, l'une des bases arrière de Ben Laden. Dès qu'ils ont compris que tout cela était circonscrit dans un réseau islamiste financé en grande partie par des ressortissants des pays du Golfe, ils ne sont pas allés chercher plus loin. Le premier volet de votre question est plus troublant. J'ai pu constater la présence des forces de l'ordre nigériennes non loin du camp d'entraînement des Soldats d'Ogun. Il me paraît impossible qu'elles n'aient pas été au courant de son existence. Que faut-il en déduire ? Qu'elles sont corrompues par les Soldats d'Ogun ? Que le mouvement bénéficie de complicités en haut lieu ? Je n'ai pas de réponse à ces questions. Ce ne sont donc, au stade de mon enquête, que des hypothèses.

LA PRÉSENTATRICE.

Quelles sont les motivations des Soldats d'Ogun ? Peut-on parler d'un mouvement anti-Blancs ?

CÉLESTE ADJOVI.

Hélas, je pense qu'il s'agit de cela. Ogun est le dieu de la guerre dans la religion vaudoue. A l'origine, il fait partie du panthéon Yoruba, une ethnie aujourd'hui essentiellement basée au Nigeria. Le message est clair : les Soldats d'Ogun ont déclaré la guerre aux Blancs. J'ai rencontré au cours de mon enquête à Ouidah un responsable du mouvement, un homme qui se dit prêtre vaudou et qui est, en réalité, chargé de recruter des kamikazes. Il prétend rendre aux Africains leur dignité, les venger de l'esclavage, de la colonisation, de l'humiliation des expulsions. D'après une autre de mes sources, le mouvement est né au lendemain du 11 Septembre. J'avais été frappée et choquée à l'époque par la réelle sympathie voire l'admiration qu'éprouvaient certains Africains pour Oussama Ben Laden. Ils voyaient en lui une sorte de vengeur des peuples opprimés. Rappelez-vous aussi ces analyses esquissées dans de nombreux pays du tiers-monde selon lesquelles cette vague d'attentats n'était pas motivée par un fondamentalisme religieux, mais par un désir de punir l'Occident arrogant. Des points de vue aussitôt passés sous silence : ce n'était pas politiquement correct.

LA PRÉSENTATRICE.

Une organisation d'une telle envergure nécessite un solide financement. Qui sont les banquiers des Soldats d'Ogun ?

CÉLESTE ADJOVI.

Ils prélèvent leur dîme sur les prises d'otages dans le Sahara ou dans le delta du Niger, ainsi que sur le butin des pirates somaliens, mais ce n'est pas leur principale source de devises. Une grande partie de leurs revenus provient des narcotrafiquants de Guinée-Bissau. Ce pays est la principale plaque tournante de la drogue en Afrique. C'est un des derniers pays d'Afrique à avoir obtenu son indépendance, en 1974. La haine du Blanc y est encore vivace chez certains. Enfin, je le redis, si des complicités dans les hautes sphères du pouvoir sont établies, cela signifierait que le mouvement a des contributeurs haut placés, mais, là encore, ce n'est qu'une hypothèse.

LA PRÉSENTATRICE.

Les organisations terroristes ont toutes un leader, souvent charismatique. Qui est le chef des Soldats d'Ogun ?

CÉLESTE ADJOVI.

Je pensais le trouver ici au Mali, ou au moins mettre au jour un centre opérationnel. Pour un mouvement qui entend restaurer la grandeur de l'Afrique, c'eût été logique d'avoir son QG dans le pays qui a vu s'épanouir les plus grands empires africains : l'empire du Ghana, celui du Mali, le royaume Songhaï. Mais le seul élément que j'ai découvert ici, c'est une cache dans un cinéma désaffecté. Elle contenait du matériel informatique et des armes. Pour les besoins de l'enquête officielle, j'ai informé les autorités de ma découverte. Je pense qu'il faut relire bon nombre des événements majeurs survenus en Afrique ces dernières années à l'aune de l'existence des Soldats d'Ogun. D'après l'une de mes sources, ils soutiendraient Robert Mugabe, le président du premier pays à avoir institutionnalisé leur message haineux en expulsant les fermiers blancs. Cela expliquerait pourquoi il se maintient au pouvoir, alors que son pays est exsangue et qu'il est lâché par l'ensemble de la communauté internationale.

LA PRÉSENTATRICE.

Une telle enquête, on s'imagine, est extrêmement dangereuse. Comment avez-vous réussi à infiltrer le mouvement ? N'avez-vous jamais eu peur de risquer votre vie ?

CÉLESTE ADJOVI.

Je ne peux dévoiler ni mes sources ni mon mode opératoire, mais disons que j'ai fait en sorte de ne pas éveiller les soupçons.

LA PRÉSENTATRICE.

Une dernière question, Céleste Adjovi Pensez-vous que le mouvement bénéficie du soutien des populations locales ?

CÉLESTE ADJOVI.

Absolument pas. J'insiste sur ce dernier point. L'organisation fait son lit du désespoir, de la misère et de l'amertume. Mais l'homme de la rue ignore ses activités. Quand j'interroge les populations, elles font état de rumeurs, de on-dit, mais l'idée d'une guerre souterraine avec l'Occident leur fait peur. L'immense majorité des Africains n'aspirent qu'à vivre en paix et en harmonie, chez eux, et avec le reste du monde. Moi-même, j'ai été bouleversée par cette enquête. Ce que j'ai découvert est bien loin de l'Afrique où je suis née, et à laquelle je suis attachée.

LA PRÉSENTATRICE.

Merci beaucoup, Céleste Adjovi, de nous avoir accordé cet entretien exclusif. Je précise que vous pourrez lire l'intégralité de l'incroyable enquête de Céleste Adjovi au Bénin, au Niger, au Burkina Faso et au Mali sur les traces des Soldats d'Ogun dans le prochain numéro du magazine *XXIe siècle*, en kiosque lundi.

Deux hommes qui tanguent dans une foule interdite. Le soulagement initial balayé par le vertige des lendemains incertains. L'apparition céleste sur l'écran couleur sonnait le glas de leurs nuits blanches. Un jour, peut-être, ils verraient leur enfant sortir d'un ventre aimé, leur carrière couronnée d'une récompense rêvée, un homme fouler le sable rouge d'une planète inexplorée, engoncé dans une combinaison trop lourde. Aucun de ces moments ne leur procurerait une émotion plus intense que celle qui les saisissait, là, dans le hall d'un hôtel anonyme, devant un poste de télévision. L'idée de vivre sans Céleste, si près, si loin, leur paraissait insoutenable.

Pourtant, l'un d'entre eux au moins devrait s'y résoudre.

Ils n'avaient plus échangé un mot. Ce fut le réceptionniste qui les réunit malgré eux :

– Etes-vous bien messieurs Della Valle et Marie-Rose ?

Ils acquiescèrent en chœur.

Des replis de son gilet rouge, l'homme exhuma deux enveloppes.

– Vous avez un message.

En entendant le mot « message », Elliott se souvint que son portable avait sonné sans cesse pendant le duplex. Il consulta le menu « Appels en absence ». C'était Fabien. Lui aussi, sans doute scotché devant son écran LCD. Fabien attendrait.

Ouvrir cette lettre, avant toute chose. Elio l'avait devancé. Elliott ne put s'empêcher de l'interroger.

– C'est un mot de Céleste ?

Elio tourna les talons sans répondre.

– Dites-moi seulement si elle vous donne rendez-vous.

– Je suis son mari, tout de même, ne l'oubliez-pas, répliqua sèchement Elio.

Elliott ignora cette remarque acide et se concentra sur l'essentiel.

– Chambre 314 ?

– Vous aussi ?

En hommes ils avaient entrepris ce voyage. En hommes neufs, ils l'avaient poursuivi. En marionnettes, ils l'achevaient. Céleste avait repris son destin en main et s'était emparée du leur. C'est par la grâce de la femme que l'homme pousse son premier cri. C'est dans l'ordre des choses que le dernier mot lui revienne.

29

Cassandra

Elle les a faits. Carottés. Lavés, récurés, frottés, amidonnés. Car il y a une chose que Céleste ne tolère pas, c'est qu'on lui manque de respect. Dans la mythologie grecque, Céleste aurait été une terrible vestale, avec son cœur vaste comme l'étendue de sa colère qui a quelque chose de divin.

A la minute où Elio a posé le pied au Burkina, j'ai transmis l'info à Céleste. Quelle revanche pour elle ! Nous en aurions volontiers bu quelques litrons de Perrier Jouët Belle Epoque blanc de blancs millésime 2000, le meilleur, bien sûr, si elle n'avait pas été en pleine période de sevrage. C'est elle qui a eu l'idée d'envoyer ce texto énigmatique à Elliott, pour l'inviter dans ce jeu de piste aussi vachard que jubilatoire. Et hop ! Quelques jours plus tard, le voilà aussi qui se pointe dans mon fief, la fleur au fusil. Les deux amours de Céleste courant l'Afrique honnie à sa recherche après l'avoir mise plus bas que terre, je ne sais pas pour elle, mais moi, j'en ai frôlé l'orgasme.

Ma Céleste, je l'aime plus que jamais. Alors qu'elle était en cendres, le miracle de la vie s'est accompli en elle. Elle a ressuscité, mais son orgueil était toujours blessé. Sa rencontre fortuite avec les Soldats d'Ogun est tombée à pic : elle a sauté à pieds joints dans le danger pour prouver à la face du monde qu'elle valait bien mieux que ce que deux pleutres avaient fait d'elle. Péché d'orgueil est nuisible, même lorsqu'on est injustement abandonnée comme un vieux caleçon. Sans mon intervention, elle aurait fini toute bleue, jetée dans les vagues de Ouidah par les esclaves de Djimon Dagbo, ou emmurée dans une pièce obscure du cinéma Soudan : depuis quand sort-on de la gueule du loup ?

Céleste a puisé dans ses entrailles la force de renaître. Et il lui en a fallu, du cran, pour survivre à tous les pièges à pangolin dressés par les Soldats d'Ogun, pour se trimballer dans des endroits pas possible avec son gros ventre en bandoulière. De la vigueur, de la niaque, mais aussi, rendons à Cassandra ce qui appartient à César, un bon coup de main de sa meilleure amie. Car, entre mes convictions et l'amitié, j'ai choisi la seconde option, sans l'ombre d'une hésitation.

Que pouvais-je faire lorsqu'elle est venue me raconter la piste qu'elle suivait ? Elle savait déjà tant de choses : comment nous recrutons, dans les couvents de Ouidah, des kamikazes que l'on drogue au cours de prétendues cérémonies rituelles. Comment on les envoie parfaire leur entraînement dans des camps au Niger, où ils rejoignent des enfants-soldats faméliques ramassés dans les rues, transformés en machines de guerre en prévision d'opérations de grande envergure.

La supprimer ? Elle, ma sœur ? On n'est pas à Tokpapi sous l'Empire ottoman, mais au Pays des hommes intègres, diantre. Tout lui dévoiler pour la dissuader de poursuivre ? Elle m'en aurait voulu de l'empêcher d'aller jusqu'au bout.

Alors, je lui ai parlé. Je lui ai dit notre ras-le-bol. Cela aussi, elle le savait. Elle connaît l'histoire du monde. Elle sait que le Blanc n'a pas fait grand-chose pour se faire aimer. Que nous en avons assez de recevoir des leçons de gouvernance : eux aussi pratiquent le népotisme. Le tribalisme. Il y a la tribu des énarques, celle des francs-maçons, et ainsi de suite. Leurs présidents là-haut ne sont pas plus vertueux. Mais, ils ont, je vous l'accorde, une justice qui fonctionne mieux que la nôtre, ce qui permet de circonscrire la voyouterie de leurs dirigeants.

Elle sait que nous en avons assez de voir nos immigrés traités comme des moins que rien. Elle sait qu'ils ne viennent pas en France pour piller quoi que ce soit. Elle sait qu'ils viennent se geler les glaouis sur des chantiers ou dans leurs camions vert poubelle pour reprendre une part de ce qui leur a été volé.

Elle sait, mais elle n'adhère pas. Quand je lui ai donné quelques clés – entendons-nous, pas tout le trousseau non plus, juste quelques pistes pour comprendre ce sur quoi elle enquêtait – elle s'est mise à pleurer. Les jeunes mamans sanglotent à tout-va, mais là, ce n'étaient ni les hormones, ni ce baby blues dont les pédopsychiatres de France 5 nous rebattent les oreilles. Elle a tenté de me convaincre que nous faisions fausse route. Je le reconnais, elle m'a fait vaciller. Mais si j'en suis là, c'est à cause de Gunther. C'est par sa faute que mon destin personnel a épousé les desseins collectifs des Soldats d'Ogun, moi, femme noire, produit de consommation exotique pour ramoneurs blancs, avilissable à merci, à jamais.

Avant que Céleste n'instille le doute en moi, j'avais froidement embrassé la cause des Soldats d'Ogun. A chien, chien et demi. Nous, dirigeants africains que la France continue de considérer comme ses pantins, nous prenons l'aide au développement d'un côté, et finançons les Soldats d'Ogun de l'autre. C'est Ernesto qui a eu l'idée de s'attaquer aux jets privés : les aéroports de luxe sont moins surveillés. Au terrorisme à grande échelle façon Ben Laden et ses fous volants, nous préférons le terrorisme VIP. C'est comme dans l'hôtellerie, il y a les resorts géants tout inclus et les boutiques-hôtels. J'ai toujours préféré les seconds.

Nous ne sommes pas des sauvages obscurantistes. Nous avons des érudits avec nous. Ce sont eux qui ont eu l'idée de s'inspirer de la secte des Assassins.

Tous ceux qui nous humilient, qui veulent nous laisser plus bas que terre, au fond, c'est parce que nous leur faisons peur. Il existe encore sur cette planète corrompue un continent où les valeurs ne se limitent pas au dollar, une terre où l'on a compris avant tous les autres la nécessité de préserver l'interconnexion entre le vivant et les ombres, l'ici et l'au-delà, le futur et le passé. Sans ces liens invisibles, l'homme mourra, asphyxié par les gaz toxiques, l'avidité humaine, les voleurs de rêve, les éteignoirs professionnels. L'homme déconnecté est comme un avion sans ailes, une chrysalide sèche. Nous sommes les seuls à savoir étreindre la matrice qui nous a faits, nous serons les derniers à décliner et périr. Les derniers seront les premiers, chantent l'Evangile de saint Luc et Céline Dion.

Si, un jour, on doit me juger dans un tribunal pénal international, je serai condamnée. J'ai fermé les yeux et bouché mes oreilles : je suis donc complice.

Céleste a essayé de me remettre dans le droit chemin, mais elle ne m'a pas jugée. L'histoire s'en chargera, m'a-t-elle dit. Je sais que les services secrets du monde entier l'interrogeront, elle, la journaliste qui a découvert le complot transnational. Je sais qu'elle ne me trahira pas. Qu'elle ne révélera pas ses sources, comme on dit dans son métier.

Alors, je l'ai laissée partir, mais je les ai protégés, elle et son secret qui ne fait toujours pas ses nuits. J'ai toujours respecté sa liberté. Libre de faire les mauvais choix, d'aller vers son destin, de dire non. Je l'ai laissée partir, mais je l'ai aiguillée sur une vraie fausse piste. A Bamako, la neutralisation du ministre se préparait, je le savais. Il y avait une dramaturgie dans la série d'attentats, on s'attaquait à un très puissant. Elle aurait assez de biscuit pour dévoiler son enquête, rédiger son article, recevoir peut-être ce prix Albert-Londres dont elle rêve; il y aurait pourtant un peu de mensonges dans ce qu'elle raconterait. On découvrirait du matériel de transmission façon James Bond dans un cinéma désaffecté, on en conclurait qu'il s'agit d'un des QG de l'organisation, on s'évertuerait à remonter cette piste pour en découvrir le cerveau.

Mais notre hydre a mille visages, et notre avènement ne fait que commencer. Attentats sporadiques, piratage dans les eaux couleur atoll de l'océan Indien, meurtres ciblés à l'arme blanche, nous nous échauffons, le pire reste à venir.

Si notre combat n'était que vengeance, alors il serait vain, comme bon nombre de choses en ce bas monde. Il servira, une fois les plaies pansées, à avancer dans le respect de l'autre, à enfin faire vivre cette phrase : « Les hommes naissent et demeurent libres et égaux en droits. » Alors, un jour, nos lointains descendants ne comprendront même plus le pourquoi de nos luttes. Pourquoi haïr celui qui est différent, s'interrogeront-ils ? Après tout, nous sommes tous des enfants du temps et des étoiles.

30

Chambre 314

L'enfant qui vagit dans le couffin en bambou n'a pas mérité pareil sort. L'enfant abandonné par son père sera un philosophe de génie qui transcendera tous les clivages. L'enfant qui pleure de chaleur sous son drap de coton équitable sera invincible. Il porte la colère de sa mère, les humiliations infligées par les colons à son grand-père, l'étoile jaune de son arrière-grand-mère, la marque du fouet sur le dos d'un lointain aïeul courbé dans un champ de canne à sucre, le gouffre indélébile dans l'âme d'un ancêtre squelettique qui scrute, par-delà les barbelés, les soldats russes venus l'extraire de l'enfer. Il porte l'amour de sa mère, de tout ceux qui l'ont engendré. L'amour la mort l'amour la haine. L'enfant du ciel est métis, et n'en déplaise aux astres, aux racistes, aux peureux, aux oracles myopes, aux sorciers mal lunés, aux épurateurs ethniques, aux génocidaires, aux philistins, aux croisés du troisième millénaire, aux bornés de toujours, sur les cendres des civilisations qui auront eu la faiblesse de se combattre, son règne adviendra.

Glossaire

Agudas : descendants d'esclaves brésiliens revenus en Afrique.
Attiéké : semoule de manioc.
Bê : homosexuel en nouchi.
Bissap : boisson obtenue grâce à la décoction de fleur d'hibiscus, très répandue en Afrique de l'Ouest.
Bobaraba : fesses, en nouchi.
Cauri : coquillage qui jadis servait de monnaie et qui, jusqu'à aujourd'hui, est aussi utilisé comme ornement.
Deuxième bureau : maîtresse. Expression inspirée de la fameuse excuse : « Je suis débordé, je vais rester au bureau tard, chérie. »
Dibiterie : kiosque où l'on sert exclusivement de la viande grillée, émincée ou en brochettes, souvent du mouton.
Dombolo : fesses.
Ferragosto : pont du 15 août.
Gbarène : sexe masculin, en nouchi.
Hougan : prêtre vaudou.
Kaputt : ivre mort.
Kpayo : nom donné au Bénin à l'essence frelatée en provenance du Nigeria, grand producteur de pétrole.
La Farnesina : Le Quai d'Orsay italien, le ministère des Affaires étrangères.
Mamiwata : mi-femme mi-poisson, la « mère des eaux » est une divinité présente dans la mythologie de nombreuses cultures africaines : déesse du culte vodoun au Togo et au Bénin, esprit

de l'eau craint par les pêcheurs de la côte ouest-africaine, mangeuse d'hommes qui erre dans la nuit sous les traits d'une revenante, et même sainte patronne des prostituées de Kinshasa, elle revêt des visages multiples selon les latitudes.

Mandé : nom désignant le plus grand empire de l'Ouest africain fondé par Soundiata Keita au XIIIe siècle.

Mon pied-ton pied : collés ensemble, « toi et moi c'est mon pied-ton pied » peut signifier métaphoriquement « union ».

Mutu : sexe féminin, en nouchi, l'argot d'Abidjan parlé aujourd'hui dans toute l'Afrique de l'Ouest francophone.

Nombreuse : se dit d'une femme forte, grosse. « Elle est nombreuse. »

Njoh : gratuit, en français parlé au Cameroun.

Poto-poto : au sens propre, boue, terrain bourbeux.

Rocker mon boat : faire l'amour, en nouchi. Expression inspirée des paroles de la chanson de Bob Marley : « Satisfy my soul ».

Taper ahoko : se masturber, en nouchi.

Tchoin : prostituée, en nouchi.

Thiof : à l'origine, désigne un poisson noble, à chair goûteuse, qui entre dans la composition du tieboudien, le plat national sénégalais. Au sens figuré, signifie « beau gosse ».

Wallaye : expression issue de l'arabe et répandue dans les pays du Sahel, venant ponctuer une phrase et signifiant « je jure ! » ou « la vérité ! ».

Zémidjan : ce terme signifie littéralement « emmène-moi vite » en fon, langue du sud du Bénin, et désigne les moto-taxis de Cotonou. Les « Zems », comme on les appelle aussi, sont très appréciés des usagers, car ils sont bon marché et comblent les lacunes des transports publics.

Remerciements

Merci à Muriel, Denis, Jérôme.

Mes remerciements vont également à ceux qui m'ont généreusement ouvert les portes de leur savoir : Jean-Patrick Honvo, Seydou Badian, Lamine Badian Kouyaté, Hakim Zejjari, Hélène Piot, Jean Ziegler.

Bamako climax est né, a grandi et s'est étoffé à La Maddalena (Sardaigne), Deauville, Capri, Albi, Fès, Nilo (Colombie), Saint-Tropez, Manaus, Niamey, Bamako, Dubai, Douala, Yaoundé, Rome, Kribi, Malé, Berlin, La Havane, Hong-Kong, Tokyo, Jimbaran, Lombok, Ubud, Montbrun-les-Bains, Paris, Tanger, Portofino, Le Pontet, Séville, Baisieux, Langkawi (Malaisie).

Cet ouvrage a été composé par
CPI Firmin Didot à Mesnil-sur-l'Estrée
pour le compte des Éditions Plon
76, rue Bonaparte
Paris 6^{e}
en juin 2010

Dépôt légal : août 2010
N° d'édition : 14601 – N° d'impression : 100163
Imprimé en France